Hier encore, c'était l'été

Roman

Copyright © 2015 Julie de Lestrange
Tous droits réservés
ISBN: 978-1514219409

*À Renaud, Anne-Sophie, François-Xavier,
Marie-Caroline et Quentin,
sans qui ce livre n'aurait jamais existé.*

*À Micheline et Henri,
sans qui ce livre n'aurait vraiment jamais existé.*

Le grand livre de la majorité

2

C'était la fin de l'été. Après être revenus d'une baignade tardive, ils avaient sorti des bouteilles de rosé bon marché, quelques bières, et pris l'apéritif sur la terrasse face au lac. Les cheveux encore mouillés, collés en paquets sur les nuques dorées, les serviettes étendues sur la balustrade, les pieds croisés sur une chaise ou les jambes du voisin, ils avaient siroté leur verre en regardant le soleil se coucher derrière la montagne. Cette montagne qu'ils connaissaient depuis l'enfance, mais dont tous ignoraient finalement le véritable nom, bien qu'on le leur ait répété cent fois, et au sujet duquel ils s'affrontaient immanquablement lors de leurs retrouvailles, chacun y allant de son affirmation, chacun se prévalant de mieux savoir et d'être plus intégré à ce pays d'adoption que les autres ne le seraient jamais. Puis, la nuit venue, ils étaient rentrés dans la maison et s'étaient assis autour de la grande table en bois au centre de laquelle les garçons avaient déposé le caquelon, tandis que les filles finissaient de découper le pain. C'était août encore, mais ils s'en moquaient. Ils étaient jeunes, ils étaient beaux, ils se baignaient à vingt heures, buvaient à vingt-deux et dînaient d'une fondue à vingt-trois. Ils étaient libres et tout-puissants comme le sont les enfants de vingt ans.

À la fin du repas, lorsque Alexandre et Marco, faisant honneur à leur réputation de Gargantua, eurent récuré d'un morceau de pain jusqu'à la dernière goutte de fromage et qu'on eut éteint la flamme du brûleur, Guillaume, qui en qualité d'aîné présidait l'assemblée, recula sa chaise et alluma une cigarette. À l'autre bout de la table et face à lui, Marie était en train d'expliquer à Anouk qu'elle s'apprêtait à suivre une seconde année de droit à la Sorbonne, du moins l'espérait-elle, car, à l'issue d'un problème informatique, l'administration l'avait réinscrite en première année. Non seulement ces idiots étaient incapables de remettre la main sur ses notes d'examens, mais ils refusaient en outre de comprendre que même si elle n'avait pas encore dix-huit ans, elle passait tout de même en deuxième année. Elle avait simplement un an d'avance. Bilan des courses : elle devait retrouver son diplôme de baccalauréat, faire réenregistrer ses résultats de partiels et fournir tout un tas de pièces justificatives, elle qui avait horreur de la paperasse et qui en plus n'y entendait rien. Cette perte de temps l'horripilait au plus haut point. L'observant de loin qui s'énervait toute seule, Guillaume tira une bouffée sur sa cigarette et l'interpella :

– Tu ne l'as pas reçu ?

Autour de la table, les conversations cessèrent. Marie releva la tête.

– C'est à moi que tu parles ?

– Oui.

– Qu'est-ce que je n'ai pas reçu ?

– *Le Grand Livre de la majorité.* Si tu ne l'as pas reçu, c'est pour ça que tu as des problèmes avec ta fac.

Marie lança des regards interrogatifs autour d'elle, mais tous étaient désormais braqués sur Guillaume.

– Heu, non, je ne crois pas, bredouilla-t-elle. C'est quoi ?

Le silence s'installa tandis que Guillaume écrasait sa cigarette. Il allait reprendre la parole lorsqu'un de ses amis, qui les avait rejoints pour les vacances, le devança :

– On ne devrait pas en parler, Guillaume. Elle n'a pas encore dix-huit ans !

– Non, mais je vais bientôt les avoir.

– Ce n'est pas le problème.

Marie regardait Guillaume sans comprendre. Virginie s'emporta :

– C'est malin, bravo les garçons ! Maintenant on va être obligés de lui dire !

– Mais de me dire quoi ?!

Marie, dont la vertu première n'était pas la patience, commençait doucement à bouillir.

– Ne t'énerve pas. Normalement, on n'a pas le droit d'en parler.

– Vous n'avez pas le droit d'en parler ?

– Théoriquement, non. Enfin, pas à ceux qui ont moins de dix-huit ans. C'est comme ça. Quand on le reçoit, on signe une déclaration sur l'honneur.

– Vous déconnez...

Marco, soudain inquiet :

– Ah bon ?! Vous avez signé quelque chose, vous ? Moi, il n'y avait rien dedans !

– Eh bien, t'es mal barré, fit Guillaume sur le ton réprobateur du grand frère. Tu as pu voter aux dernières élections ?

– Euh, non.

– Et voilà, j'en étais sûr ! Du Marco tout craché ! Je serais toi, j'irais fissa remplir ma déclaration avant que les parents ne s'en aperçoivent !

– Oui, tu as raison, j'ai intérêt à me grouiller.

– Mais c'est quoi ce truc, putain ?!!!

Marie s'était levée, l'air très contrarié.

– *LE GRAND LIVRE DE LA MAJORITÉ* !!! répondirent Guillaume, Marco, Alexandre et Virginie d'une seule voix.

– D'accord, mais c'est quoi ?!

– Tu promets que tu ne diras pas que ça vient de nous ?

– Oui !

– Normalement, on n'a pas le droit d'en parler. Pas avant que tu aies dix-huit ans…

– Oui, ça va, je vous jure. Je les ai dans une semaine !

– Bon, allez, les garçons, on peut lui dire. Elle les a dans une semaine…

– Tu oublies Anouk et Laurent...

Aussitôt, Alexandre se tourna vers sa petite sœur qui depuis sa place essayait de toutes ses forces de se rendre invisible.

– Anouk, sors s'il te plaît.

Mais Anouk ne l'entendit pas ainsi.

– C'est dégueulasse ! se mit-elle à brailler. Je ne suis pas une gamine ! Moi aussi je vais bientôt avoir dix-huit ans ! J'ai le droit de savoir !

– Non. Tu viens d'en avoir seize, t'es trop jeune ! Va dehors avec Laurent, on vous appellera quand ce sera fini.

– C'est ça ! Tu rêves ! Je reste ici !

– Anouk, tu sors !

– Non ! Et arrête de te prendre pour papa ! Toujours à me donner des ordres, là…

– Anouk, s'il te plaît.

Sophie s'était adressée à elle gentiment en posant une main sur son épaule.

– Sois sympa. Sors avec Laurent.

Anouk l'ignora. Finalement, ce fut Laurent qui se leva le premier. Petit dernier de la bande, âgé de seulement dix ans, il avait eu ce soir-là la permission de rester avec les grands. On ne l'avait pas entendu de la soirée.

– Allez, viens, Anouk. On s'en fiche de leurs histoires…

Les aînés regardaient Anouk d'un air sévère et l'adolescente finit par se lever de mauvaise grâce. Une fois dehors, elle alluma une cigarette sous l'œil mécontent de son frère et lui adressa dans le même temps un magnifique doigt d'honneur. Laurent se laissa tomber sur une chaise, les yeux dans le vide.

– Bon, maintenant, on se dépêche, reprit Sophie à l'intérieur. On ne va pas les laisser sur la terrasse pendant trois heures !

Guillaume acquiesça et se pencha vers Marie. Celle-ci ne tenait plus en place.

– Alors, reprit-il sur le ton de la confidence, *Le Grand Livre de la majorité*, c'est un genre de bouquin, de guide, que tu reçois quand tu as dix-huit ans, généralement juste un peu avant d'ailleurs, et qui t'explique plein de trucs.

– Des trucs comme quoi ?

– Des trucs que tu n'es pas censée savoir avant, mais que tu dois absolument savoir à dix-huit ans.

– Mais attention, on te prévient, il y a des choses un peu énormes. On t'apprend par exemple que le père Noël n'existe pas, la petite souris non plus, et caetera.

– Bon, ça, globalement, c'est pour les demeurés. Mais ils

7

sont obligés de le mettre. Au cas où.

Marie était sidérée. Guillaume poursuivit d'un ton docte :

– Non, surtout, ce qu'il y a de bien, c'est que tu as pas mal de secrets d'État révélés.

– Comme quoi ?!

– Comme qui a tué Kennedy en vrai, les dessous du Watergate...

– La vérité sur la mort d'Hitler…

– Oh, tu as aussi la véritable identité de Jack l'Éventreur...

– C'est une blague ? Vous n'êtes pas sérieux ?!

– Mais si, on est sérieux.

Les yeux de Marie étaient ronds comme des billes.

– Mais attendez, dit-elle l'air égaré, je n'ai jamais entendu parler de ce livre... Mes parents non plus ne m'ont jamais rien dit...

– ON TE DIT QUE PERSONNE N'A LE DROIT D'EN PARLER AUX MINEURS !!!

– C'est comme ça. Quand on le reçoit, on signe une clause de confidentialité.

– Cela dit, peut-être que ses parents ne l'ont pas reçu, osa Sophie qui jusque-là n'avait pas participé à la conversation. Ils ne sont pas français.

– Ah ouais, t'as raison. Ils ont dû y échapper. Mais nous, si on t'en parle maintenant, alors qu'on n'a pas le droit, c'est parce que si tu ne le reçois pas la semaine prochaine pour ton anniversaire, il faut absolument que tu ailles le réclamer à la mairie. Sinon, tu ne pourras pas t'inscrire sur les listes électorales. Sans parler de tes problèmes avec la fac ! T'as compris ?

Marie était perdue. Désarçonnée par cette ultime contrariété qui venait s'ajouter à toutes celles déjà

8

engendrées par ses problèmes de dossier. Si, en plus, elle ne pouvait pas voter…

– T'as compris ?! répéta Guillaume.

– Euh... Oui.

– Mais attention, ne dis pas que ça vient de nous. Tu nous balances pas, hein ?!

– Non, non… Bien sûr que non. C'est dingue ce truc quand même ! Vous l'avez tous reçu ?

– Ouiiiiiiiiii.

– Ben, merde alors ! J'espère que je vais le recevoir à temps ! Qu'ils ne se sont pas plantés. Hors de question que je ne puisse pas voter !

La soirée s'était ensuite poursuivie sans heurts et personne n'avait plus parlé du *Grand Livre de la majorité*. Mais, deux semaines plus tard, Marie avait appelé son amie Sophie pour la prévenir que l'ouvrage en question n'était toujours pas arrivé et qu'elle comptait bien aller le réclamer aux autorités compétentes. Pleine de sollicitude, Sophie avait proposé de l'accompagner et averti dans le même temps le reste de la troupe. Le lendemain, en pénétrant dans l'enceinte de la mairie du 20ème arrondissement de Paris, Marie n'avait pas vu que Guillaume, Virginie, Alexandre et Marco, grossièrement cachés derrière les plantes vertes et panneaux d'affichage, guettaient son entrée le sourire vissé jusqu'aux oreilles. Eux en revanche l'avaient vue marcher vers le comptoir d'accueil et s'étaient délectés de l'entendre s'adresser à la préposée chargée de renseigner les administrés :

– Bonjour, madame ! avait claironné Marie. Je viens vous voir parce que je n'ai pas reçu *Le Grand Livre de la majorité*...

L'hôtesse, une femme de cinquante ans à l'air peu commode, avait relevé ses lunettes.

– Pourquoi vous chuchotez ? Vous n'avez pas reçu quoi ?

– *Le Grand Livre de la majorité...*

– Pardon, le quoi ?

– *Le Grand Livre de la majorité...* Le guide avec les secrets d'État, la clause de confidentialité, tout ça.

– ...

– Bref, je ne l'ai pas eu.

La préposée, rechaussant ses lunettes en soupirant :

– Je ne sais pas de quoi vous parlez, mademoiselle. Je n'ai pas ça ici, moi.

– Oui, oui, je sais que vous n'avez pas le droit d'en parler, avait insisté Marie en adressant à la femme un clin d'œil discret. Mais je suis au courant. Et puis, vous pouvez me le dire, vous savez, j'ai dix-huit ans maintenant. Vous voulez voir ma carte d'identité ?

Une minute plus tard, l'hôtesse s'apprêtait à appeler la sécurité tandis que Guillaume, Alexandre, Marco et Virginie sortaient de leur cachette en poussant des acclamations enthousiastes. Comprenant alors la farce dont elle avait été victime, Marie les avait copieusement insultés avant de rire avec eux de ce canular improvisé un soir d'été, comme un rite de passage non programmé mais qui avait parfaitement fonctionné. Elle avait ensuite quitté la mairie sous les vivats, et la bande l'avait adoptée.

C'était la deuxième fois qu'Alexandre rencontrait Marie et la première qu'il en tombait amoureux.

10

La genèse

12

Henri Fresnais vit le jour par une fin de nuit glaciale le 17 décembre 1920 sur le plateau de Langres en Haute-Marne. Sa mère, Alice, avait commencé à ressentir les premières douleurs de l'enfantement peu avant le souper et avait envoyé quérir la seule femme du bourg dont elle supposait qu'elle savait mettre les enfants au monde, au motif qu'elle-même en avait vu sortir plus de neuf entre ses cuisses rudes et grasses de fermière. La mère Tapedure, comme les villageois la surnommaient, était leur voisine la plus proche, mais aussi la seule personne avec laquelle Alice avait échangé plus de trois mots depuis son arrivée un an plus tôt dans le petit village de Sarrey. En bonne gestionnaire, la mère Tapedure avait pris le temps de négocier son aide. On n'avait rien sans rien et il ne lui fallait pas moins de dix bidons de lait pour venir accoucher la Parisienne. C'était à prendre ou à laisser. Jean avait failli refuser, le lait étant une denrée rare et surtout leur principal gagne-pain. Finalement, il avait capitulé en songeant que la femme qui criait à cinq cents mètres de là portait peut-être un fils, un garçon, qui plus tard l'aiderait aux travaux de la ferme et pourrait même rapporter quelques sous, pourvu que l'on sache l'occuper à un emploi utile et rentable. Jean avait donc accepté, et la mère Tapedure avait chaussé ses sabots crottés jusqu'à la ferme de la Pichardière où les parents nourriciers de Jean avaient installé Alice sur le lit fermé dont ils avaient laissé deux battants ouverts. Lorsque la bonne femme pénétra dans la chambre à coucher, ils se retirèrent dans la pièce principale, près de la grande cheminée. La mère Tapedure demanda à Jean d'apporter une cuvette d'eau bouillante, tous les linges propres qu'il possédait, et de passer les draps du lit à la bassinoire si ce n'était déjà fait. Le thermomètre indiquait moins onze à l'intérieur et Alice, en plein travail, suait et grelottait en même temps. Jean s'exécuta, puis, observant sa femme, se pencha vers la mère Tapedure pour spécifier que, si les choses tournaient mal, il préférait sauver l'enfant plutôt que la mère. La fermière répliqua que ce n'était pas son choix et le congédia. Ce fut dans ce climat extrêmement dur et glacial que six heures plus tard, le 17 décembre 1920, Henri Fresnais naquit et fut déposé, faute de berceau, dans un tiroir de commode à même le sol en terre battue, près de la cheminée, afin qu'il ne meure pas tout de suite. En 1920 sur le plateau de Langres, on ne vivait pas, on survivait. Heureusement l'enfant, qui avait déjà tout d'un gaillard, survécut et demeura le seul fruit du couple désastreux qu'Alice et Jean formèrent.

À l'âge de dix-neuf ans, après avoir passé la moitié de son temps sur les bancs de l'école et l'autre dans les champs, Henri quitta Sarrey pour Paris. Ce fut un vrai déchirement, mais là-bas l'attendait, lui semblait-il, un eldorado culturel et financier. De fait, dès son arrivée, il n'eut aucun mal à se faire embaucher comme ouvrier dans une usine et gagna en une semaine ce qu'il peinait à économiser en un mois de labeur à Sarrey. Mais la liberté fut de courte durée. L'année suivante, Henri fut réquisitionné par l'armée allemande qui avait alors envahi la France, pour partir en Allemagne participer à l'effort de guerre. Le STO l'envoya ainsi à Gera, non loin de Dresde, dans une région du globe qui serait connue plus tard sous le nom de RDA. Henri débarqua à Gera sans aucune illusion et fut agréablement surpris. Affecté à une fabrique d'artillerie, on le logea chez une modeste famille de banlieue, dans une chambre qui lui était réservée, tandis que les parents et leurs quatre enfants s'entassaient dans la seconde.

Durant les deux années que dura le séjour d'Henri chez eux, les rapports furent cordiaux. La famille Baur partageait avec lui son toit mais aussi les repas et souvent même quelques discussions curieuses et animées. Henri, qui avait appris les rudiments de l'allemand, tâchait d'expliquer à ces gens au fond pas si différents de lui ce qu'avait été sa vie jusqu'à présent, depuis le plateau de Langres jusqu'à l'usine parisienne. Il se gardait bien en revanche d'évoquer son départ pour Gera et le STO, événements pour lesquels toute tentative d'échanges devenait vaine. Selon une règle tacite, les Baur et lui faisaient comme si tout cela n'existait pas et laissaient la guerre sur le pas de la porte afin que l'appartement ne brûle pas lui aussi sous le feu du conflit. Un jour seulement, le père Baur dit à Henri que si ses pairs lui ordonnaient de le tuer, il le ferait sans hésiter. Henri en fut profondément marqué, mais comprit aussi que, derrière la courtoisie et le respect, ni lui ni le père Baur n'oubliaient de quel camp ils étaient. Ce fut pour lui un choc autant qu'une

15

leçon et, dès lors, il se concentra sur un seul projet : retrouver la liberté.

L'occasion lui fut fournie lorsqu'un courrier arriva un jour chez les Baur, annonçant que sa grand-mère maternelle venait de décéder. Henri en informa tout de suite sa hiérarchie en demandant à se rendre à l'enterrement et comme il figurait parmi les bons éléments de l'usine, discipliné, travailleur, on lui accorda une permission. Il quitta donc Gera le lendemain par le premier train en n'emportant avec lui que très peu d'affaires, laissant le principal chez les Baur, à qui il venait de dire au revoir, du moins officiellement, pour quatre jours seulement. Henri ne revint jamais. Arrivé à Paris, il fut accueilli par sa mère, coucha dans la maison de la défunte, assista aux funérailles et s'occupa de régler en un rendez-vous chez le notaire la question de l'héritage. Le quatrième jour, il reprit le chemin de la gare avec son sac de voyage sur le dos. Il se fit enregistrer au départ du train en direction de l'Allemagne, dit adieu à Alice qui l'avait accompagné sur le quai, puis grimpa sur le marchepied. Le train démarra peu après avec des dizaines de soldats à son bord. Pourtant, lorsqu'il dépassa Pantin, il circulait déjà sans Henri Fresnais, qui entre-temps avait sauté sur les rails et roulé sur le bas-côté avant de s'enfuir sans trop forcer l'allure. C'était l'évasion qui commençait, mais aussi la clandestinité, l'épreuve de l'homme libre conscient qu'il serait désormais traqué.

Henri n'ignorait rien du danger qu'il courait, savait que sa mère allait être interrogée, comme toutes les personnes qu'il avait rencontrées durant son séjour à Paris, et n'avait en conséquence rien dit à quiconque lorsqu'il était allé voir le beau-père d'Alice, un vieil antiquaire qu'il ne connaissait qu'au travers de récits rapportés mais qui avait des biens immobiliers et en qui il avait placé gratuitement toute sa confiance. Il fut chanceux au point de ne pas s'être trompé. Après un long entretien, Honoré Loiseau mit à sa disposition une chambre de bonne qu'il possédait rue de Varenne et dans laquelle il entreposait une partie de sa collection, celle qui comptait les œuvres les plus précieuses, conservées là à l'abri des nazis.

Comparée à ce qu'avait connu Henri jusqu'ici, la chambre était d'un grand luxe. Quinze mètres carrés pour lui seul, encombrés pour un tiers par les trésors de l'antiquaire, les toilettes sur le palier mais le lavabo dans la pièce, un lit avec un vrai matelas et une fenêtre qui donnait accès aux toits de Paris. La tour Eiffel, l'obélisque de la Concorde et la basilique du Sacré-Cœur s'inviteraient désormais chaque soir chez lui. Les biens de l'antiquaire se révélèrent par ailleurs d'un grand intérêt pour le jeune déserteur, qui était féru de lecture comme de peinture et qui, sans mesurer toute la préciosité des œuvres dont il avait la garde, en appréciait cependant le génie. Il y trouvait en outre un remède contre l'ennui et le moyen d'oublier son statut d'homme recherché qui lui interdisait de sortir au grand jour et pour majeure partie du temps le constituait prisonnier.

C'était le soir, seulement, qu'une autre vie commençait. Henri s'échappait alors par la fenêtre de sa chambre et passait un long moment sur les toits de Paris. Le ciel lui appartenait totalement. Parfois il en profitait pour dîner d'un morceau de pain, assis en équilibre entre deux cheminées, avant de quitter son perchoir par un escalier de service et filer tout droit au Père-Lachaise où l'antiquaire lui avait trouvé un emploi clandestin. Un poste d'assistant-sculpteur au service d'un marbrier funéraire qui, comme c'était l'usage, travaillait la nuit afin de ne pas déranger le calme du cimetière ni le recueillement de ses visiteurs. Henri était captif de son pigeonnier le jour, travailleur la nuit, avec les morts pour seule compagnie. Paradoxalement, ce furent parmi les années les plus enrichissantes de sa vie. Il apprenait constamment. À s'instruire, penser, frapper le marbre, faire attention, se débrouiller, écouter, se méfier, trouver des solutions pour se vêtir et se nourrir. C'était éreintant, dangereux, mais en deux années, à vingt-quatre ans seulement, Henri Fresnais était devenu un homme. Ce fut également à cette époque qu'il rencontra sa future femme.

Micheline habitait chez ses parents, un appartement qui donnait sur la cour un étage au-dessous de celui d'Henri. Un jour que ce dernier s'était débrouillé pour faire venir jusqu'à lui un plein cageot de pommes de Sarrey (qu'il avait laissées sur le rebord de sa fenêtre afin que les fruits demeurent au frais), il aperçut la jeune fille qui, à travers le carreau, les regardait avec envie. Elle était très maigre alors, comme l'étaient toutes les filles de son âge, et Henri qui la trouvait jolie eut pitié d'elle. Il proposa de lui lancer quelques pommes. La jeune Micheline accepta aussitôt et bientôt Henri en fit jongler trois d'un bout à l'autre de la cour. Le manège se reproduisit durant plusieurs mois, donnant aux jeunes gens l'occasion d'échanger quelques paroles, puis de plus longues conversations. Ce fut le début d'une histoire d'amour qui dura soixante ans.

Henri et Micheline se marièrent en avril 1946, à la fin de la guerre. La noce fut modeste mais très heureuse. Micheline, qui n'avait que dix-neuf ans lorsqu'elle se maria, se souviendrait longtemps de ce jour comme celui d'une très belle fête, non seulement parce qu'elle épousait le garçon qu'elle aimait, mais aussi parce qu'à cette époque toute la France était en joie. En effet, durant tous les week-ends du printemps 1946, les cloches des églises ne cessèrent de tanguer au son des unions qu'elles célébraient et d'un bonheur que la population avait tenu reclus pendant cinq années. Pour Micheline, leur tintement serait à jamais la voix de la Libération et l'extinction de celle, plus sinistre, de l'Occupation.

Une fois le mariage célébré, le jeune couple s'installa dans un modeste appartement du 15ème arrondissement de Paris et reprit un petit fonds de commerce consacré à la vente de journaux et articles de papeterie. Henri ne compta pas ses heures et, malgré les restrictions induites par la convalescence d'une France ex-belligérante, il parvint rapidement à faire marcher son affaire. Micheline l'aida la première année, puis arrêta de travailler lorsqu'elle mit au monde leur premier enfant, Jean, en novembre 1947. Deux suivirent : Françoise en 1949 et Claude en 1956. Celui-là arriva de manière un peu inopinée, mais, les revenus du couple s'étant améliorés en presque dix années, l'enfant fut accueilli avec beaucoup de joie. Ce fut à cette même époque et parce qu'un troisième accouchement, de surcroît tardif, avait fatigué sa femme, qu'Henri se mit en tête de trouver un endroit où sa famille pourrait passer ses congés.

Il trouva le lieu idéal un jour qu'il était parti en déplacement près de Genève pour visiter l'un de ses fournisseurs. Il s'agissait d'un petit village de montagne, à mi-chemin entre la ville et les alpages, avec un lac en contrebas. Une aubaine pour le père de famille qui, dès le lendemain, achetait un terrain et revenait à Paris en annonçant fièrement à sa femme qu'il venait de trouver l'endroit de leurs rêves où il comptait faire construire un chalet avec tout le confort moderne. Micheline était aux anges, les enfants aussi, et c'est ainsi que l'été suivant toute la famille posa pour la première fois ses valises dans la maison de vacances. Inspirés autant que ravis, Micheline et Henri baptisèrent la maison « le chalet de l'amitié » et firent forger ce nom en lettres majuscules qu'ils clouèrent ensuite à la porte du garage. C'était le début d'une nouvelle ère, celle de la prospérité, de la quiétude et de la paix.

Dans les années cinquante, il n'y avait dans le voisinage du chalet de l'amitié qu'une seule autre maison, plus petite, en bois brun et aux volets rouges, construite pratiquement en même temps par un certain Lefèvre. Dès le premier été, Henri et Micheline firent donc la connaissance de Georges et Madeleine, à peine plus âgés qu'eux, et découvrirent que ces derniers habitaient le reste de l'année également à Paris, à seulement deux rues de leur appartement. Voisins à la ville comme en vacances, sujets d'une coïncidence qui aurait posé un problème si les deux couples s'étaient mal entendus. Mais Micheline et Madeleine devinrent très amies, tout comme leurs maris, qui pendant leurs congés prenaient un plaisir commun à jardiner tandis que les femmes brodaient et discutaient. Georges et Madeleine avaient par ailleurs trois

20

enfants, Denis, Anne-Marie et Évelyne, qui avaient sensiblement le même âge que les petits Fresnais, ce qui acheva de lier les deux chalets. Ainsi, pendant que les mamans se racontaient leur vie, que les papas bêchaient, les enfants allaient en toute liberté, passaient d'un chalet à l'autre (à tel point que Jean Fresnais avait formé le projet très sérieux de construire un toboggan entre les deux), construisaient des cabanes, capturaient des insectes, se baignaient dans le lac, organisaient de grandes courses dans la montagne, et des goûters déguisés où chacun devait trouver de quoi se costumer sans rien se servir d'autre que des vieux draps, outils et tentures dénichés dans les greniers. La vie était douce alors pour Jean, Françoise, Claude, Anne-Marie, Évelyne et Denis, qui n'avaient que les jeux pour soucis. D'année en année, tout ce petit monde grandissait sous les yeux des parents, qui le soir, lorsqu'ils s'invitaient à tour de rôle pour prendre l'apéritif, s'amusaient en imaginant quelle fête ce serait si l'un des enfants du chalet rouge venait un jour à épouser un enfant du chalet de l'amitié. La plaisanterie était récurrente et les Fresnais comme les Lefèvre finirent par se prendre au jeu, surtout lorsque, à l'âge de vingt ans, Évelyne sortit avec Claude et qu'ils allèrent jusqu'à se fiancer l'année suivante. Micheline et Madeleine crurent dur comme fer à cette union jusqu'à ce qu'Évelyne rompe brutalement les fiançailles après avoir rencontré François, un bel étudiant croisé sur les bancs de la faculté dont elle était tombée éperdument amoureuse. Claude ne se remit jamais tout à fait de cette rupture et conserva pour Évelyne une amitié teintée d'une tendresse toute particulière. Il se maria plus tard avec Isabelle, une décoratrice d'intérieur, sous le regard ému quoiqu'un peu déçu de Micheline et Madeleine.

Ce fut pour cette génération le seul lien amoureux qui exista entre les deux chalets et le projet de toboggan de Jean fut abandonné.

La génération suivante cependant redonna espoir aux deux voisines, qui entre-temps étaient devenues grands-mères sans pour autant avoir perdu le goût des commérages. Au contraire. Les années passant, les deux femmes se racontaient souvent les mêmes histoires qu'elles redécouvraient avec plaisir, tant elles étaient contentes de se retrouver et tant l'âge altérait peu à peu leur mémoire. Chaque été, elles accueillaient leurs petits-enfants qui s'entassaient comme ils le pouvaient dans les maisons, tous âges confondus. Claude, qui depuis avait divorcé, envoyait ainsi Alexandre et Anouk au chalet de l'amitié, lesquels y retrouvaient leur cousine Virginie. Dans le même temps et dans le chalet rouge, Madeleine et Georges recevaient les enfants d'Anne-Marie : Guillaume, l'aîné, Céline, née deux ans après lui, et le petit dernier, Marc-Antoine, dit Marco, qui avait exactement le même âge qu'Alexandre, les deux s'arrangeant généralement pour faire les quatre cents coups en un temps record. Sophie les accompagnait souvent, quand elle n'était pas occupée à veiller sur son petit frère Laurent. Enfin, les amis venaient aussi, nombreux et différents au fil de l'été et des années. À la fin, plusieurs clans coexistaient ainsi : celui des aînés formés par Guillaume et Céline, et celui des cadets constitué d'Alexandre, Marco, Sophie et Virginie. Ils étaient toujours suivis par Anouk, qui était plus jeune mais qui, faute de cousin de son âge, rêvait d'intégrer la bande de son frère. C'était cependant sans compter sur ce dernier qui l'excluait de ses jeux ou sur les grands-mères qui veillaient à ce que les plus jeunes ne jouissent pas des mêmes privilèges que les aînés.

Avec le temps cependant, les différences d'âge s'atténuèrent et, quand les aînés eurent atteint les vingt ans, les groupes se rapprochèrent pour ne plus former qu'une seule grande bande. À compter de ce moment, les journées se déroulèrent sur le même rythme. Dans les deux chalets, on faisait la grasse matinée, puis on déjeunait (sur la terrasse chez les Fresnais, dans le jardin pour les Lefèvre), puis venaient les jeux et les devoirs de vacances et enfin le moment que tous attendaient : la baignade, vers seize heures, où entre deux sauts dans l'eau ils apprenaient à jouer au tarot. À dix-neuf heures, lorsque les grands-mères battaient le rappel, la petite troupe remontait du lac pour dîner, mais, le soir venu, ils traversaient encore la rue pour se retrouver et jouer ensemble à des jeux de société. Sans en avoir conscience, ils connaissaient les mêmes vacances que leurs parents avant eux.

Ce fut à cette époque également que les vieilles manies de Madeleine et Micheline remontèrent à la surface, tirées des oubliettes par cette nouvelle jeunesse qui s'épanouissait sous leurs yeux, à un âge où l'on s'égare avec passion dans d'étourdissantes amourettes. Dans un ultime sursaut, les deux grands-mères recueillirent les épanchements tantôt désolés tantôt enthousiastes de leurs enfants chéris. Ceux de Virginie d'abord, qui tomba amoureuse de Guillaume, ceux de Guillaume, qui le lui rendit mais trop tard, ceux d'Anouk, qui depuis toute petite regardait Marco avec des yeux de merlan frit, et, enfin, ceux de Sophie, qui, à l'âge de seize ans, était sortie avec Alexandre le temps d'un été. Ce dernier avait plus tard expliqué à sa grand-mère que Sophie et lui s'étaient séparés au bout de trois semaines, car celle-ci voulait quelque chose de sérieux, là où lui souhaitait avant tout s'amuser. Sophie manquait de légèreté et il était selon lui préférable de la quitter avant qu'elle ne s'attache trop et que leur amitié ne soit définitivement gâchée. Micheline avait acquiescé, puis appelé son amie Madeleine pour regretter ensemble que, malgré leurs efforts et de multiples occasions, leurs deux propriétés ne se lieraient probablement jamais plus que d'amitié.

Ce fut la dernière fois qu'elles en parlèrent car Madeleine décéda peu de temps après des suites d'une bronchite mal soignée. Georges ne lui survécut pas longtemps. Brisé par le chagrin et la solitude, il cessa peu à peu toute activité, jusqu'à celle de son cœur, qui s'arrêta de battre quatre mois plus tard dans son sommeil. On les enterra tous deux au Père-Lachaise lors de cérémonies auxquelles toute la famille Fresnais assista.

Puis le temps passa, diminua ceux qui n'étaient déjà plus vaillants, et emporta à son tour Henri Fresnais. Ce dernier entra à l'hôpital un vendredi et, bien que les médecins lui aient prédit un prompt retour chez lui, il en sortit le jeudi suivant, le corps au repos et les deux pieds devant. Conformément à son souhait, il fut inhumé dans le petit village au-dessus du lac, sous la terre qu'il avait tant aimée, et ses enfants déposèrent beaucoup de fleurs sur sa tombe. Il faisait très froid ce jour-là, mais aussi très beau, à l'image de leurs cœurs un peu lourds et légers à la fois. Après le cimetière, ils remontèrent vers le chalet pour se retrouver autour d'un grand déjeuner et, comme c'était l'Épiphanie, ils

24

tirèrent les rois. Parce que la vie continuait, parce que « le Roi est mort, vive le Roi », parce qu'ils étaient heureux et émus d'être ensemble, les uns contre les autres pour resserrer les rangs, fiers d'avoir été ses enfants.

Ainsi, en un rien, à peine un souffle de vie, Henri Fresnais, né dans une ferme reculée du plateau de Langres, endurci par la guerre et l'Occupation, adouci par une vie heureuse de père et de mari, était devenu papi Henri. Qui découpait soigneusement ses croûtes de fromage pour les donner aux oiseaux, qui exigeait de manger de la viande à chaque repas en souvenir d'une guerre qui l'en avait privé, qui pestait après les enfants lorsqu'ils faisaient trop de bruit, qui aimait la nature autant que les hommes, qui riait en regardant *Papa Schulz* à midi et pleurait devant *La Petite Maison dans la prairie*.

Papi Henri s'en était allé sans prévenir et laissait derrière lui un grand vide. C'étaient quelques rêves inexaucés, des enfants déboussolés, une épouse orpheline, mais pour les abriter heureusement un chalet… et celui d'à côté.

26

Généalogie des familles Fresnais et Lefèvre

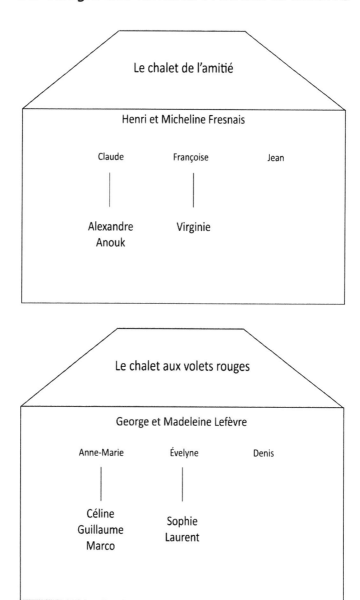

28

2000

30

Alexandre tourna la clef dans la serrure, puis poussa la porte en serrant sous son bras le paquet de documents récoltés dans la journée. Il déposa le tout sur la console de l'entrée et se dirigea vers sa chambre. Mais avant, comme chaque soir, il prit soin d'allumer toutes les lampes de l'appartement. Celles du salon, pièce surchargée de bibelots et de mobilier ancien dépareillé, celles de la salle à manger qui encadraient le grand miroir coiffant la cheminée, celles de la cuisine et enfin celles du couloir, qui même illuminé demeurait sinistre. Il n'y avait rien à faire. Cet étroit corridor avec son papier peint vieilli, strié de bandes blanches et vertes, balisé des deux côtés par de vieilles appliques en laiton et tout aussi vieilles gravures... Il avait déjà dit à son père de changer cela. Il le lui redirait. Cela ne pouvait plus durer, cette impression de vivre dans un musée ou dans une maison hantée.

Il marcha jusqu'au bout du couloir et entra dans sa chambre. Là aussi, il alluma toutes les lumières et ouvrit les volets, bien que le jour ait commencé à décliner. Il ramassa sa couette, qu'il jeta sur le lit, attrapa le tas de vêtements qui formait une montagne sur le petit fauteuil crapaud, le déposa sur la couette, y ajouta sa veste et revint s'asseoir sur le fauteuil, qu'il traîna vers le téléviseur en faisant crisser le parquet. Puis il actionna la PlayStation.

Trois heures plus tard, il entendit la porte de l'appartement qui s'ouvrait et arrêta le jeu vidéo. Il regarda sa montre. Vingt et une heures. Il y avait du progrès. Il quitta sa chambre et alla accueillir son père dans l'entrée. La porte encore grande ouverte, Claude était en train de jeter un coup d'œil aux papiers que son fils avait déposés sur la console.

— C'est la documentation qu'on m'a donnée à l'école aujourd'hui, expliqua Alexandre.

Son père releva la tête.

— Ça fait beaucoup. Tu as dîné ?

— Non, je t'attendais.

Claude brandit le bras auquel pendait un sac en plastique.

— Chinois, ça te va ?

— Bof. On en a déjà mangé hier.

— Tout le reste était fermé.

— Je sais.

Claude retira son manteau et ferma la porte.

— Où est-ce que tu veux t'installer ? Dans le salon ? On sera mieux sur les canapés, non ?

Alexandre hocha la tête.

— Je vais chercher les assiettes.

Il se rendit dans la cuisine et installa la vaisselle sur un plateau qu'il alla ensuite déposer sur la table basse du salon. Son père avait pris place sur un fauteuil et était en train de dénouer sa cravate. Le teint rouge, un peu transpirant, une main nerveuse occupée à lisser ses cheveux gris en arrière, Claude avait l'air fatigué. Alexandre remarqua qu'un bouton de sa chemise avait sauté sous l'effet du surpoids, si bien que

32

l'on apercevait le ventre tendu à travers l'ouverture du tissu. Ainsi affalé, Alexandre trouva à son père une dégaine négligée. Il songea que le laisser-aller avait commencé avec le départ de sa mère et ne s'était pas arrangé au fil des années. Il détourna le regard.

— Dure journée ?

— Pas plus que d'habitude, répondit Claude en sortant les barquettes du sac.

Il donna à son fils une paire de baguettes tandis qu'une odeur d'épices et de graisse chaude envahissait la pièce.

— Et toi ? Tu vas me raconter. Tu as pris le vin ?

— Non, on a fini celui d'hier.

— Prends le bourgogne qui est sur le frigo. Il est léger.

Alexandre revint quelques secondes plus tard muni de la bouteille. Son père l'ouvrit aussitôt.

— À toi de me dire.

Alexandre se redressa avec sérieux, prit délicatement le verre entre ses mains, fit tourner le liquide à l'intérieur, plaça son nez au-dessus pour respirer le parfum et but une petite gorgée qu'il garda longtemps dans ses joues comme il était convenable, lui semblait-il, de le faire.

— Alors ?

— Bien, répondit-il d'une voix sûre.

— C'est un patient qui me l'a offert.

Claude but à son tour et reposa le verre en grimaçant.

— Oui, léger, c'est le moins que l'on puisse dire… Enfin, ça partait d'une bonne intention.

Il attrapa une barquette de nourriture.

— Alors, ce premier jour de cours ? C'était bien ? Tu es content ?

— Pour l'instant, oui. Mais je n'ai pas vu grand-chose.

33

Les locaux sont près des quais. L'été, ça doit être sympa. Et les gens ont l'air plus détendus qu'en prépa…

— Pas difficile, marmonna Claude. Comment ça s'appelle déjà ?

— L'ESJ. École supérieure de journalisme.

— Ah oui, c'est ça. Donc première bonne impression. Quand est-ce que les choses sérieuses commencent ?

— Demain.

— Tu te sens prêt ?

— Oui, j'ai hâte !

— Tant mieux ! On trinque alors ?

Alexandre leva son verre.

— On trinque ! Après l'été que j'ai eu, ce serait difficile de ne pas être prêt. J'en ai quand même bien profité.

— Content de te l'entendre dire, fit Claude en engloutissant une grosse portion de nouilles. En parlant d'été, ce serait bien que tu ailles rendre les clefs du chalet à ta grand-mère.

Alexandre leva les yeux au ciel.

— Oui, je sais.

— Je sais que tu sais, répliqua Claude avec une fermeté inhabituelle. Mais tu ne réalises pas que c'est une vieille personne. Elle t'a prêté le chalet pour que tu ailles y passer les vacances avec tes copains et ça fait deux semaines que tu es rentré. Il faut lui rendre les clefs !

— Oui, ça va, pas la peine de t'énerver. De toute façon, personne ne va y aller avant Noël.

— Ce n'est pas le problème. Je ne veux pas que ta grand-mère s'inquiète.

— Elle s'inquiète toujours.

— Oui, eh bien, justement. Ce n'est pas la peine d'en

34

rajouter.

Alexandre observa son père. Ce dernier se montrait tendu et anxieux, ce qui ne lui ressemblait guère.

— Pourquoi tu t'énerves comme ça ? Il y a un problème avec mamie ?

Le regard de Claude se troubla. Il hésita, parut sur le point de parler, puis, finalement, se ravisa.

— Mais non, bougonna-t-il. J'aimerais simplement que tu apprennes à faire attention aux autres. Tu n'es plus un enfant.

Alexandre encaissa le coup et n'insista pas. Il attrapa la télécommande et proposa qu'ils regardent un film. Claude indiqua qu'il y avait un match de rugby. Alexandre alluma la télévision, ce qui signa la fin de leur conversation.

Il partit se coucher à minuit après avoir traîné un peu devant le poste, essentiellement par flemme de se lever et de parcourir les quelques mètres qui le séparaient de son lit. Son père et lui avaient enchaîné sur une émission politique que Claude avait rapidement zappée au motif qu'il était fatigué d'entendre toujours le même discours démagogue et désengagé de la part des politiciens. Finalement, Alexandre l'avait abandonné devant un documentaire animalier traitant de la migration de la grue cendrée, qui avait eu sur lui un incontestable effet soporifique, contrairement à son père qui allait rester les yeux rivés sur l'écran jusqu'à une heure très avancée. Claude était insomniaque et il n'était pas rare que son fils le trouve dans le salon en train de lire ou regarder la télévision au moment où lui-même se levait.

36

À la fin de la semaine, le rappel à l'ordre de son père avait fait effet : Alexandre se rendit chez sa grand-mère. Pour une fois, il s'était levé tôt le samedi et avait décidé d'aller la voir en matinée. Ainsi, s'il était retenu à déjeuner, ce qui était probable, il aurait encore le temps d'aller travailler à la bibliothèque. Les cours avaient commencé à une cadence soutenue et l'année, déjà, s'annonçait ardue.

Micheline habitait toujours le même appartement qu'elle et Henri avaient acquis à la sortie de la guerre et qui comportait, entre autres, un balcon suffisamment large pour accueillir une petite table et de nombreuses jardinières que Micheline garnissait de géraniums au printemps. Cette dernière passait beaucoup de temps à s'occuper de ses fleurs. A fortiori car le balcon offrait un point de vue imprenable sur la rue, ce qui lui permettait de capter des bribes de conversations et de participer à la vie des autres en toute discrétion. Souvent, quand il venait la voir, Alexandre surprenait ainsi sa grand-mère le bras en suspens, un arrosoir tari à la main, en train d'écouter les propos d'une passante, d'un parfait inconnu ou d'un voisin. Voir sans être vue, l'un

37

des loisirs préférés de la vieille dame et peut-être l'un des rares encore à sa portée.

En arrivant dans sa rue, Alexandre leva le nez vers le poste de guet préféré de sa grand-mère, mais ne la vit pas. Le temps sûrement, qui depuis le matin était mauvais et faisait tournoyer dans de violentes bourrasques les premières feuilles mortes de l'automne. Avant de monter, il s'arrêta à la supérette qui avait remplacé depuis longtemps la boutique de son grand-père et y acheta un paquet de pastilles Vichy. Les blanches et dures qu'il n'appréciait pas particulièrement, mais dont sa grand-mère raffolait, et qu'elle conservait jadis dans un bocal en verre à l'abri des mains enfantines. Pénétrant dans l'immeuble, il emprunta le vieil escalier de bois dont les marches grinçaient sous chaque pas et s'arrêta au deuxième étage. Il poussa le bouton cuivré de la sonnette et attendit. Pas de réponse, aucun bruit. Il réitéra avec plus de force jusqu'à entendre au loin le claquement d'une porte, suivi du traînement étouffé de chaussons sur le parquet. Puis le cache du judas glissa sur le côté et il imagina sa grand-mère qui, juste derrière, se dressait sur la pointe des pieds.

— Mamie, c'est moi !

Il entendit bientôt le cliquetis de la serrure, et le visage souriant de Micheline apparut dans l'entrebâillement de la porte.

— Bonjour, mon chéri ! s'exclama la vieille dame de sa voix grêle.

— Salut, mamie ! répondit Alexandre avec le même enthousiasme sincère.

Il se baissa pour déposer un baiser sur la joue douce et ridée.

38

À présent qu'il était grand, sa grand-mère lui apparaissait comme une toute petite chose. Sa mamie, qu'il appelait désormais « ma petite mamie », n'était plus une grande personne. Au fil des ans, elle était devenue cette créature fragile aux cheveux blancs, à la peau fine et tannée, et aux doigts gonflés d'arthrose. Elle s'habillait très simplement, sa seule coquetterie consistant en un solitaire monté sur griffes qu'elle ne quittait jamais, offert un jour ancien de fiançailles, et en une petite croix dorée qui avait autrefois appartenu à sa mère et qui disparaissait le plus souvent sous ses corsages. Mais ce qui frappait surtout chez Micheline, pour qui la rencontrait, c'était son regard d'un bleu très vif, souriant et aimant, qui s'éclairait quand elle était heureuse et, s'il n'y avait eu autour ce corps en dégression, lui aurait donné l'air d'avoir vingt ans. Ce regard-là était précieux et n'était pas un regard de vieux.

Alexandre adorait sa grand-mère. Plus que n'importe quelle autre personne et mieux que toutes les pastilles Vichy du monde, elle représentait l'enfance, le cocon rassurant, les histoires que l'on se fait lire sur les genoux, les câlins contre le sein et les vacances. En un mot : l'amour. Le vrai, celui qui renforce et donne confiance. Elle s'était tant occupée de lui qu'il considérait qu'elle l'avait en partie élevé. Lorsqu'il était enfant, ses deux parents travaillaient beaucoup et son père le déposait régulièrement chez ses grands-parents avant de se rendre à l'hôpital. Alexandre n'avait jamais eu de nourrice, de jeune fille au pair ou de nounou. Il n'en avait pas eu besoin, il avait une mamie. C'était mieux que tout le reste, y compris plus tard, le mercredi, lorsque n'ayant pas école, Anouk et lui passaient la journée chez elle.

Il regarda sa grand-mère et mesura combien le temps avait passé. Désormais, c'était lui qui offrait des bonbons. Il tendit les pastilles Vichy.

— Oh, merci mon chéri ! s'exclama Micheline avec gourmandise. Je les adore !

Alexandre fut content de lui.

— C'est idiot, je n'en achète plus jamais, poursuivit sa grand-mère en observant le paquet.

— Eh bien, comme ça tu en auras.

— Oui.

Elle le regarda avec tendresse.

— Tu en veux ?

— Non, merci, je viens d'avaler mon petit déjeuner.

— Eh bien, moi, j'en prends une ! Viens, nous allons nous installer dans le salon. Je vais faire du thé. Tu restes déjeuner ?

— Je ne sais pas encore. J'ai du travail…

Sa grand-mère afficha un air déçu.

— Ah. Tu me diras alors.

Elle l'abandonna au milieu du salon.

— Assieds-toi, j'arrive.

Elle reparut peu après sur le pas de la porte. Elle portait un plateau sur lequel étaient disposées une théière et deux tasses. Toute son attention était mobilisée pour ne pas faire choir les objets. Alexandre se rendit compte qu'elle marchait plus mal que d'habitude. Elle boitait de la jambe gauche et, bien que concentrée, grimaçait à chaque pas.

— Attends, laisse-moi faire, dit-il en lui prenant le plateau des mains. Tu as mal à la jambe ?

— Moi ? Non. Fais attention au tapis.

40

Alexandre déposa prudemment le plateau sur la table basse, puis aida sa grand-mère à s'asseoir.

— Je vois bien que tu as mal.

— C'est juste un petit bleu que je me suis fait.

Alexandre sut qu'elle mentait.

— Tu as vu le docteur ?

— Mais non, pas besoin.

— Tu n'es pas tombée, au moins ?

Sa grand-mère secoua la tête l'air agacé.

— Puisque je te dis que non ! Ce que tu peux être têtu !

Alexandre ne poursuivit pas, mais se promit d'en parler ultérieurement à son père. À défaut de consulter son médecin traitant, Micheline se laisserait peut-être examiner par son fils. La possibilité que Claude soit cependant déjà au courant lui effleura l'esprit. Cela expliquerait sa récente inquiétude, plus marquée que d'habitude. Néanmoins, comme l'entêtement était un trait de famille héréditaire, il savait que sa grand-mère ne lui dirait rien et il changea de sujet.

— Tiens, dit-il en posant les clefs du chalet à côté du plateau.

— Ah, merci, fit Micheline avec soulagement. J'étais inquiète, tu comprends. Je pensais que tu les avais perdues.

— Mais non, mamie. J'étais occupé, c'est tout.

— Tu as bien fermé le gaz ?

— Oui, ne t'inquiète pas.

— Et l'eau ?

— L'eau aussi.

— J'espère. Parce que tu sais, si on oublie, les canalisations explosent avec le gel.

— Oui, je sais.

— Bon, tant mieux, tant mieux... Parce que c'est déjà arrivé, tu comprends ?

— Je sais.

— Et moi, ici, je ne peux rien.

Alexandre songea que, même là-bas, elle pourrait peu, mais il garda cette pensée pour lui. Sa grand-mère s'inquiétait effectivement de plus en plus. Son père avait raison à ce sujet et, tandis que le corps de Micheline rapetissait, c'était aussi son monde qui régressait. Et sa pensée, comme le reste, qui s'étriquait.

Il eut un pincement au cœur et regarda autour de lui. Soudain, cet appartement qu'il visitait plusieurs fois par an, qu'il connaissait par cœur, lui sembla considérablement vieilli. Le grand tapis coincé sous le canapé, aux couleurs délavées et aux coutures usées, les livres de son grand-père entassés dans l'entrée avec leur couverture en cuir rouge grisée par la poussière, les portraits des aïeuls, premières photographies, suspendues au-dessus du vide comme des témoins du passé, la grande glace sur le bahut, le carrelage au motif tout droit sorti des années soixante-dix, le lampadaire avec son abat-jour de velours vert, le lustre et ses pampilles... Tout ce décor qui jusque-là ne l'avait jamais dérangé, mais qui, à présent, lui donnait la nausée.

— Mamie ?

— Hum ?

— Pourquoi tu ne ranges pas les vieux livres de papi ?

Sa grand-mère suivit son regard et fronça les sourcils.

— Mais où veux-tu que je les range ? répliqua-t-elle. Il n'y a plus de place ici avec toutes les affaires de ton grand-père.

— Justement. Tu devrais faire le tri. Jeter, donner.

— Je n'ai pas le courage.

— Je peux t'aider si tu veux. On peut faire ça en plusieurs fois.

— Non, mon chéri, fit sa grand-mère plus gravement. Tu ne comprends pas. Ce n'est pas que je n'ai pas l'énergie, c'est que je n'ai pas envie. Je ne veux pas.

— Mais mamie, si tu laisses ces livres ici, ils vont s'abîmer.

— Qu'ils s'abîment, ce n'est pas grave. Ils n'ont aucune valeur de toute façon.

Alexandre lança un regard contrarié à sa grand-mère.

— À quoi ça sert de tout empiler ? demanda-t-il avec provocation. Je croyais que tu détestais le gâchis…

— C'est vrai, mais je ne veux pas les donner.

— Même pas quelques-uns ?

— Non.

Il se tut, car sa grand-mère avait haussé le ton et répondu avec un voile dans la voix. Discret, un tout petit filet, mais qui retenait beaucoup de choses.

— Tu sais que garder tout ça ne ramènera pas papi…

Sa grand-mère eut l'air mélancolique.

— Je sais, mon chéri. Mais m'en débarrasser… ça, je ne peux pas. Cela me donnerait l'impression qu'il n'est plus là.

— Il n'est plus là, mamie.

— Peut-être, mais je ne m'y fais pas.

Alexandre se rendit compte que le combat était perdu d'avance et que, à l'instar de ses occupants, l'appartement était lui aussi condamné à quitter les vivants. C'était ainsi, il était vain de lutter. Un peu triste, il renonça donc à faire vendre les livres et s'occupa de servir le thé. Sa grand-mère prit la tasse entre ses mains et le regarda.

43

— Raconte-moi plutôt quelque chose de gai, dit-elle. Ça me changera les idées.

Alexandre fut pris de court.

— De gai ?

— Oui, raconte-moi comment vont tes amours par exemple. Tu es amoureux en ce moment ?

Il rougit.

— Euh, je ne sais pas. Peut-être, oui…

— Ah, tu me fais plaisir ! Comment s'appelle-t-elle ?

— Marie.

— C'est joli, Marie. Tu l'as rencontrée où ?

— Pendant les vacances. C'est une copine de Sophie. Elles font du droit ensemble.

— Ah.

Sa grand-mère affichait un air contrarié. Devinant quelles étaient ses pensées, il leva les yeux au ciel.

— Qu'est-ce qu'il y a ?!

— Rien du tout, mon chéri, se défendit la vieille dame. Du moment que cela ne pose pas de problèmes avec Sophie.

— Mais non ! C'est bon, il y a prescription ! Ça fait deux ans qu'on est sortis ensemble et ça n'a même pas duré trois semaines !

— Oui, je sais, tu m'as dit.

— Et puis, il ne s'est rien passé de sérieux. Je veux dire…

Il hésita.

— On n'a pas couché ensemble, si tu veux tout savoir.

Après tout, il n'avait jamais rien caché à sa grand-mère, il n'allait pas commencer maintenant. Celle-ci eut un mouvement de surprise.

— De mon temps, on ne couchait pas avec la terre entière de toute façon, dit-elle en essayant de ne rien laisser paraître de sa gêne.

— D'accord mamie, mais ton temps, c'est fini.

— Je te remercie.

Elle lui renvoya un sourire indulgent auquel il répondit de bonne grâce.

— Bref, ne t'inquiète pas. Il n'y a aucun problème.

— Si tu le dis.

Sa grand-mère était visiblement ennuyée, mais n'insista pas. Alexandre lui en sut gré. Le fait d'être précédemment sorti avec Sophie lui posait déjà un problème et il n'avait pas besoin qu'on vienne le lui rappeler.

Pensant peut-être le soulager, Micheline lui demanda alors des nouvelles d'Anouk. Alexandre souffla à la seule évocation de sa petite sœur. Toute sa famille, et parfois même ses amis, s'adressaient à lui lorsqu'il s'agissait de savoir comment allait Anouk. Mais la vérité était qu'il n'en savait rien. Elle avait beau être sa sœur, Anouk était un nid à problèmes et il essayait autant que possible de garder ses distances. Ils étaient trop différents l'un de l'autre. Même physiquement. Lui était grand, robuste, portait les cheveux courts et bruns, tandis qu'elle était petite, menue, et avait des cheveux longs, plutôt blonds. Pour qui ne les connaissait pas, il était impossible de deviner qu'ils étaient liés par le sang. En outre, Anouk habitait avec leur mère à Saint-Germain-en-Laye et, bien que cette situation résultât de son propre choix (au moment du divorce, elle avait décidé d'aller vivre avec Isabelle), elle n'en était pas heureuse. Il faut dire que la vie en banlieue chic correspondait assez peu à ses loisirs du moment, comme celui par exemple de fumer des joints en

45

s'adonnant à l'art du graffiti sur tout ce que la ville comptait de murs vierges.

L'année précédente, elle s'était fait prendre en compagnie de ses amis tagueurs et avait fini au poste, ce qui lui avait valu de se faire exclure de son lycée. Non sans peine, Isabelle lui en avait trouvé un autre, privé, qui au-delà d'être hors de prix, avait la caractéristique de mener la vie stricte à ses élèves. La rentrée venait tout juste d'avoir lieu et toute la famille guettait de loin la scolarité d'Anouk en espérant que les choses se passeraient bien. Micheline n'échappait pas à la règle. Elle s'inquiétait pour sa petite-fille, ce qu'Alexandre comprenait. Pour autant, il se sentait peu légitime à donner des nouvelles de sa sœur. Chacun ses problèmes. Heureusement, à cet instant, les cloches d'une église sonnèrent les douze coups de midi et Micheline rassembla les tasses sur le plateau. Elle se leva avec précaution.

— Alors, questionna-t-elle en atteignant la cuisine, tu restes déjeuner ?

Alexandre songea que sa grand-mère et lui s'étaient déjà plus ou moins tout dit et qu'il ferait mieux d'aller s'acheter un sandwich avant de se rendre à la bibliothèque. Cependant, en la regardant marcher avec difficulté, il réalisa que, même si tous les sujets étaient épuisés, viendrait un jour prochain, lointain ou pas, où il aurait de nouvelles choses à raconter et où il n'y aurait plus personne dans cet appartement pour l'écouter.

— Oui !

Il devinait le sourire sur le visage ridé et fut heureux de l'avoir provoqué.

46

Il quitta l'immeuble de sa grand-mère vers quatorze heures en se demandant ce qu'il allait faire de son après-midi. C'était moins une question de temps qu'un problème de motivation nettement diminuée. D'un côté il y avait la bibliothèque, la pochette qu'il tenait sous le bras, remplie des premiers cours de la semaine, de l'autre l'envie de se promener. Le temps ne s'était cependant pas arrangé et le vent soufflait plus fort qu'en matinée. Il ferma sa veste et sortit le lecteur Minidisc que son père lui avait offert à Noël. Sous le sapin, remplacé depuis longtemps par le ficus du salon, le lecteur de musique emballé de papier doré avait eu plus d'effet que le chèque qu'il recevait traditionnellement. Il ajusta le casque sur ses oreilles et pressa le bouton play. La guitare de Matthieu Chedid résonna dans les écouteurs et il se mit à marcher.

J'ai les méninges nomades, j'ai le miroir maussade. Certes, le temps ne s'était pas amélioré, mais, s'il ne pleuvait pas, il pourrait se rendre à la bibliothèque à pied. En marchant vite, il y en avait pour une heure maximum. *Tantôt mobile, tantôt tranquille.* Une heure, c'était vite fait. Comme ça, il se promenait tout en allant travailler, c'était un bon compromis. *Je moissonne sans bousculade.* Bibliothèque Sainte-Geneviève ou BNF ? *Je dis aime et je le sème, sur ma planète.* Sainte-Geneviève, c'était plus près, mais c'était aussi son repère. Il y était fiché. Combien de fois lorsqu'il était en prépa avait-il dragué près de la machine à café ? Il y était connu comme le loup blanc. *Je dis aime, comme un emblème.* Papa, maman, je vais travailler à la bibliothèque. C'est ça, oui, bien sûr… *La haine je la jette. Je dis aime…*

Il opta finalement pour la Bibliothèque nationale de France. D'abord, il ne connaissait pas l'endroit et, plus

47

important encore, il n'y était pas connu. Ensuite, c'était certes plus loin que la bibliothèque Sainte-Geneviève, mais c'était aussi très près de sa nouvelle école. Il serait appelé à y passer plus de temps. Il redoubla la cadence tandis que, dans le casque, Alain Bashung succédait à Matthieu Chedid.

Il repensa à sa sœur qui était fan de l'homme aux lunettes noires. Ce n'était pas de sa génération, mais elle avait hérité ce goût de leur père, qui, lorsqu'ils étaient enfants, écoutait régulièrement le chanteur, les enceintes réglées à fond dans le salon.

La nuit je mens, je prends des trains à travers la plaine. La conversation avec sa grand-mère avait réveillé en lui un vieux sentiment de culpabilité. Anouk n'allait pas bien, il le savait. Tout le monde le savait. *La nuit je mens, je m'en lave les mains.* Pourtant, chacun prenait soin d'éviter le sujet, lui le premier. Anouk elle-même faisait semblant de s'en foutre. Elle se foutait de tout. C'était du moins ce qu'elle gueulait toute la sainte journée sur quiconque tentait de l'approcher. *J'ai dans les bottes des montagnes de questions.* C'était mieux avant le divorce, c'était différent.

Quand ils étaient petits, ils s'entendaient bien. Il se faisait même un devoir de la protéger dans la cour de récréation. À présent, ils ne se comprenaient pas, se disputaient souvent. Presque à chaque fois qu'ils se voyaient. *Où subsiste encore ton écho, où subsiste encore ton écho.* Même les psys, elle les avait tous découragés. Quand elle ne peignait pas, quand elle n'était pas enfermée dans son monde, Anouk était enragée. Animée d'une envie de tout casser. Elle avait besoin d'aide. *On m'a vu dans le Vercors, sauter à l'élastique.* Mais elle était loin. C'était loin, Saint-Germain. *Voleur d'amphores au fond des criques.* Peut-être qu'il devrait essayer de faire

48

quelque chose avec elle. Des crêpes, un cinéma. N'importe quoi. Oui, peut-être. À condition qu'elle ne l'envoie pas paître. *J'ai fait la cour à des murènes.* Parce qu'il voulait bien faire un effort, mais pas trop non plus. Il n'était pas psy et lui aussi avait sa vie. *J'ai fait l'amour, j'ai fait le mort.* Et puis, il y avait Marie. *T'étais pas née.* Marie…

Je dis aime…

50

Trois semaines plus tard, le temps avait passé et Alexandre n'avait toujours pas revu Marie ni aucun de ses meilleurs amis. La rentrée avait entraîné chacun dans un tourbillon et personne n'avait eu le temps de donner des nouvelles. À peine avait-il eu Marco cinq minutes au téléphone, lequel lui avait expliqué qu'il était débordé de travail, ce qui l'étonnait lui-même. Lui, Marco, grand fêtard devant l'Éternel, connu dans plusieurs établissements scolaires pour être un brillant fumiste, qui s'était attiré par ses carnets de notes les foudres de ses parents et, plus tard, leur désespoir, venait enfin de s'investir dans un projet d'avenir. Son avenir. Il étudiait désormais le graphisme dans une école du Quartier latin et le faisait apparemment sérieusement. Alexandre prit son téléphone et rédigea un message à son intention : « Seul ce soir, on sort ? » Marco répondit une heure plus tard, ce qui en soi augurait déjà un changement, lui qui avait habitué ses interlocuteurs à répondre dans l'instant. Le téléphone émit un petit bip caractéristique : « Impossible, suis séquestré. Viens dîner à la maison si tu veux. » Alexandre répondit qu'il viendrait et rangea son téléphone.

En fin de journée, il emprunta donc la ligne 2 du métro et descendit à la station Porte-Dauphine pour se rendre chez Anne-Marie et Arnaud de Beauch, qui habitaient en bordure du bois de Boulogne un grand et austère appartement avec vue sur les prostituées et le périphérique. Anne-Marie Lefèvre, l'aînée de Georges et Madeleine Lefèvre, avait épousé sur le tard un aristocrate issu d'une des familles les plus en vue, bien que financièrement mal en point, de Neuilly-sur-Seine. Anne-Marie avait cependant misé sur le bon étalon. Honteux du déclin selon lui immérité du patrimoine familial, Arnaud de Beauch avait mis un point d'honneur à rénover le vernis écaillé de sa lignée et monté une entreprise de conseil en droit fiscal, qui avait prospéré au-delà de ses espérances. En quelques années, il s'était taillé la part du lion après avoir courtisé avec assiduité ces messieurs du Jockey Club, du Cercle interallié, du Polo et Rotary. Arnaud de Beauch était connu dans le Tout-Paris, du moins le plus recommandable, et était également tout le temps parti.

Son épouse s'était quant à elle très vite adaptée à ce milieu argenté et courait volontiers les mondanités. Le reste du temps, elle demeurait recluse dans son grand appartement, dont elle ne sortait que pour rejoindre ses amies, l'été au bord d'une piscine et l'hiver autour d'une tasse de thé. Par tous les moyens, Anne-Marie essayait de tromper l'ennui tandis que son mari se contentait de la tromper. Cependant, et bien que tout le monde sût cela, elle la première, personne n'en parlait, surtout pas en famille où il était de bon ton de préserver les apparences et de prétendre que tout allait pour le mieux dans le meilleur des mondes. Pour Alexandre, qui était tenu au courant de l'envers des choses par Marco, la situation

52

atteignait le summum de l'hypocrisie et il préférait de loin sa condition d'enfant de divorcés à celle de son meilleur ami, fils de mensonges et de lâcheté. Mais tout ceci ne le regardant pas, il avait pris depuis longtemps le parti de l'indifférence et jouait à la perfection le jeu des faux-semblants. Aussi, lorsqu'il parvint sur le grand palier qui desservait l'appartement des Beauch, ajusta-t-il le col de sa chemise et se composa-t-il un sourire de publicité. Anne-Marie vint lui ouvrir.

— Oh, bonsoir Alex, lança-t-elle en lui assénant une bise aussi distante qu'impersonnelle. Comment vas-tu ?

— Je vais…

— Et ton père ? Bien, j'espère ? Il travaille toujours autant ?

Elle repartait déjà vers sa cuisine.

— Euh… oui, répondit Alexandre un peu plus fort pour qu'elle l'entende.

Mais Anne-Marie de Beauch avait disparu, le laissant seul dans l'entrée. Il jeta un coup d'œil au salon pour s'assurer que Marco n'y était pas, puis se dirigea vers la chambre de ce dernier. Il traversa l'appartement qui ressemblait à celui de son père (mêmes moulures, même parquet, mêmes grandes fenêtres mal isolées) au détail près que celui-ci était mieux entretenu. Rien ne dépassait. Les coussins en soie étaient parfaitement alignés, les fleurs séchées disposées en étoile dans les vases, les cadres dorés fraîchement dépoussiérés, les tapis bien au milieu du couloir et le mobilier, acheté ou hérité, savamment assorti. Alexandre toqua à la porte de la chambre et entra. Marco était attablé à son bureau en train de travailler.

— Salut mec, lança ce dernier sans relever la tête.

Alexandre jeta son manteau sur le lit et s'approcha. Un fusain à la main, Marco corrigeait des croquis.

— Qu'est-ce que c'est ?

— La production du jour. Pas mal, non ?

Il montrait le dessin d'un homme dont la posture rappelait vaguement quelque chose à Alexandre.

— C'est qui ?

— Une statue du Louvre ! J'y ai passé tout l'après-midi. Tu le crois, ça ?

Il s'arrêta de griffonner et déposa le fusain en poussant un soupir satisfait. Il fit pivoter son fauteuil.

— J'ai l'impression que ça fait une éternité qu'on ne s'est pas vus !

— Trois semaines ! Un record.

— C'est clair. Je ne pensais pas qu'un jour je travaillerais autant.

— Moi non plus, fit Alexandre en s'effondrant sur le lit. Ça te plaît au mois ?

— Grave ! C'est trop bien ! Par contre, je n'ai pas le droit de me rater. Ils ne me font pas de cadeaux. Tu verrais les mecs qui sont avec moi... Ils ont de l'or dans les doigts. J'ai intérêt à m'accrocher.

— C'est pour ça que tu ne réponds plus au téléphone ?

— Ça et les vieux qui ont raqué vingt mille balles pour payer l'école.

— Ah oui, quand même...

Marco acquiesça d'un air important.

— Ouais. Je n'ai plus le droit à l'erreur. Tu verrais ma mère, elle passe son temps à me surveiller.

— Ça l'occupe, répliqua Alexandre en jetant un coup d'œil au couloir pour s'assurer qu'Anne-Marie n'y était pas.

54

Marco rit.

— Ça, c'est sûr ! En attendant, c'est devenu Alcatraz, ici.

— Ça tombe mal, je comptais sur toi pour organiser une petite sortie.

Marco secoua la tête vigoureusement.

— Laisse tomber, je suis prisonnier. C'est le goulag, je te dis.

— Ok. Tu peux au moins me dire ce qu'il y a en ce moment…

— Qu'est-ce que tu cherches ?

— Je ne sais pas. Un endroit sympa où on peut danser. Parler aussi.

— Boîte ?

— Bar, plutôt. Les boîtes, c'est bondé et on ne s'entend pas.

— Tu veux y aller avec qui ? questionna Marco, l'air malicieux.

Alexandre se fendit d'un sourire.

— Avec Sophie…

Il attendit un peu.

— … Et Marie.

— Ah, la voilà l'info ! fit Marco ravi. T'es long à la détente, dis donc ! Avec Marie… T'aurais pu m'en parler avant !

— Il n'y a rien à dire.

— C'est ça, oui. T'es amoureux ?

— Peut-être.

Marco émit un sifflement qui signifiait qu'une telle situation n'arrivait pas tous les jours.

— Bah, dis donc mon cochon, t'as pas choisi la solution de facilité.

— Je sais.

— D'abord elle a l'air d'avoir du caractère, ta Marie, et, en plus, c'est une copine de Sophie.

— Aucun problème avec Sophie.

— Si tu le dis…

— Salut, les morpions !

Guillaume, le frère aîné de Marco, venait d'ouvrir la porte de la chambre à toute volée. Il portait un costume sombre et une cravate rouge du plus bel effet. Alexandre pensa qu'à quelques détails près Marco était la copie conforme de son frère aîné. Tous deux avaient les mêmes cheveux châtain clair, les mêmes yeux noisettes, le même visage angélique compensé par un air intelligent et un sourire charmeur. Le même sens de l'humour aussi. Simplement, Guillaume était une version plus élaborée de Marco. Il faisait plus sûr de lui. À côté, son cadet ressemblait encore à un adolescent. Le corps plus maigre et les épaules basses, paraissant sans cesse sur le point de trébucher. Alexandre serra la main que Guillaume tendait.

— Whaou, t'es classe ! s'exclama-t-il.

— Je sors de la banque, répondit Guillaume fièrement. Vous faites quoi ?

— Rien, on discute.

— Ça vous dit une partie de Mario Kart ? J'ai eu une journée de dingue !

— Pourquoi pas. Alex ?

— Allez.

Marco était content. Jouer avec son frère et son meilleur ami faisait partie de ces moments de la vie qu'il chérissait.

— J'allume la console. Tiens, prends ma chaise de bureau. Je vais me mettre par terre.

Alexandre prit place et saisit une manette. Guillaume alla chercher un siège dans la chambre voisine et retira sa veste.

— Je vais vous montrer qui est le chef !

Marco sélectionna sur la console de jeux le mode « circuit », qui permettait à plusieurs joueurs de s'affronter sur une même course, et lança la partie. Les injures ne tardèrent pas à pleuvoir de toutes parts.

— Tiens, mange ça ! s'exclama Guillaume en envoyant une peau de banane sous les roues de son frère.

Le personnage de Marco fit un tête-à-queue et fut devancé par ses adversaires. Il se rétablit finalement de justesse et repartit dans la course à toute vitesse. Alexandre n'était qu'à quelques mètres devant lui.

— Au fait, reprit Marco, les yeux rivés sur l'écran, demande à mon frère à combien il vient d'être engagé par la banque...

Alexandre détourna un instant son attention du jeu.

— T'as été engagé ? C'est génial, félicitations !

— Merci ! répondit Guillaume sans quitter l'écran des yeux.

— Hé ! protesta Alexandre qui venait de se faire sortir de piste par Marco.

— De rien ! Demande combien !

— Quinze mille francs ! annonça Guillaume. Marco ne s'y fait pas.

— Tu m'étonnes ! Quinze mille balles pour faire le con derrière un guichet ! Déjà que le daron n'était pas enchanté à l'idée que je fasse une école d'art... Si en plus, maintenant, j'ai l'Oncle Picsou à côté de moi, je n'ai pas fini d'en entendre parler !

— N'est pas Andy Warhol qui veut.

— Ta gueule.

— Toi, ta gueule.

La voiture de Guillaume était toute proche de celle de son frère. Tous les deux allaient à vive allure dans un virage et la ligne d'arrivée n'était plus qu'à un tour de piste. Guillaume appuya de toutes ses forces sur la manette et se renversa sur son siège.

— Et bim ! s'écria-t-il triomphalement en envoyant son frère dans le décor. Ça t'apprendra à te révolter !

Marco essaya de sortir sa voiture du terre-plein et de revenir dans la course, mais ce fut peine perdue. Guillaume était déjà en train de passer la ligne d'arrivée.

— Et je ne fais pas le con derrière un guichet, ajouta sobrement ce dernier à l'attention d'Alexandre en reposant la manette.

Marco lui lança un regard meurtrier.

— La revanche !

— Non merci, déclina Guillaume en se levant. Je dois appeler ma chérie.

— Ok, après le dîner alors ! Comme ça on parlera aussi de la chérie d'Alex !

Alexandre lui lança un regard outré.

— Mais t'es une vraie balance, toi !

— Ouais, rétorqua Marco, content de lui.

— C'est parce qu'il est jaloux, fit observer Guillaume en posant une main sur l'épaule d'Alexandre. Il n'est jamais tombé amoureux.

— Hé !

— Oh, pardon. Sauf d'une Suédoise avec qui il est sorti trois semaines, l'année dernière.

— Hannah… fit Marco rêveur. Je suis sûr que c'est la femme de ma vie. Un jour, j'irai la voir dans son pays.

— C'est ça. Je vois d'ici le tableau. Marco et sa blonde au bord d'un fjord, avec des gosses comme les triplés du *Figaro Madame*.

— … Kick, Flip et Glück, compléta Alexandre d'un air inspiré.

— Maman sera tellement contente…

Marco grimaça à l'idée de sa mère et du *Figaro Madame*.

— C'est ça, foutez-vous de ma gueule. En attendant, on est toujours sans nouvelles du nouvel amour d'Alexandre.

— C'est vrai, ça, dit Guillaume en reprenant son air sérieux. Parlons de choses concrètes. Alors, t'es amoureux de qui ?

— Tout de suite les grands mots. Je ne suis pas amoureux. Elle me plait, c'est tout.

— Ok. Elle te plait. C'est qui ?!

— Marie.

Guillaume ouvrit de grands yeux.

— Marie… Marie ?

— Oui.

— La Marie de Sophie ?!

— Oui.

— Ouh là, ça risque de faire des problèmes, ça.

— Mais non ! Qu'est-ce que vous avez tous à la fin avec ça ?!

— Rien. C'est votre histoire, après tout. Vous faites ce que vous voulez. En tout cas, bravo, tu n'as pas choisi la plus moche. Elle est très jolie.

— Pas touche.

Guillaume éclata de rire.

— T'inquiète, je te la laisse ! Je ne joue pas dans la cour des petits. Et tu comptes faire comment pour conclure ?

— Justement, j'étais en train de demander à ton frère de nous organiser une soirée. Mais, apparemment, c'est fini tout ça. Monsieur travaille.

— Oui, enfin, c'est vite dit. Hein, Marco ? Tu vas bien faire quelque chose pour ton copain ?

— Faut voir, fit ce dernier en haussant les épaules. T'avais pas une chérie à appeler ?

— J'y vais.

Marco eut un sourire satisfait puis interpella son frère avant que ce dernier ne quitte la pièce.

— Au fait, tu sais ce qu'il y a pour le dîner ?

— Oui, répondit Guillaume avec malice. Du lapin et du Édouard !

— Oh, non !

— Ooooh, si !

Guillaume sortit dans un éclat de rire, laissant Marco dépité et Alexandre qui ne tarda pas à demander qui était Édouard. Pour toute réponse, Marco ouvrit le tiroir de son bureau et en sortit un sachet de tabac et quelques feuilles. Il se roula une cigarette avec application, en proposa une à Alexandre qui refusa et alla se poster à la fenêtre. Il cracha la fumée à l'extérieur en un mince filet.

— C'est le nouveau mec de Céline, expliqua-t-il en regardant la fumée s'échapper.

— Je ne savais pas que ta sœur avait un nouveau mec.

— Ouais, enfin, nouveau, façon de parler. Elle a commencé à sortir avec lui l'année dernière mais le mec l'a larguée avant l'été.

60

Marco lança un regard entendu à Alexandre. Tous deux soupçonnaient Édouard d'avoir quitté Céline pour être libre de s'amuser pendant les vacances. Trois mois de drague et de liberté. Un grand classique.

— T'aurais vu ma mère, poursuivit Marco goguenard. Elle était désespérée...

— Pourquoi ?

— Parce qu'elle avait trouvé le gendre idéal ! Beau gosse, friqué, plus âgé que Céline, termine ses études de médecine...

— Le pedigree parfait. À part ça, il est sympa ?

— C'est monsieur je-sais-tout. Comme papa, mais en plus chiant.

— Cool. Ça va être sympa le dîner ! Et comment ça se fait qu'ils ressortent ensemble ?

— Parce qu'après s'être bien éclaté, monsieur est revenu la chercher. L'autre, elle a accouru... Je te jure, ça faisait pitié.

Marco prit une nouvelle bouffée.

— Mais bon, la reine mère est ravie. À chaque fois qu'il vient dîner, elle sort l'argenterie.

Alexandre comprenait trop bien la situation que Marco décrivait. Comme sa mère avant elle, Céline était attirée par la réussite, les apparences, l'argent. Elle était la seule de la fratrie à avoir exigé de faire partie d'un rallye et avait entamé des études de pharmacie dans l'unique but de rencontrer un mari. Elle ne s'en était jamais cachée. Elle visait un pharmacien ou un médecin, peu lui importait, pourvu qu'il fût beau parti. Céline était très fière d'être une Beauch et ne concevait pas de redescendre de son échelle sociale, là où son plus jeune frère Marco, sans doute parce qu'il s'était convaincu qu'il n'y tiendrait jamais, avait pris depuis longtemps le parti de regagner la terre ferme et d'y rester. Jusqu'à parfois s'y enfoncer. Seul Guillaume restait à niveau entre les deux extrémités, ambitieux sans être prétentieux, aspirant à gagner suffisamment d'argent pour vivre comme il l'entendait, autrement dit très correctement.

Alexandre était encore sur ces considérations lorsque la voix d'Anne-Marie déchira le silence d'un « À table ! » strident. D'une pichenette, Marco envoya sa cigarette dans la cour et referma la fenêtre.

— Allez, dit-il sans entrain. Viens que je te présente mon beauf.

— Tu crois que c'est sérieux avec Céline ?

— J'ai l'impression, oui.

— Cool ! Ils vont peut-être annoncer leurs fiançailles.

— Ah, ah ! Parle pas de malheur…

Marco donna une tape amicale dans le dos d'Alexandre et l'entraîna vers la sortie. Comme toujours de toute façon, ils s'assiéraient côte à côte et se suffiraient à eux-mêmes pendant la durée du dîner.

Marco ne fut pas long à répondre à la requête d'Alexandre. Deux jours plus tard, il lui laissait un message en assurant avoir trouvé une idée de sortie fabuleuse et lui demandait de le retrouver en fin d'après-midi près de la Sorbonne où il avait prévu de prendre un café avec Sophie, sa cousine. Il ajoutait que Marie serait présente ainsi que la propre cousine d'Alexandre, Virginie. Alexandre n'avait plus qu'à se présenter à dix-huit heures. Quand il eut écouté l'intégralité du message, ce dernier referma son téléphone, sujet à un léger sentiment de malaise, mélange d'excitation et d'appréhension. La réputation de noceur de Marco n'était plus à faire, mais concernait davantage son talent de programmateur culturel que celui d'entremetteur. Il ne pouvait cependant plus reculer. À l'heure dite, il se rendit donc au bas de la rue Soufflot et pénétra dans le café où il avait pris l'habitude de retrouver Sophie lorsqu'il étudiait encore au lycée Fénelon, à quelques rues de là. Depuis son entrée à l'ESJ, il n'y avait pas remis les pieds.

Lorsqu'il arriva, tout le monde était déjà présent. Virginie, qui l'accueillit avec une bise sonore, Sophie qui en fit autant et Marco qui le toisa d'un air rusé lorsque, gêné, il se pencha pour embrasser Marie. Il osa à peine la regarder. Ses lèvres se dirigèrent mécaniquement vers la joue qu'elle tendait, son nez plongea dans les boucles brunes, le temps de humer un parfum et, en un rien de temps, c'était passé, il se redressait déjà. Il prit place en tâchant d'avoir l'air le plus naturel possible. Intérieurement, il essayait de se convaincre qu'il ne rencontrait que sa cousine Virginie, Sophie, une de ses amies, et Marco. Pas de quoi fouetter un chat.

— Comment ça va ? demanda Marco avec l'air de quelqu'un qui prépare un mauvais coup.

Alexandre sentait qu'il avait le visage en feu, ce qui semblait beaucoup amuser son meilleur ami. Marco avait l'œil pétillant. Trop pétillant.

— Ça va.

— Sûr ? fit Sophie. Ça n'a pas l'air. T'es tout rouge.

— J'ai couru pour venir.

— Ah ça, mon pote, reprit Marco, je te l'ai déjà dit, il faut te remettre au sport.

Il se tourna vers Marie.

— Tu fais du sport, toi ?

— Moi ? Non, pas trop. Je n'ai pas le temps.

— Arf, c'est dommage. T'aurais pu en faire avec Alexandre, il manque d'entraînement en ce moment.

Il y eut un mouvement brusque sous la table et l'expression de Marco se figea. Le pied d'Alexandre s'était détendu à la vitesse de l'éclair.

— L'écoute pas, fit ce dernier en adressant un sourire timide à Marie.

Marco acquiesça dans un râle. L'ignorant, Alexandre demanda à Sophie si sa seconde année de droit se passait bien. Comme il l'espérait, Marie ne fut pas longue à rejoindre

64

la conversation. Elle trouvait toutes les matières intéressantes hormis le cours de droit constitutionnel dispensé par un vieux professeur souffrant d'un sérieux défaut d'élocution et, plus grave, d'une libido en pleine ébullition. Sophie approuva. L'homme en question regardait davantage le décolleté de ses élèves qu'il n'écoutait ce qu'elles avaient à dire.

— Ça me rend dingue ! s'emporta Marie. Ce type est payé à mater de la chair fraîche toute la journée ! Il ne pense qu'à ça !

— On ne pense tous qu'à ça, fit Marco d'un ton laconique en retirant de sa bouche la paille qu'il était en train de mâcher.

Marie leva les yeux au ciel. Lorsqu'elle s'énervait, elle s'animait d'une manière fascinante. À l'arrêt, elle était une poupée de porcelaine, cheveux courts noirs de jais, pommettes rosées, bouche fine et sage, mais dès qu'elle parlait, le feu s'emparait d'elle. Ses yeux devenaient alors orageux, sa bouche se tendait comme un arc et ses doigts coiffaient nerveusement quelques mèches qui retombaient sur les tempes en accroche-cœur. Objectif atteint : en ce qui le concernait, celui d'Alexandre était bien accroché. Il jeta un regard admiratif à Marco qui y répondit par un clin d'œil. Sur ce point, les deux amis se rejoignaient. Marie était une beauté discrète mais piquante, il aurait fallu être aveugle pour ne pas s'en apercevoir.

Un ange passa et ne perdant pas de vue la raison pour laquelle ils étaient tous réunis, Marco reprit les rênes de la conversation. Il annonça à la cantonade qu'il avait trouvé pour la semaine d'après une formidable idée de sortie, quelque chose qui selon lui ne pouvait se refuser. Tous les visages se tournèrent vers lui.

— Qu'est-ce que tu as trouvé ? demanda Alexandre au moment où Marco sortait une enveloppe blanche de la poche intérieure de sa veste.

L'air énigmatique, celui-ci brandit cinq tickets.

— Si je te dis « le plus grand groupe de rock de tous les temps » ?

Alexandre tenta sa chance.

— Oasis ?

— Non. L'AUTRE plus grand groupe de rock !

Il regarda Sophie.

— Allez, cousine, fais un effort. Tu ne vas pas faire honte à la famille ! Si je te dis « Final Tour » ?

Alexandre lança à Marco un regard ahuri.

— Tu déconnes… murmura-t-il.

— Non, monsieur !

— T'as eu des places pour les Smashing Pumpkins ?!

— Le concert de Bercy ?! s'écria Sophie en sautant de joie.

— Mieux que ça… J'ai obtenu des billets VIP ! Premiers rangs et accès aux coulisses, s'il vous plaît. Vous pouvez me dire merci !

Virginie attrapa le billet et l'embrassa.

— Je t'adore ! Tu es un génie !

— Mais comment t'as fait ? fit Alexandre, perplexe. C'est complet depuis des semaines !

— Pas pour tout le monde.

— C'est-à-dire ?

— C'est-à-dire que parmi les très prestigieux membres du Polo, se trouve le directeur d'une grande agence de presse…

—… qui a gentiment offert les billets à ton père. Bien joué. On peut dire merci à Arnaud.

— Merci à moi, mon biquet, parce que j'aurais pu les donner à quelqu'un d'autre.

— Même pas en rêve, rétorqua Virginie en contemplant son billet. Je n'arrive pas à y croire... Les Smashing Pumpkins ! Billy Corgan ! Je dois encore avoir un poster de lui dans mon placard.

— Moi aussi, intervint Marie. Je peux voir les billets ?

Marco lui fit passer un ticket.

— Oh, non ! s'exclama-t-elle aussitôt. C'est un jeudi !

— Et alors ?

— Et alors, le jeudi je ne peux pas.

Alexandre se rembrunit. Ce concert avec Marie, c'était l'occasion qu'il attendait et la seule raison pour laquelle Marco s'était démené afin d'obtenir ces billets. Si Marie ne venait pas, tout leur plan tombait à l'eau.

— Bah là, tu vas pouvoir t'arranger, rétorqua Marco, catégorique.

— Non, impossible. C'est le jour de l'association.

— L'association ?

Aux trois personnes qu'elle avait en face d'elle, excepté Sophie qui savait, Marie expliqua qu'elle était bénévole dans une association qui s'occupait de femmes en difficulté. Marco fit une moue dubitative.

— Des femmes en difficulté ?

— Oui, des femmes au chômage, à la rue, des mères célibataires. Dans l'idéal, on voudrait aussi changer la place de la femme dans la société mais on est déjà débordés.

— Mais ça fait longtemps que tu fais ça ?

— Deux ans.

Autour de la table, les voix se turent, muselées d'étonnement. Aucun d'entre eux n'était engagé dans une quelconque cause sinon la leur propre. En cela, Marie était un ovni et Alexandre en fut d'autant plus fasciné. Une idée germa dans son esprit.

— Je ne sais pas si ça peut t'intéresser ou même aider ton association, mais peut-être que je pourrais faire un reportage sur vous. Pour mon école, ça pourrait être bien.

Marie braqua sur lui ses yeux perçants tandis qu'en même temps ceux de Sophie s'assombrissaient.

— Tu ferais ça ?

Le visage d'Alexandre s'empourpra.

— Oui, pourquoi pas ? Puisque je dois réaliser des sujets d'actualité. Je pense que ça peut intéresser. Moi, en tout cas, ça m'intéresse.

Du coin de l'œil, il voyait Marco qui le regardait d'un air moqueur. Il se concentra sur Marie.

— Mais oui, c'est une super idée ! s'exclama cette dernière. Il faut que tu viennes avec moi jeudi soir !

Pendant une fraction de seconde le nom des Smashing Pumpkins traversa l'esprit d'Alexandre avant qu'il ne s'entende répondre par l'affirmative. Sa réponse provoqua chez Marie un large sourire, ce qui acheva de dissiper d'éventuels regrets quant à Billy Corgan et sa guitare. Marco se chargea de le sortir de l'état hypnotique dans lequel les yeux de Marie l'avaient plongé.

— Mais le concert, Alex ! Tu te fous de moi ou quoi ?! Tu sais ce que j'ai dû faire pour avoir ces places ? Tout un après-midi à jouer au tennis avec mon père et les culs serrés qui lui servent de coéquipiers !

Alexandre prit un air coupable.

— Je sais, mais pour le boulot ce serait con de laisser passer ça. Moi aussi, il faut que je m'investisse. C'est une bonne occasion. En plus, si ça peut aider...

L'argument manquait d'authenticité et Marco ne s'y trompa pas. Sophie non plus.

— Tu me revaudras ça, fit Marco à mi-voix.

Alexandre lui adressa un sourire gêné, mais son meilleur ami le snoba.

— Qu'est-ce que je vais faire de ces places maintenant ? poursuivit-il agacé. Je ne vais pas les jeter quand même !

— Peut-être que je pourrais emmener Laurent ? fit Sophie l'air de rien.

Marco leva les yeux au ciel.

— Il a dix ans, Soph ! Qu'est-ce que tu veux qu'il aille faire à un concert des Smashing Pumpkins ?

Sophie fronça les sourcils.

— Et alors ? Tu sais bien qu'il adore la musique. Toutes les musiques !

Marco n'était pas convaincu. Il n'avait rien contre son petit cousin, mais de là à l'emmener au concert à la place d'Alexandre.

— Si ça se trouve, il ne pourra même pas entrer, prétexta-t-il. Il est trop jeune.

— Moi je suis majeure. Je suis responsable pour lui. Allez, s'il te plait... Ça lui fera du bien. Ça le sortira.

Virginie demanda si Laurent faisait encore du piano. L'aptitude de ce dernier pour cette discipline l'avait toujours impressionnée.

— Oui, répondit Sophie dans un soupir. Dès qu'il a un peu de temps libre. En plus, il s'est mis en tête de faire le conservatoire.

69

— Au moins il sait ce qu'il veut.

— Ça, c'est sûr, fit Sophie, l'air plus ennuyé que réjoui.

Autour d'elle, on hocha la tête silencieusement. Laurent savait effectivement ce qu'il voulait, ils en étaient tous témoins. Le piano était la discipline dans laquelle il excellait et grâce à laquelle il existait. Tout petit déjà, il passait des journées entières assis en tailleur dans le salon à écouter les vieux vinyles de son père. Il se balançait alors d'avant en arrière comme un autiste. Niveau trois sur l'échelle d'Asperger. Laurent était un enfant précoce et particulier, c'était vrai. Mais il avait aussi du talent. Son don ne provenait d'aucun apprentissage. C'était inné. Il pouvait reproduire n'importe quelle mélodie sans jamais l'avoir écoutée auparavant. Instinctivement, il reconnaissait les accords. Lorsqu'on lui demandait quel était son secret, il répondait qu'il comprenait la mécanique de la musique comme d'autres les équations mathématiques. C'était ce qu'il savait faire et la raison pour laquelle il préparait le conservatoire.

— Il a lu quelque part que le plus jeune élève avait quatorze ans, ajouta Sophie.

— Quatorze ans...

— Ouais, quatorze ans. J'espère qu'il ne l'aura pas si tôt. En même temps, s'il ne l'a pas…

Elle secoua la tête, l'air préoccupé.

— … Enfin, on verra bien. On n'y est pas encore.

Alexandre se pencha vers elle.

— S'il ne l'a pas, il fera autre chose, dit-il gentiment.

— Mouais, je ne sais pas trop quoi. Rien ne l'intéresse à part la musique. Tu sais, j'adore mon frère, mais il a toujours été un peu… spécial.

Alexandre connaissait Sophie par cœur et savait que qualifier son petit frère de « spécial » lui coûtait. Malheureusement, il n'y avait pas d'autres mots. Taciturne, renfermé, parlant peu voire jamais, Laurent donnait l'impression de n'avoir que le piano pour langage. Ou refuge. Même si le pauvre gosse avait des excuses.

À sa naissance, sa mère avait sombré dans une profonde dépression et s'était trouvée dans l'incapacité totale d'assumer ses fonctions. Elle ne s'était pas occupée de lui. Lentement, mais sûrement, Évelyne s'était renfermée sur elle-même jusqu'à n'être plus capable de sortir de chez elle. Une tâche aussi banale que faire des courses ou amener son fils à l'école lui paraissait d'une complexité folle et elle passait son temps à errer en pyjama dans son appartement. Forcée de grandir plus vite que ses camarades, Sophie avait assuré l'intérim durant toute la petite enfance de son frère. Parce qu'elle avait neuf ans de plus que lui et qu'elle avait compris, bien que personne ne le lui ait expliqué, que son père ne pouvait pas tout gérer. Elle avait donc joué à la maman et veillé sur son frère. Après tout, c'était dans ses cordes puisqu'elle le faisait déjà avec ses poupées.

Cet équilibre précaire tint de nombreuses années, jusqu'à ce qu'Évelyne accepte de se faire soigner. Le père d'Alexandre n'avait pas été étranger à sa guérison. François, le mari d'Évelyne, était venu un jour le chercher, par désespoir autant que par nécessité. Il lui avait demandé conseil et Claude l'avait orienté vers un excellent psychiatre. Alexandre trouvait que François avait agi avec beaucoup d'amour et d'intelligence pour aller chercher l'ancien amant de sa femme, le seul médecin qui pouvait entrer en contact avec elle sans l'effrayer ni la juger. La guérison d'Évelyne

71

avait pris quatre ans. Cela ne faisait pas très longtemps qu'elle avait recommencé à sortir, à voir du monde, à reprendre sa place de mère au sein du foyer. D'ailleurs, dans les familles Fresnais et Lefèvre, très peu de gens savaient ce qu'il s'était passé et ce qu'avait été la vie de Sophie, François et Laurent durant son absence. Peu de gens sauf Claude, et Alexandre par ricochet. Même Marco ignorait l'étendue du drame qui s'était joué chez sa cousine. Sophie n'en parlait jamais. Mais son corps le faisait pour elle. Ainsi, elle était celle qui semblait la plus vieille d'entre eux bien qu'elle n'ait pas encore atteint les vingt ans. Des rides précoces marquaient ses expressions, quand ce n'étaient pas ses longs cheveux châtains qui lui tombaient sur les yeux, un peu comme un rideau. Alors, elle les relevait d'une main, l'air toujours soucieux. Séquelles d'un autre temps.

Sophie savait qu'Alexandre savait et cela suffisait. Parfois il était ainsi plus commode de laisser les problèmes de côté, surtout lorsqu'il n'y avait pas grand-chose à en dire. Comme elle, Alexandre était inquiet pour Laurent, comme à moindre mesure il l'était pour Anouk. Songeant à cela, il regarda Marco.

— C'est pas bête comme idée, dit-il encore dans ses pensées.

— De quoi ?

— D'emmener Laurent. Ça lui ferait du bien d'écouter autre chose que du Chopin. Tant qu'on y est, tu pourrais aussi emmener Anouk.

— Anouk ? Mais je croyais qu'elle était à Saint-Germain ?!

— Oui mais elle pourrait dormir chez mon père. Ça ne vous embête pas les filles ?

72

— Pas du tout.

Marco n'avait plus le choix.

— Ok, maugréa-t-il. Mais ils ont intérêt à apprécier, les jeunes. C'est du caviar qu'on leur donne !

— Anouk va adorer, assura Alexandre.

Il quitta le café avec Marco après que Marie lui eut communiqué l'adresse de son association et qu'ils furent convenus de s'y retrouver le jeudi suivant. Il voulait s'assurer que Marco ne lui en voudrait pas de se défausser à la dernière minute d'une soirée qu'il avait lui-même demandé à organiser.

— Je suis désolé de te planter comme ça, dit-il à son ami tandis qu'ils redescendaient côte à côte le boulevard Saint-Michel et que ce dernier scrutait le bitume.

Marco s'arrêta et le regarda attentivement.

— T'es vraiment mordu, hein ?

Alexandre ne répondit pas.

— Il faudra que tu m'expliques ce que tu lui trouves de si dingue…

— Je ne peux pas l'expliquer. Tu m'en veux ?

Marco haussa les épaules.

— Qu'est-ce que tu veux que je te dise ? Ce n'est pas grave, il n'y a pas mort d'homme. Mais je m'attendais à aller voir un super concert avec toi et je me retrouve à faire du baby-sitting !

— T'abuses, Marco.

Ce dernier leva les yeux au ciel.

— Ouais, ça va, admit-il avec mauvaise humeur. Mais on parle des Smashing Pumpkins ! Combien de fois on a écouté ça dans ta piaule quand on était au lycée ?!

73

— Je sais. J'aurais bien aimé venir.

— Tu m'étonnes. À mon avis, tu vas le regretter. Mais bon, t'es assez grand pour décider.

— Ouais.

— Ouais.

Marco s'arrêta de nouveau et sourit à Alexandre. Comme toujours entre eux, l'orage n'était pas long à passer.

— Bon, allez, viens, on ne va pas rentrer comme ça. On va se prendre un petit café.

— On vient pas d'en prendre un ?

— Fais pas chier, Alex. Ce soir, il y a un match de Ligue 1.

Alexandre ne riposta pas et ils se dirigèrent vers un pub dans lequel ils avaient leurs habitudes. Ils s'assirent au comptoir face à l'écran géant et troquèrent leur projet de café contre deux pintes de bière.

Lorsque le jeudi suivant arriva, Alexandre se rendit dans le 19ème arrondissement de Paris où siégeait l'association de Marie, avant de s'apercevoir, non sans désarroi et sitôt la porte passée, que cette dernière n'était pas encore arrivée. Pire, il se retrouva dans une petite salle, seul homme au milieu d'une trentaine de femmes et tous les regards convergèrent vers lui. Confus, il se présenta et fut accueilli par la directrice de la structure, qui indiqua n'être pas du tout au courant de sa venue. Il se confondit en excuses. La femme l'invita néanmoins à prendre place dans l'assemblée en lui demandant de se faire le plus discret possible. Puis elle indiqua que la réunion était sur le point de commencer. Pris au piège, Alexandre alla s'asseoir au dernier rang et retira sa veste. Au-dessus de lui étaient suspendues les affiches des principales campagnes de communication d'associations d'aide aux femmes. Femmes battues, femmes à la rue, écoute amitié, etc. Les clichés parlaient d'eux-mêmes. Il commença à se demander si tout ceci était une bonne idée. Toutes ces femmes autour de lui qui s'activaient, les autres au mur qui pleuraient, et lui qui se sentait non pas hermétique mais peu concerné par leurs problèmes. Il songea à Marco, Sophie et

Virginie, qui au même moment étaient à Bercy en train d'assister à ce qui était peut-être le dernier concert des Smashing Pumpkins. Il pria pour que Marie arrive vite. Ce ne fut malheureusement pas le cas. D'autres femmes se présentèrent, quelques hommes aussi, ce qui le rassura, et bientôt toutes les chaises furent occupées, y compris celle qu'il avait réservée à côté de lui et dont il dut retirer ses affaires pour la laisser libre. La réunion commença sans Marie. Celle-ci arriva une demi-heure plus tard et ne vit même pas Alexandre lorsqu'il leva la main pour la saluer. Dépité, il se détourna. À présent, il regrettait vraiment de ne pas s'être rendu au concert et de moisir au sein d'une assemblée à laquelle il n'appartenait pas, pour les yeux d'une fille qui ne le considérait pas. Là où il avait vu une occasion de rencontrer Marie seul à seule et d'instaurer entre eux un début d'intimité, cette dernière n'avait sans doute pensé qu'au bénéfice que son association pouvait en retirer. C'était légitime après tout et il était seul à blâmer. Il se consola en se disant que sa présence en ces lieux avait tout de même une utilité et qu'il était aussi là pour travailler. Il s'assura que le magnétophone qu'il tenait entre les mains fonctionnait toujours.

La réunion dura près de trois heures. Lorsqu'elle s'acheva, il était démoralisé, épuisé et au bord de la crise d'hypoglycémie.

Marie parut contente de le voir. Pas heureuse mais contente.

— T'as pu enregistrer ce que tu voulais ? s'enquit-elle en guise de salut.

Las, il hocha la tête et souleva son magnétophone.

— Tout est là.

— Parfait ! Viens, il faut que je te présente la directrice !

Alexandre lui apprit que c'était déjà fait. Marie suggéra alors qu'ils aillent discuter avec les autres membres de l'association et il fit la moue. Elle débordait d'enthousiasme mais lui n'avait plus le courage de jouer la comédie. Il s'était plutôt imaginé aller prendre un verre avec elle, ce qui après trois heures de conférence était la seule chose qui aurait pu le consoler d'avoir manqué le concert de Bercy. Marie ne partageait pas cette envie. Démoralisé, il confia qu'il allait rentrer. Marie le toisa.

— Fatigué ?

Elle avait demandé cela sans agressivité et il acquiesça. Il était assommé et savait que l'idée qu'il s'était faite de la soirée était définitivement faussée. Comme son souhait avait peu de chance de se réaliser, il choisissait la solution de repli.

— C'était intéressant mais, tu sais, moi, tout ça, ce n'est pas trop mon univers. Je n'ai pas l'habitude.

Marie plissa les yeux.

— Mais c'était vraiment intéressant, répéta-t-il.

Il se sentait passé au crible. Pourtant, au même moment, quelque chose dans le regard de Marie changea. Un peu plus d'indulgence, moins de sévérité, moins de méfiance aussi.

— Tu veux aller boire un verre ?

Il n'y croyait plus.

— Oui.

— Ok, donne-moi cinq minutes.

Elle l'abandonna près de la porte et se fraya un chemin entre les chaises jusqu'à la directrice de l'association. Elle parla avec elle – celle-ci adressa un signe de la main à Alexandre qui y répondit par un sourire emprunté – puis revint vers lui. Elle empoigna la sacoche dans laquelle il avait ses cours.

— On y va ?

Il la suivit non sans avoir auparavant repris sa sacoche en assurant qu'il pouvait tout à fait porter celle-ci et le magnétophone en même temps. Marie sortit devant lui.

Ils marchèrent jusqu'aux bords du canal Saint-Martin, et s'installèrent dans un café où elle avait ses habitudes. Alexandre, qui ne connaissait ni le lieu ni le quartier, se sentit observé, mais sans doute n'était-ce que le fruit de son imagination, lorsqu'ils entrèrent dans le petit établissement bondé. Marie était en revanche à l'aise comme un poisson dans l'eau et traça sans mal son chemin parmi la foule. Chargé de toutes ses affaires, Alexandre eut plus de peine à suivre. Les tables, serrées les unes aux autres, étaient pleines à craquer et ils ne purent trouver que deux tabourets près du bar. Il y avait des gens partout. À leur droite, à leur gauche, et Alexandre maudit cette promiscuité qui bannissait tout espoir d'intimité. Pour son premier tête-à-tête avec Marie, il avait rêvé d'un lieu à l'ambiance feutrée, aux tables suffisamment espacées pour que personne ne puisse les entendre, d'une douce musique en fond sonore, mais pas de ce café étriqué où régnait une chaleur dantesque, où le brouhaha était abrutissant et où, faute de place, il devait garder sa sacoche sur les genoux et le magnétophone sous ses pieds.

— Qu'est-ce que tu veux ? demanda Marie sans s'émouvoir le moins du monde de son inconfort.

Il répondit qu'il prendrait la même chose qu'elle et elle alpagua le barman. Celui-ci posa deux mojitos sur le zinc en les faisant déborder.

— Zut, s'exclama Marie en plaçant sa bouche au ras du verre pour aspirer le surplus de liquide.

Alexandre observa son geste, hypnotisé par ses lèvres. Marie croisa son regard.

— Ça va ?

— Ça va, répondit-il en se ressaisissant.

— Alors ? Qu'est-ce que tu as pensé de la réunion ? Tu crois que tu vas pouvoir en faire quelque chose ?

Alexandre voyait qu'elle espérait beaucoup de son intervention et répondit avec franchise qu'il était encore trop tôt pour se prononcer. Pour détourner son attention, il l'interrogea plutôt sur les raisons qui l'avaient poussée à s'engager pour cette cause-ci plutôt qu'une autre. Cela l'intriguait. Marie eut un sourire en coin.

— T'as combien d'heures devant toi ?

Il soutint son regard.

— J'ai toute la nuit.

Alors Marie lui raconta sa vie. Non pas simplement l'engagement qu'elle avait pris auprès de l'association mais aussi tous les autres. Et il y en avait beaucoup. Elle lui expliqua qu'elle était la fille unique d'un professeur espagnol qui dans les années soixante-dix avait fui le régime de Franco dans l'espoir de trouver, de l'autre côté des Pyrénées, la liberté à laquelle il aspirait. Une fois en France, il avait gagné Paris et, à force de travail et d'opiniâtreté, le droit d'exercer de nouveau. Il enseignait dans un lycée. Peu de temps après l'exil, il avait rencontré Gabriela, elle-même fille d'émigrés portugais qui, dix ans avant la révolution des œillets, avaient fui la dictature salazariste. Ne parlant pas un mot de français à son arrivée, la jeune femme avait trouvé un emploi de serveuse dans un restaurant de spécialités portugaises et, pour arrondir son salaire, y entonnait certains soirs quelques airs de fado. Augusto avait toujours affirmé être d'abord tombé amoureux de Gabriela pour sa voix avant que leur commun statut d'émigré et les notes de guitare ne fassent le reste. Ils s'étaient mariés en 1981, juste après l'élection de François Mitterrand et Marie était née l'année d'après. Une seule enfant, un choix délibéré de ses parents pour lui donner tout ce qu'ils avaient, pour augmenter ses chances dans l'existence.

— À un moment, j'aurais bien aimé avoir un petit frère, mais plus maintenant.

Sa mère avait arrêté de travailler juste après sa naissance pour s'occuper du foyer et n'avait jamais repris d'autre activité, même lorsque sa fille était devenue grande. Marie le regrettait quoique l'exemple de sa mère lui ait servi de moteur pour se réaliser elle-même. Elle insista cependant pour qu'Alexandre ne se méprenne pas. Elle vouait à sa mère un profond respect, d'autant plus qu'elle savait que Gabriela n'avait pas bénéficié des mêmes chances qu'elle. Alexandre acquiesça en silence, se gardant bien d'émettre le moindre commentaire. Marie expliqua ensuite qu'elle descendait de deux familles exilées mais aussi de révolutionnaires, ce dont elle était très fière. C'était ce qui expliquait son caractère. Car beaucoup de choses la révoltaient. La condition des femmes, bien sûr, mais pas seulement. Elle s'intéressait aussi à celle des enfants, à la politique, était sidérée par les abus de la religion, du fanatisme, la société qui se dégradait à toute vitesse, le chômage qui ne cessait d'augmenter... Les causes pour se battre ne manquaient pas, d'où sa vocation pour le droit. Son père de toute façon ne lui avait pas laissé le choix. Cela avait été droit ou médecine, un métier où elle gagnerait bien sa vie et serait utile à la société. Elle avait choisi le droit et comptait bien défendre la veuve et l'orphelin. Façon de parler, avoua-t-elle. Alexandre opina.

En outre, ses parents s'étaient faits seuls. À la force du poignet. Ils ne devaient leur situation qu'à leur propre mérite et elle voulait suivre leur exemple. Elle avait d'ailleurs déjà commencé. Elle habitait certes toujours chez eux, mais participait aux frais de la maison et se payait elle-même tout ce dont elle avait besoin. Depuis ses études jusqu'à ses vêtements et ses sorties. Elle travaillait dur pour cela. Tout l'été mais aussi dans l'année. En ce moment, elle était caissière dans un fast-food, mais ne pensait pas y rester longtemps. Travailler dans un tel endroit la rendait malade. Elle avait l'impression de cautionner la médiocrité de la nourriture qu'elle servait. Alexandre hocha la tête une fois de plus.

Marie espérait trouver rapidement un autre emploi, l'idéal étant d'être guide dans les musées. Comme elle parlait quatre langues (l'espagnol, le portugais, le français et bien sûr l'anglais), elle avait un avantage certain sur les autres candidats. Le seul problème de ce métier était qu'il nécessitait de travailler beaucoup en amont pour préparer les visites. Mais c'était passionnant. Elle l'avait déjà fait deux étés de suite, notamment au Louvre. Cependant, avec les cours de droit qui avaient recommencé, cela devenait compliqué. Mais pas impossible. Elle allait peut-être reconsidérer cette option qui, en plus, payait bien. Alexandre

81

savait-il que les touristes donnaient souvent des pourboires importants, particulièrement les personnes âgées ?

Non, Alexandre l'ignorait. Mais, en règle générale, à côté de cette fille, il avait l'impression de ne rien savoir et de n'avoir rien fait. Lui qui n'avait jamais eu à travailler pour payer ses études, ses vêtements, ni même ses sorties. Lui qui n'avait même pas à demander qu'on lui donne de l'argent, chaque mois la banque s'occupant d'exécuter l'ordre de virement du compte de Claude Fresnais père à celui d'Alexandre Fresnais fils. Il n'avait même jamais imaginé qu'il pût en être autrement. Il eut honte.

Il ne parlait que deux langues correctement. Le français et l'anglais, et la seconde uniquement parce que, entre ses douze et seize ans, ses parents l'avaient envoyé passer le mois de juillet en Angleterre, près de la petite station balnéaire de Plymouth, dans une sorte de colonie de vacances huppée où il avait cours le matin et où l'après-midi était consacré à la pratique du voilier. Il n'était engagé dans aucune association, si ce n'était celle qui gérait la vie scolaire des étudiants de son ancienne classe préparatoire, laquelle l'avait promu président, et dont la seule mission était d'organiser des soirées et le week-end d'intégration. Gestion des stocks d'alcool principalement.

Enfin, il faisait du journalisme non pas par vocation, mais parce qu'il lui semblait que le métier était intéressant, qu'il permettait d'approcher différents univers et offrait entre autres avantages la possibilité de voyager. Il n'avait par ailleurs rien contre l'idée que son nom figure un jour au générique du journal de vingt heures. Mais cette profession future de journaliste n'était encore qu'une intuition et il se donnait encore le temps de la réflexion. Souvent, il se disait qu'il n'avait que vingt ans et qu'il avait donc bien le droit de tâtonner.

Or, contrairement à ce qu'il supposait, cette hésitation n'était pas le lot de tout le monde. À dix-huit ans tout juste, Marie savait exactement où elle allait. Elle savait dans quelle direction marcher et s'y dirigeait en courant. Elle croquait la vie à pleines dents, de tous côtés, avalait tout ce qu'elle pouvait. Elle vivait à cent à l'heure et ne gaspillait pas une seule seconde de son temps. À l'écouter, on avait l'impression que tout ce qu'elle faisait était intéressant et il avait rarement vu un emploi du temps aussi bien optimisé. Il comprenait pourquoi cette fille le fascinait. Outre sa beauté incontestable, il se dégageait d'elle une force incroyable. Marie était sûre d'elle, brillante et n'avait peur de rien. Et lui la contemplait avec des yeux émerveillés.

Lorsque, à son tour, elle lui demanda de quoi il vivait et ce que faisaient ses parents, il opéra mentalement un rapide tri sélectif. Il se concentra sur sa situation familiale. Il vivait seul avec son père depuis que ses parents avaient divorcé. Sa sœur, en revanche, qu'elle avait rencontrée l'été dernier, Anouk, vivait avec leur mère. Cette dernière, Isabelle, était décoratrice d'intérieur et habitait Saint-Germain-en-Laye. Anouk venait un week-end sur deux à Paris et l'autre week-end c'était lui qui se rendait à Saint-Germain. Sauf que, en grandissant, il y allait de moins en moins. Saint-Germain n'était pas la porte à côté et il avait sa vie à Paris. Que dire à part cela ? Son père était médecin et travaillait beaucoup. Oncologue de son état, apparemment réputé, mais celui-ci ne parlait jamais de son travail dont il rentrait par ailleurs très tard. Marie lui demanda s'il vivait seul la plupart du temps. Oui, il vivait seul la plupart du temps. Il se garda bien de mentionner que c'était cependant dans un appartement de cent cinquante mètres carrés dont il disposait comme il l'entendait. Marie parut satisfaite du bref curriculum vitae qu'il venait de dresser et lui adressa un sourire. Il reprit espoir.

Pourtant il soupçonnait que cette fille allait être beaucoup plus difficile à séduire que toutes les autres avant elle. La raison en était simple : il avait toujours visé des cibles faciles ou, en tout cas, facilement impressionnables. Un ou deux dîners au restaurant et un bouquet de fleurs venaient généralement à bout des plus récalcitrantes. Quelque part la traque était inégale. C'était la première fois qu'il s'attaquait à plus fort que lui. Le défi l'électrisait. Il pouvait tout perdre mais s'il réussissait, Marie allait le tirer vers le haut. Il sentait qu'à son contact il pouvait positivement se transformer. Auprès d'elle, il avait envie de briller mais pas de manière factice. Il avait envie d'être regardé par quelqu'un comme elle. Tout en réalisant que l'entreprise risquait de le faire beaucoup souffrir. Car tout les opposait. Marie partageait un trois-pièces avec ses parents quand il errait seul dans un immense appartement. Elle connaissait tous les plans gratuits de Paris et lui tous ceux qui s'achetaient. Elle était rive droite, il était rive gauche. Il était à droite, elle était à gauche. Elle était bohème, il était bourgeois. Pourtant, au fond de lui, couvait cette certitude qu'il n'avait plus le choix, qu'il était ferré, et que, bon gré mal gré, contre vents et marées, il devait vivre quelque chose avec cette fille-là.

En rentrant chez lui plus tard dans la nuit, il prit soin de faire le moins de bruit possible. Son père était de garde à l'hôpital, mais Anouk dormait et devait partir tôt le lendemain pour se rendre au lycée. Las, il se délesta de la sacoche et du magnétophone et alla se servir un verre d'eau dans la cuisine. Puis il se dirigea vers sa chambre en essayant de ne pas faire grincer le parquet. Il passa devant celle de sa sœur et arriva à la sienne. Mais il fit aussitôt marche arrière et revint devant la chambre d'Anouk. La porte était entrouverte, ce qui n'était jamais le cas lorsque sa sœur était là. Il ouvrit en grand et actionna l'interrupteur. Rien, aucune trace d'Anouk. Seulement le lit intouché, fait par la femme de ménage plus tôt dans la journée. Dans sa poitrine, son cœur fit un bond. Anouk avait beau avoir seize ans et lui vingt, il se sentait toujours investi du devoir de la protéger. Dans le cas présent, il était d'autant plus responsable que son père, absent toute la nuit, lui avait confié Anouk, que lui-même avait confiée à Marco, Sophie et Virginie. Il s'empara de son téléphone et composa le numéro d'Anouk. Il tomba sur le répondeur. En pestant, il essaya ensuite de joindre Marco, mais obtint le même résultat. La nervosité le gagna. Il

85

était presque deux heures du matin. Qu'est-ce qu'ils fabriquaient ?!

Il appela Sophie. Le téléphone sonna plusieurs fois et le répondeur s'enclencha. Il réitéra. On décrocha au bout de trois sonneries :

— Sophie ?

— Alex ?!

— Mais qu'est-ce que vous foutez ?! Ça fait trois heures que le concert est terminé !

Il y eut un silence à l'autre bout de la ligne.

— Oui, effectivement, répondit Sophie d'un ton qui hésitait entre inquiétude et susceptibilité. C'est pour me dire ça que tu me réveilles à deux heures du matin ?

— Tu dors ?

— Non, je tricote. Évidemment, je dors ! Qu'est-ce que t'as fumé ?!

L'angoisse d'Alexandre monta d'un cran.

— Excuse-moi, reprit-il d'un ton guère plus calme, mais Anouk n'est pas rentrée. Je croyais qu'elle était avec vous ?!

Sophie comprit tout de suite la situation.

— Ok, calme-toi. Anouk était avec nous. Pas la peine de t'inquiéter.

— Si, je m'inquiète. Elle est où maintenant ? Vous n'êtes pas rentrés ensemble ?

— Elle est rentrée avec Marco.

— Avec Marc…

Il n'acheva pas sa phrase. Une terrible pensée venait de le traverser.

— Ils sont rentrés en scooter ? demanda-t-il d'une voix blanche.

— Oui, mais qu'est-ce que tu vas t'imaginer ? Ils ont dû aller boire un coup, c'est tout.

Alexandre tombait des nues. Cette hypothèse était peut-être encore plus alarmante que la première.

— Boire un coup ?! Anouk et Marco ?

— Oui, rien d'extraordinaire. T'as essayé de les joindre ?

— Ils sont sur répondeur.

— Alors ne cherche pas plus loin. Ils sont quelque part dans un bar.

Alexandre ne répondit pas. Son meilleur ami et sa petite sœur ensemble, la nuit, dans Paris. Il imaginait tout, surtout le pire.

— Allo ? Alex ?

— Je suis là.

— Écoute, ne te mets pas dans des états pareils. Elle va rentrer.

— Elle a cours demain.

— Aïe. En même temps, pour une fois qu'elle vient à Paris, ça lui fait du bien. C'était bien ta soirée ?

— Super, répliqua Alexandre les lèvres pincées. Et vous ?

— My-thique. Tu nous as manqué.

— Tu me raconteras ça une autre fois. En attendant, je préfère raccrocher. On ne sait jamais, si Anouk essaye de m'appeler.

— Ok. Rappelle-moi dans une heure si elle n'est toujours pas rentrée.

— D'accord.

— Allez, ne t'inquiète pas. Bonne nuit.

— Bonne nuit.

Alexandre referma son portable d'un coup sec. Il était très inquiet. Malgré ce que Sophie pouvait assurer, il avait du mal à croire que Marco soit allé prendre un verre avec Anouk. Certes, cette dernière avait toujours eu un faible pour lui, mais c'était une gamine et Marco ne lui avait jamais témoigné aucun intérêt. Alexandre espérait surtout qu'il ne se soit rien passé de grave. Si Claude apprenait que sa fille était montée sur un scooter…

Préoccupé, il décida de guetter l'arrivée de sa sœur depuis le balcon du salon. Mais avant cela, il retourna dans sa chambre chercher quelques grammes de cannabis qu'il gardait cachés au fond d'un tiroir et se roula un joint. Pour les cas d'urgence uniquement. Il s'installa sur le balcon et fuma nerveusement. Si dans une heure Anouk n'était pas rentrée, il appellerait la police. Dix minutes passèrent. Il écrasa le joint et alluma une cigarette.

Vingt minutes. Une demi-heure. Il était de plus en plus anxieux, comme en témoignait le petit tas de mégots qui gisait à ses pieds. Il avait froid. Plus que vingt minutes avant de prévenir les secours. Il se voyait déjà appeler tous les hôpitaux de Paris pour demander s'ils avaient admis une jeune fille de seize ans parmi les accidentés de la route. Le pire serait que Claude lui-même se retrouve nez à nez avec Anouk et les ambulanciers. Il se raisonna. Non, une telle chose était impossible. Son père était cancérologue, pas urgentiste. Soudain, il entendit le bruit lointain d'un pot d'échappement. Il se pencha au-dessus de la balustrade et aperçut un deux-roues qui s'engageait dans la rue. Lâchant sa cigarette, il se précipita dans les escaliers qu'il dévala quatre à quatre. Lorsqu'il arriva au rez-de-chaussée, il était hors d'haleine et dut s'arrêter pour reprendre sa respiration. Il s'appuya sur la porte vitrée du hall au moment où sa sœur entrait dans l'immeuble. Il la dévisagea. Perchée sur des

88

talons, Anouk était très court vêtue et maquillée comme une voiture volée. Le sang d'Alexandre ne fit qu'un tour.

— T'es allée au concert comme ça ?

— Bah quoi ? répondit Anouk avec provocation mais malgré tout un peu gênée.

Alexandre aperçut Marco derrière la vitre qui descendait de son scooter.

— C'est pour lui que tu te déguises ?!

Anouk jeta un coup d'œil paniqué par-dessus son épaule.

— Allez, monte ! ordonna Alexandre dans une colère froide tandis que les yeux de sa sœur lui lançaient des éclairs. Je te rappelle que tu as cours demain !

Anouk passa devant lui sans répondre et il sortit retrouver Marco.

— Hé ! l'accueillit ce dernier d'un air réjoui. Alors, comment c'était ta soirée ?! En tout cas, mon pote, t'as raté un concert d'anthologie !

— Qu'est-ce que tu foutais avec ma sœur ?!

— Hein ?

Alexandre le fusillait du regard et Marco, surpris, mit un peu de temps à comprendre.

— Mais t'es pas bien ! répliqua-t-il finalement. On est juste allés prendre un verre !

— Pendant deux heures ?

— Mais oui, pendant deux heures ! C'est quoi le problème ? Elle est cool ta sœur !

— Elle est cool ? répéta Alexandre méfiant. C'est nouveau, ça…

— Ouais, elle est cool, répliqua Marco froidement. Elle écoute de la bonne musique et elle adore le dessin. On a bien discuté.

— Vous avez discuté de quoi ?

— Je ne sais pas, moi ! De plein de trucs.

— Qu'est-ce qu'elle t'a dit ?

Marco écarquilla les yeux.

— Quoi, tu veux un compte rendu, là, maintenant ?

Alexandre attendit. Au fond, il était inquiet, énervé, mais aussi jaloux que sa sœur puisse se confier à son meilleur ami plutôt qu'à lui.

Voyant qu'il ne céderait pas, Marco se résigna.

— On a parlé de sa vie à Saint-Germain et du mec de ta mère si tu veux tout savoir. Anouk ne peut pas l'encadrer.

Alexandre n'osa pas dire qu'il ignorait que sa mère avait un nouvel homme dans sa vie. En même temps, ce n'était pas très étonnant. Ce n'était qu'une conquête de plus à son palmarès déjà impressionnant. En moyenne deux à trois nouveaux types par an.

— Tu le connais ? questionna Marco. Il s'appelle Philippe. Ta sœur dit que c'est un gros con.

Alexandre haussa les épaules. En ce qui le concernait, que ce fût Jacques, Hector, Georges ou Philippe, cela l'indifférait. Il avait accepté le nouveau train de vie de sa mère qui depuis le divorce enchaînait les aventures comme d'autres les piqures. Anouk en revanche était encore dans la rébellion et n'était pas tendre avec les prétendants d'Isabelle. En même temps, il reconnaissait que partager son petit déjeuner avec de parfaits inconnus ne devait pas être une partie de plaisir.

— Anouk a tendance à exagérer à ce sujet.

— Ok.

90

— Et c'est tout ?

— Quoi, c'est tout ?

— C'est tout ce qui s'est passé ? Vous avez juste discuté ?

— Mais évidemment ! T'es grave, toi ! Qu'est-ce que tu veux qu'il se passe ? C'est Anouk ! Je la connais depuis qu'elle est née !

Alexandre s'adoucit. La pression retombait doucement. Ce n'était en revanche pas le cas pour Marco qui détestait être attaqué gratuitement et a fortiori lorsqu'il était innocent.

— Et puis même, ajouta ce dernier avec mauvaise humeur, c'est une gamine !

— On est d'accord.

Marco lui jeta un regard noir.

— Tu fais chier, Alex. C'est une gamine sympa, c'est tout...

Pour toute réponse, Alexandre s'approcha et fouilla dans sa poche pour en sortir ce qui lui restait de cannabis.

— On fume le calumet de la paix ?

Marco accepta en grognant. Ils s'assirent côte à côte sur le trottoir, dos à l'immeuble.

— Quand même, conclut Marco au terme d'un long silence, t'as raté un putain de concert !

92

Alexandre avait vu juste avec Marie. Cette dernière était aussi brillante et exigeante que difficile et compliquée. Du moins interprétait-il ainsi son refus de sortir avec lui ou à défaut, sa façon de le faire patienter.

Pourtant il estimait avoir tout fait. Les dernières semaines de son emploi du temps n'avaient été consacrées qu'à deux activités : travailler et la voir. Même Marco avait été relégué au second plan. Ce dernier s'en était cependant très bien accommodé et en avait profité pour débuter lui-même une amourette avec une femme de dix ans son aînée. Concernant les affaires d'Alexandre en revanche, les choses avançaient plus lentement et après avoir désespéré, il commençait à se lasser. Personne avant Marie ne lui avait autant résisté et les rares fois où cela était arrivé, il s'était détourné. Le problème était que, cette fois-ci, il était tombé fou amoureux. Il connaissait par cœur les expressions de Marie à force de les avoir observées et ses histoires à force de les avoir écoutées. En quelques semaines, il avait employé toute son énergie à provoquer des rendez-vous. En bon stratège, il était revenu plusieurs fois à l'association et avait réalisé non pas un mais deux reportages. Puis il s'était rendu compte que s'il voulait partager autre chose avec Marie que son engagement social, il lui fallait trouver le moyen de la voir en dehors du cadre de l'association. Sous prétexte de peaufiner son sujet, il était donc allé plusieurs fois (six, au total) s'asseoir aux tables crasseuses du fast-food dans lequel elle travaillait afin qu'elle le rejoigne une fois son service terminé. L'astuce avait fonctionné : ce qui n'était initialement qu'une simple réunion de travail avait rapidement pris une autre dimension. À force de se voir régulièrement en tête à tête, à force d'échanger sur la gravité de tel ou tel sujet, s'était installée entre eux une certaine amitié. Pour un observateur extérieur, le changement serait passé inaperçu, mais Alexandre avait noté la différence. Quelque chose dans l'attitude de Marie évoluait. Peu à peu, elle se montrait moins méfiante, plus naturelle, plus calme aussi. Elle lui parlait de choses plus personnelles. Et lui, dans ce fast-food qui sentait à plein nez la friture, il buvait ses paroles.

Néanmoins, lorsque décembre arriva, il ne s'était toujours rien passé et Alexandre était désespéré. Un jour, il fit part de son désarroi à Marco, avec qui il était allé voir *American Beauty* dans un petit cinéma du 5ème arrondissement. Durant tout le film, ils avaient vu Kevin Spacey se faire mener par le bout du nez par une jeune beauté jusqu'à en perdre la raison. Passion destructrice et obsessionnelle, qui avait achevé de plonger Alexandre dans le plus grand désarroi. Marco décida de prendre les choses en main. Voir son meilleur ami souffrir de la sorte n'était plus possible. Il fallait trouver une issue au problème. Qu'elle fût bonne ou mauvaise. Il suggéra qu'Alexandre parlât franchement à Marie. Ce dernier refusa. Marco proposa alors de le faire lui-même. Alexandre lui opposa une fin de non-recevoir. Marco était à court d'idées.

Cela faisait bientôt quatre mois qu'Alexandre avait eu le coup de foudre pour une fille après qui il courait comme un lapin. Marie était-elle stupide ou cruelle ? Alexandre préférait pencher pour l'indécision, la première option étant de toute évidence une ineptie et la seconde impensable. Marco répondit que, dans ce cas, Marie était une chieuse et qu'il n'avait pas fini d'en baver. Il opina. Marie était compliquée, il l'avait su dès le début.

Marco eut alors une idée. Selon lui, celle de la dernière chance, celle qui déciderait de l'échec ou de la réussite de plus de quatre mois de course-poursuite.

96

Lorsque Alexandre arriva chez sa grand-mère, cette dernière vint lui ouvrir avant de repartir, l'air affairé, vers la salle de bains. Il trouva qu'elle se déplaçait mieux que lors de sa dernière visite. Non sans mal, il avait finalement réussi à faire parler son père et appris que, peu de temps avant qu'il ne la voie, sa grand-mère avait fait une chute. Rien de très grave selon Claude, bien que son fils le soupçonnât d'avoir minimisé les faits pour ne pas l'inquiéter. Accrochant son manteau dans l'entrée, il demanda d'une voix forte si tout allait bien.

— Qu'est-ce que tu fabriques dans la salle de bains ? Tu as besoin d'aide ?

Sa grand-mère le rejoignit.

— Mais non, fit-elle en accrochant soigneusement une boucle d'oreille à son lobe. Gélule va bientôt arriver.

Elle attacha la seconde boucle d'oreille.

— Gélule ?

Sa grand-mère lui fit signe de parler plus bas et regarda la porte d'entrée.

— C'est la voisine, confia-t-elle à voix basse. Elle ne sait pas que je l'appelle comme ça. Elle est grande et toute maigre. Toute allongée comme une gélule. C'est ton grand-père qui lui avait donné ce surnom.

— Ah... Et qu'est-ce qu'elle vient faire ici, Gélule ?

— Elle vient me chercher pour aller au cinéma.

Alexandre fut stupéfait. À sa connaissance, c'était la première fois depuis longtemps que sa grand-mère se rendait au cinéma.

— C'est super ! Vous allez voir quoi ?

Micheline soupira.

— Oh, je ne sais plus. C'est Gélule qui choisit toujours. Elle me l'a dit, mais j'ai oublié.

— Mais vous sortez souvent, comme ça, ensemble ?

Il n'avait jamais entendu parler de cette Gélule auparavant.

— Oui, de temps en temps. Elle me sort, tu comprends.

— C'est bien, ça !

— Oui, répondit Micheline sans grande conviction. Tu sais, je suis bien ici aussi. Il y a du jus de pommes dans le frigo si tu veux. Moi, je m'assois, je suis fatiguée. Je vais l'attendre là.

Alexandre répondit qu'il n'avait besoin de rien hormis des clefs du chalet.

— Elles sont dans le tiroir de la commode.

Il revint bientôt avec le trousseau qu'il enfouit dans sa poche.

— Tu ne me les perds pas, hein ?

— Mais non, mamie. Je ferai attention.

Sa grand-mère hocha la tête.

— Alors, reprit-il pour la forcer à penser à autre chose, c'est qui, cette Gélule ? Depuis quand tu la connais ?

— Oh, ça fait longtemps…

98

— Ah bon ? Pourtant tu ne m'as jamais parlé d'elle.

— C'est parce que ton grand-père la trouvait vulgaire.

— Vulgaire ?

— Oui, enfin, tu sais bien.

— Mais toi, tu l'aimes bien.

— Oui. Elle est un peu fofolle, mais elle est gentille.

— J'ai hâte de la rencontrer ! dit Alexandre avec un enthousiasme un peu exagéré. Ça fait longtemps qu'elle habite ici ?

— Ça fait trente ans, répondit sa grand-mère. T'as fini de me poser toutes ces questions ?

— Mais non, je me renseigne. Je veux savoir avec qui tu sors. C'est quoi son vrai prénom ?

Sa grand-mère leva les yeux au ciel.

— Elle s'appelle Adélaïde, là ! Elle vit au quatrième !

— Elle est mariée ?

Micheline prit un air offusqué et rit un peu. Elle devenait de meilleure humeur.

— Oh, mais t'es de la police ?!

Elle regarda son petit-fils avec tendresse.

— Elle est veuve. Son mari est mort il y a longtemps.

Alexandre répondit un « ah » savant tandis qu'au même moment une clef s'introduisait dans la serrure de la porte d'entrée, laquelle ne tarda pas à s'ouvrir. Sur le coup, Alexandre n'aurait pu dire ce qui le surprit le plus. Le fait que Gélule puisse avoir les clefs de l'appartement ou le fait qu'elle soit... ce qu'elle était.

Gélule était une dame d'un certain âge, peut-être le même que Micheline, peut-être moins, difficile à dire tant il était évident qu'elle était passée plus d'une fois entre les mains d'un chirurgien esthétique. La bouche notamment,

99

exagérément pulpeuse, coloriée en un rouge criard, dissimulait l'âge mais pas l'artifice. Contrairement à Micheline, la dame était très mince et d'autant plus grande qu'elle portait des talons et un haut chapeau à larges bords. Vêtue d'un tailleur-pantalon noir et portant des gants en dentelle comme c'était la mode au début du siècle passé, elle était maquillée comme un pot de peinture et exhibait un sourire fendu jusqu'aux oreilles, lesquelles oreilles s'affaissaient sous le poids de grosses boucles à la pierre rouge flamboyante. L'antithèse parfaite de la *Mamie Nova*.

— Bonjour ! s'exclama Gélule en passant près de lui.

— Bonjour… répondit Alexandre un peu à retardement.

Gélule se dirigea d'un pas sûr vers le canapé où était assise Micheline. Dans sa progression, elle fit tinter les nombreux bracelets qu'elle portait aux poignets. Une image s'imposa à l'esprit d'Alexandre : *Tata Yoyo*. Il comprenait ce qui autrefois avait pu gêner son grand-père. Un excès d'exubérance. Gélule se pencha sur le canapé, écarta son chapeau et embrassa les joues de Micheline.

— Comment vas-tu ?! lança-t-elle comme si toutes deux étaient de vieilles copines.

Puis elle se tourna vers Alexandre en haussant le sourcil.

— Qui est ce beau jeune homme ?

— Je suis Alexandre.

— Ah ! s'exclama Tata Yoyo. C'est vous Alexandre ? Micheline m'a beaucoup parlé de vous ! Et puis je connais votre père ! Je suis très heureuse de faire votre connaissance !

Elle marcha vers lui et, retirant son gant, tendit une main dont les ongles étaient vernis de violet. Les veines aussi étaient violettes. Certaines choses restant impossibles à déguiser. Alexandre saisit la main en prenant garde de ne pas

100

trop la serrer. Il n'osa pas dire que, en ce qui le concernait, c'était la première fois qu'il entendait parler d'elle (et pourtant, il y avait des choses à dire !). Il se contenta de renvoyer un sourire poli à la femme qui l'observait à travers ses fards.

Gélule s'adressa ensuite à Micheline :

— Alors, tu es prête ?

La grand-mère d'Alexandre se leva avec peine.

— Oui, oui, on peut y aller.

— Parfait !

— Vous allez où ? questionna Alexandre.

— Dans un petit cinéma du quartier.

— Et vous y allez à pied ?

Gélule éclata de rire et jeta un regard complice à Micheline.

— À pied ! répéta-t-elle joyeusement. Mais il nous prend pour des jeunettes ! Non, si nous arrivons à atteindre la station de taxis, ce ne sera déjà pas si mal. N'est-ce pas Micheline ?

— Oh, oui.

— Allez, en route alors !

Sur ces mots, Gélule passa un bras sous celui de Micheline et l'entraîna vers la sortie. Alexandre ferma la marche.

— Je vous accompagne à la station, dit-il en prenant son manteau.

Quelques minutes plus tard, ils marchaient côte à côte dans la rue, Micheline au milieu, soutenue d'un côté par Gélule et de l'autre par son petit-fils. La personnalité de la voisine intriguait ce dernier. Elle différait beaucoup de

101

l'image traditionnelle qu'il se faisait des personnes âgées. Sur cette femme le temps semblait avoir passé moins durement que sur ses pairs. Peut-être parce qu'elle ne le laissait pas s'installer. Le résultat était détonnant et contrastait beaucoup avec la personnalité de sa grand-mère. Il songea que l'influence de l'une sur l'autre pouvait être une bonne chose.

— Et vous sortez souvent comme ça ? demanda-t-il en se penchant.

Gélule se pencha à son tour.

— Vous voulez dire, au cinéma ? De temps à autre. Aussi souvent que cette vieille bourrique le veut bien ! Elle est dure à bouger, vous savez.

Micheline releva les yeux du trottoir.

— Dites donc, je ne suis pas une bourrique ! J'aime bien être chez moi, tranquille, c'est tout…

— Quand tu seras morte, tu auras tout le temps d'être tranquille, répliqua Gélule le plus naturellement du monde.

Alexandre se redressa. Avait-il bien entendu ? Il trouvait le propos et la familiarité malvenus. Il s'interposa :

— Tu as raison, mamie. Tu as le droit de rester chez toi.

— Et pour y faire quoi ? Prendre la poussière en attendant la fin ? Vous savez, votre grand-mère, même si elle n'en a pas envie, elle est encore en vie ! C'est ainsi. Il faut l'accepter !

Alexandre fronça les sourcils, mais Gélule n'y prêta pas attention.

— Moi, j'ai perdu mon mari lorsque j'avais quarante ans. Si la vie avait dû s'arrêter à ce moment-là, j'en aurais gâché plus de la moitié. Ç'aurait été idiot, vous ne pensez pas ?

De mauvaise grâce, Alexandre acquiesça. Oui, ç'aurait été idiot. Mais tout de même, ce franc-parler...

— Et puis, comme je le dis souvent à Micheline, nous voudrions tous partir en même temps que notre conjoint. C'est plus commode et cela fait moins peur. Mais c'est une illusion. Même si l'on meurt en même temps, on meurt toujours seul. On ne fait pas de cercueil à deux places.

Elle regarda Alexandre.

— Parce que c'est ça le problème, mon petit. Ce n'est pas que les gens ont peur de vieillir, c'est qu'ils ont peur de mourir.

Micheline fit une pause et ils s'arrêtèrent. Gélule poursuivit son monologue :

— Moi aussi, j'ai peur de la mort. Mais elle est inéluctable. Je me le répète tous les matins pour me faire à l'idée, et le reste de la journée, je l'emploie à profiter. Même si je suis vieille. Mince alors, je devrais me priver ?!

Alexandre ne dit rien. Micheline abonda dans le sens de la voisine.

— Mais non, Adélaïde. Personne ne vous demande de vous priver. Ce que vous faites est très bien. Je voudrais avoir votre énergie. Simplement, je n'y arrive pas. J'aurais voulu partir avec lui...

Alexandre eut de la peine pour sa grand-mère. Il s'apprêtait à l'embrasser, mais Gélule le coupa dans son élan.

— Ah, non ! dit-elle avec fermeté. Nous en avons déjà parlé ! Mourir de chagrin, cela va pendant un temps, mais à présent ton tour est passé ! Et puis combien de fois t'ai-je demandé de me tutoyer ?

Elle releva la tête vers Alexandre.

103

— Savez-vous que des études montrent que si l'on ne meurt pas dans les trois mois qui suivent le décès du conjoint, on peut vivre encore très longtemps ?

Alexandre détourna le regard. Qu'est-ce que c'étaient encore que ces inepties ?

— Je ne sais pas, murmura-t-il.

— Eh bien moi je vous le dis !

Elle s'arrêta et désigna la borne de taxis.

— Ah, nous sommes arrivés ! Viens, Micheline, nous allons prendre le premier de la file.

Micheline se détacha du bras de son petit-fils et suivit Gélule qui ouvrait la portière arrière d'un taxi. Elle passa la première. Alexandre fit le tour du véhicule et tapa contre la vitre qui s'ouvrit.

— Salut mamie, dit-il avec tendresse en passant une main par-dessus la vitre.

La main froide de sa grand-mère vint serrer la sienne.

— Au revoir, mon chéri. Fais bien attention à toi.

— Promis.

Il se pencha pour voir Gélule. Son imposant chapeau lui cachait le visage.

— Au revoir, dit-il.

Il vit une main gantée s'agiter.

— Au revoir, Alexandre. À bientôt.

Le conducteur du taxi mit le contact. Alexandre s'écarta. Il entendit sa grand-mère lui demander une dernière fois de faire attention aux clefs du chalet, puis il suivit des yeux le taxi qui s'éloignait.

Lorsqu'il vit son père le soir même, Alexandre lui parla de la rencontre étonnante qu'il avait faite. Il lui en voulait un peu de ne pas l'avoir mis au courant de la présence de cette femme dans la vie de sa grand-mère et s'étonnait qu'elle ait les clefs de l'appartement. Claude lui fit une réponse qui le surprit. Tout en faisant sauter des pommes de terre dans une poêle, il expliqua que Gélule leur rendait un fier service. Au moins veillait-elle quotidiennement sur Micheline quand aucun des membres de la famille n'en avait le temps. Alexandre demanda depuis quand sa grand-mère avait besoin d'être surveillée et Claude avoua qu'il avait confié les clefs à Gélule le jour même de la chute de sa mère, trois mois auparavant. Devant le silence de son fils, Claude ajouta que sur le moment il n'avait pas voulu l'inquiéter, mais qu'il avait tout de même retrouvé Micheline sur le sol de la salle de bains, incapable de se relever et, surtout, l'air complètement éperdu. Elle n'était pas passée loin de la fracture du col du fémur. En outre, s'il n'était pas venu ce jour-là, Dieu sait combien de temps elle serait restée ainsi. Donc Gélule était extravertie, c'était vrai, elle parlait cru et sans détour, c'était vrai aussi, mais au moins elle prenait soin de Micheline avec bienveillance et générosité. Et plus que cela, elle était pleine de vie et entraînait la grand-mère d'Alexandre dans son énergie. Elle la sortait de son quotidien morose et l'empêchait de sombrer dans la dépression. En tant que médecin, Claude savait mieux que quiconque que la solitude et l'ennui pouvaient s'avérer plus fatals que n'importe quelle maladie. Alexandre eut mal au cœur d'apprendre tout cela et se reprocha de ne pas rendre visite plus régulièrement à sa grand-mère. Il ne s'était rendu compte de rien et avait attribué sa chute comme ses petits manquements au simple fait qu'elle vieillissait, au temps qui passait, sans qu'il y ait vraiment matière à s'affoler. Claude

105

le rassura. Il n'y avait effectivement pas de quoi s'affoler. Du moins pas encore. Pour l'instant, cela allait. Micheline était simplement plus désorientée qu'avant, plus fragile aussi. Mais il fallait la surveiller de près. Et Gélule faisait cela.

Alexandre acquiesça puis songea à la voisine, qu'il considérerait désormais comme un singulier ange gardien.

Cette idée de passer le Nouvel An au chalet de l'amitié avait remporté un franc succès et tout le monde ou presque avait répondu présent. Céline, qui planifiait de ne rester que jusqu'au 30 décembre afin de rejoindre Édouard à Paris pour les douze coups de minuit, Guillaume, qui était venu avec Pauline qu'il présentait pour la première fois, Virginie, qui partageait la chambre de Sophie et Marie, et enfin Marco et Alexandre, qui dormaient dans la dernière pièce en étant d'accord que si Alexandre parvenait à ses fins, son acolyte irait camper ailleurs. À part Laurent qui était trop jeune et demeurait avec ses parents, seule Anouk manquait à l'appel. Elle s'était envolée avec sa mère et le compagnon de cette dernière pour passer le Nouvel An sous les tropiques dans une petite île de l'Atlantique. Anouk aurait mille fois préféré le confort rudimentaire du chalet au luxe ostentatoire d'un hôtel quatre étoiles, mais elle était mineure et n'avait pas eu le choix. Elle partait avec Isabelle et Pierre-Paul-Jacques sur une plage perdue des Canaries où, pendant dix jours, elle n'aurait rien d'autre à faire que compter les grains de sable pendant que Pierre-Paul-Jacques conterait fleurette. Pour certains, c'était le rêve à l'état brut, pour Anouk ; c'était

107

Alcatraz. Alexandre était heureux d'avoir échappé au voyage. Aucune île au monde, aucun palmier ne pouvait égaler les moments passés au chalet de l'amitié. Été comme hiver, que ce fût entre amis ou en famille, la vie s'y écoulait avec allégresse, chaque génération reproduisant cet esprit de bonheur simple insufflé jadis par les grands-parents. Pour tous, ces moments-là étaient sacrés.

Après Noël, ils avaient donc pris le train, et les vraies vacances avaient commencé. Pauline, la petite amie de Guillaume s'était tout de suite intégrée au groupe. Drôle, facile à vivre, elle participait avec enthousiasme aux activités communes comme, par exemple, aux jeux de société. Le RISK était leur préféré. Ils s'y adonnaient les jours de mauvais temps et y avaient déjà joué trois fois depuis leur arrivée. Des parties interminables où durant des heures ils s'affrontaient sur un plateau représentant la carte du monde, devenue champ de bataille, sur lequel les fumeurs soufflaient leurs volutes qui s'élevaient ensuite dans les airs comme des émanations de poudre. Les pions rouges et noirs étaient pris d'assaut et il n'y avait aucune pitié pour ceux qui n'avaient pas réussi à s'en emparer à temps. De fait, c'était un mystère, mais les rouges et les noirs gagnaient souvent. Ils y avaient donc joué plusieurs fois et Alexandre avait gagné à deux reprises, la troisième partie ayant été pour Marie. Elle avait affronté Marco et Virginie avec une férocité exemplaire, ce qui pour la novice qu'elle était constituait une belle performance. Le reste du temps quand ils ne jouaient pas, ils s'occupaient à faire du feu, à aller chercher du bois en forêt, à discuter au coin de la cheminée, à lire des romans, à dormir (beaucoup), à manger et à se promener lorsqu'il ne faisait pas

108

trop froid. Tant et si bien que lorsque le 31 décembre arriva, personne n'avait vu le temps passer.

Marco se chargea de donner l'alerte. Le matin du 31, il ouvrit brusquement les volets, qu'il fit claquer contre le mur de la maison. Le bruit réveilla Alexandre, autant que la lumière crue qui avait envahi la chambre. Ce dernier plongea la tête sous l'oreiller.

— Debout feignasse ! ordonna Marco en arrachant l'oreiller. Regarde ça !

Un air pur entrait dans la pièce et Alexandre se redressa sur son lit en conservant la couette serrée autour de lui. Au loin, la montagne enneigée se découpait sur un ciel bleu parfait, sans aucune rayure.

— Alors ? Qu'est-ce que t'en dis ?!

— Pas mal, répondit Alexandre en retombant sur le lit.

— Plus que pas mal ! Aujourd'hui est un grand jour ! Aujourd'hui est le jour de la vérité !

— Hum, je ne sais pas. Je ne le sens plus trop finalement…

— Ah non ! fit Marco en secouant la tête. Tu ne vas pas te défiler ! J'en peux plus de t'entendre te plaindre à longueur de journée !

— Je ne me plains jamais !

— Oui, bah, tu devrais, rétorqua Marco avec mauvaise foi. Moi, je te le dis, c'est aujourd'hui ou jamais.

— Mouais.

— Pas mouais, sûr ! Qu'est-ce que t'as à perdre ?

Alexandre haussa les épaules.

— Rien. Si, Guillaume va se foutre de ma gueule.

— Guillaume se foutra de toute façon de ta gueule.

109

Alexandre fit une moue qui signifiait que Marco n'avait pas tort et se mit à regarder le plafond.

— Ok, se décida-t-il au bout de quelques secondes. Je vais le faire. Je vais le tenter. Mais je te préviens, je ne veux pas de tout le monde qui nous regarde, et cetera… On n'est plus en maternelle !

— Juré. Mais il faut que ça s'arrête, cette histoire. Ça va bien de tourner en rond comme un con.

— Merci.

— De rien.

Marco consulta l'heure.

— Je vais prendre une douche. Il est déjà treize heures, il faut qu'on se bouge !

Il attrapa sa serviette qui chauffait sur le radiateur et se dirigea vers la porte.

— Tu te lèves ?

— J'arrive.

Peu après, ils retrouvaient Sophie et Virginie autour de la table de la salle à manger. Toutes deux étaient encore en pyjama, occupées à vider un grand pot de Nutella.

— Salut les filles !

Alexandre referma doucement la porte de l'escalier afin de ne pas réveiller les autres qui dormaient encore.

— Chalut ! répondirent-elles en chœur et la bouche pleine.

Marco s'assit à côté de Sophie et lui arracha le pot des mains.

— Hé !

— Quoi ? Je n'en ai pas encore eu !

— Il n'y en a presque plus !

— Justement, tu pourrais m'en laisser !

110

Sophie lâcha le pot à contrecœur.

— Je n'y peux rien, c'est une drogue ce truc, marmonna-t-elle en léchant son index.

Virginie leur servit un verre de jus d'orange.

— Bien dormi ?

— Trèèèès bien dormi, répondit Marco avec emphase. Ce soir, je vais enflammer le dance floor !

— J'ai hâte de voir ça. Marco qui danse, c'est le spectacle de l'année.

— Je te signale que c'est toi qui m'as appris à danser.

— Justement, je sais de quoi je parle.

Marco l'ignora et mordit dans une énorme tartine de Nutella. Virginie replongea dans son thé, en contemplant la vue sublime qu'ils avaient depuis la salle à manger.

— Bon, reprit Sophie, comment on s'organise ? Parce que je ne sais pas si vous avez vu l'heure, mais il faudrait peut-être qu'on s'active.

— Ouais, le frigo est vide. Qui va faire les courses ?

— Moi, je veux bien, dit Marco. Comme ça je choisirai le vin.

— Je viens avec toi, dit Virginie.

— Parfait. Qu'est-ce qu'il reste à faire ?

— Aller chercher du bois et du gui dans la forêt.

— Et ranger, ajouta Sophie. Mais c'est moins fun.

Alexandre désigna du menton la porte d'escalier.

— Qu'est-ce qu'ils font les autres ? Ils dorment ?

— Marie travaille et on n'a pas encore vu Guillaume et Pauline.

— Les absents ont toujours tort. Ils n'auront qu'à ranger.

— Et qui va chercher le gui ?

— J'y vais, répondit Alexandre.

— Je peux t'accompagner ? demanda Sophie.

— Oui. Tu n'as pas peur de grimper aux arbres ?

— Comme si ça m'avait déjà arrêtée.

Alexandre regarda sa montre et se resservit un verre de jus de fruits.

— On part dans une demi-heure, conclut-il.

Une heure plus tard, il était sur le pas de la porte et attendait Sophie. Elle sortit enfin, harnachée comme si elle partait pour une expédition polaire. Elle portait une vieille doudoune matelassée qui avait autrefois appartenu à la mère d'Alexandre et que cette dernière avait abandonnée dans un placard au moins dix ans auparavant. La capuche bordée de fausse fourrure retombait sur les yeux de la jeune femme et plusieurs épaisseurs de pulls dépassaient du col. On aurait dit le bonhomme Michelin, ce qu'Alexandre ne manqua pas de faire remarquer. Le toisant lui et son caban, Sophie le traita de petit Parisien et assura que, contrairement à lui, elle n'aurait pas froid. Alexandre sourit avant de se rendre compte qu'elle n'avait pas tort.

Lorsqu'ils parvinrent dans la forêt, les récentes chutes de neige formaient partout un épais tapis blanc qui à l'exception du sentier principal n'avait pas été foulé. C'était froid et magnifique à la fois. Les arbres dénudés étaient recouverts de givre tandis que le sol scintillait de milliers de flocons. Seules de petites traces venaient casser la perfection du paysage, témoignant de la présence invisible d'animaux sauvages. Tout en progressant dans la neige, Sophie fit remarquer que le décor ressemblait à celui d'un film Disney, ce qu'Alexandre ne contesta pas. Bambi aurait pu surgir entre deux arbres qu'il n'aurait pas été étonné. Le spectacle était absolument magique et il ne regrettait pas d'être là plutôt que dans un supermarché. En pénétrant dans la forêt, ils avaient remarqué des boules de gui dans les arbres, mais décidèrent de s'enfoncer davantage afin de faire une vraie promenade. Ils avaient envie de profiter de cette sortie. Ils marchaient donc depuis un moment, respirant à pleins poumons l'air pur, lorsque Sophie brisa le silence en demandant comment les choses se passaient avec Marie. Alexandre s'immobilisa.

— Comment ça, comment les choses se passent avec Marie ? répéta-t-il décontenancé.

Sophie rabattit sa capuche en arrière. Elle avait les joues rouges et le sourire énigmatique.

— Tu joues bien les étonnés, mais je te connais bien.

Alexandre ne sut quoi répondre. Il baissa les yeux sur la neige.

— Alors ? Comment ça se passe ? Normalement tu n'es pas si timide !

— Normalement je ne parle pas de ces choses-là avec toi.

Sophie le dévisagea.

— Avant qu'on sorte ensemble, si ! dit-elle en pointant un index sévère sur sa poitrine.

Alexandre eut l'impression d'être mis sur le banc des accusés et en fut gêné. Sophie en revanche ne semblait pas du tout l'être. Elle reprit la marche et il suivit.

— C'est ça qui te dérange ? poursuivit-elle d'un ton léger. Je croyais qu'il n'y avait pas de problème entre nous ? Que c'était comme avant ? Qu'on se disait tout ?!

— Oui, c'est ce qu'on a dit. Mais je ne savais pas où tu en étais…

Elle fit volte-face.

113

— Écoute, Alex, elle a plus de deux ans cette histoire. Enfin, si on peut appeler ça une histoire… Heureusement que je suis passée à autre chose !

Il se sentit soulagé. Il regarda Sophie dans les yeux. Était-elle sincère ? Impossible à dire. Mais il valait mieux pencher pour cette option. Cela rendrait la suite plus facile.

— Ok, tu as raison. C'est vrai qu'il y a prescription. Mais, quand même, ça me gêne un peu de te parler de ça…

— Eh bien il n'y a vraiment pas de quoi ! Et puis je préfère que tu m'en parles directement plutôt que de te voir débarquer toutes les semaines à la fac sous prétexte de prendre un café avec moi alors que l'on sait très bien tous les deux que tu viens pour Marie !

— Hé, je viens aussi pour toi ! Que je sache, on a toujours pris des cafés ensemble.

— Oui, mais pas si souvent.

Alexandre la regarda.

— Tu crois qu'elle sait ?

— Je ne sais pas, soupira Sophie. Mais c'est probable. Ça se voit comme le nez au milieu de la figure…

— Elle ne t'a rien dit ?

— Non, désolée.

Alexandre afficha une expression déçue et Sophie lui sourit.

— Ne fais pas cette tête-là. Si elle ne voulait vraiment pas de toi, elle te l'aurait fait comprendre depuis longtemps.

— Tu crois ?

— Je l'ai déjà vue à l'œuvre.

— Ok. C'est compliqué quand même.

114

— Mais non, ce n'est pas compliqué. Elle te fait mariner, c'est tout. Et puis ce n'est pas facile avec tout le monde autour. Allez, viens, on va chercher du gui.

Il acquiesça. Sophie avait repéré un arbre dont les premières branches étaient suffisamment basses pour être escaladées. La glace qui les recouvrait rendait cependant l'opération risquée. Sophie lui demanda de lui faire la courte échelle. Il s'y opposa.

— Il vaut mieux que ce soit moi qui y aille. C'est dangereux.

— On peut y aller tous les deux. Je monte et je t'aide après.

— Bonne idée ! Comme ça si on tombe, personne ne pourra prévenir les autres.

— J'ai pris mon portable, fit Sophie en prenant appui sur lui.

Il la souleva et elle parvint à se hisser sur la première branche. Elle s'assit dessus et retira sa doudoune qu'elle jeta à terre.

— Je crève de chaud là-dedans. Bon, tu viens ?

— Non, je reste là, au cas où. T'as l'air de très bien te débrouiller toute seule.

— Passe-moi le sécateur alors.

Alexandre s'exécuta et suivit attentivement l'ascension de Sophie. Celle-ci se déplaçait avec la même agilité que lorsqu'ils étaient enfants, avec la même inconscience aussi. Elle glissait sur le givre et passait d'une branche à l'autre sans se préoccuper de savoir si celle-ci supporterait son poids.

— Fais gaffe ! On n'est pas en été !

115

Sophie fit une moue signifiant qu'elle savait et continua de grimper. De son côté, Alexandre commençait à regretter cette idée d'aller chercher du gui, le parasite étant dans le cas présent situé tout en haut de l'arbre. Il guettait avec inquiétude la progression de Sophie en évaluant discrètement l'épaisseur du manteau neigeux au cas où elle tomberait. Sophie atteignit bientôt son objectif. À califourchon sur une branche, elle empoigna le sécateur et se pencha. D'en bas, Alexandre vit qu'elle se déséquilibrait. Mais Sophie ne s'en aperçut pas. Absorbée par sa tâche, elle avança encore sur la branche qui ploya sous son poids.

— Soph ! Arrête ! Tu vas tomber !

Il n'obtint pas de réponse. Sophie se pencha davantage, le sécateur au bout des doigts.

Alexandre était extrêmement tendu. Il baissa la tête une seconde et entendit un cri. Il releva la tête, paniqué.

Sophie brandissait la boule de gui, l'air victorieux.

— Attrape ! dit-elle en laissant tomber le gui et le sécateur.

Il s'écarta. Sophie descendit aussi bien qu'elle était montée. Quelques minutes plus tard, elle atteignait la première branche.

— Tu viens me chercher ?

Il s'approcha et elle glissa maladroitement sur ses épaules. Au même moment, il sentit ses pieds s'enfoncer dans la neige. Déséquilibré, il tourna sur lui-même, chancela, fit quelques pas pour tenter de se rétablir, mais n'y parvint pas et bascula.

— Attention !

Sophie poussa un juron et ils plongèrent tous deux la tête la première dans la neige. Le rire clair de Sophie retentit bientôt dans la clairière.

— La vache ! C'est froid !

Elle ressemblait à un bonhomme de neige. Alexandre riait. Elle le poussa en arrière. Il tomba à la renverse et elle rit de plus belle. Les fesses dans la neige, Alexandre forma une boule qui atteignit parfaitement son but et tomba sur la nuque de Sophie avant de fondre dans son col. Elle poussa un cri et fit un bond magnifique. Une bataille s'engagea. À la fin, ils étaient trempés. Sophie leva le bras pour stopper les hostilités.

— Arrête ! J'en peux plus !

Elle avait les joues écarlates, le pull et les cheveux couverts de neige. Alexandre se courba pour récupérer son souffle.

— Ok, accepta-t-il en souriant. On rentre ?

Sophie ramassa sa doudoune et le panier dans lequel ils déposèrent le gui. Ils empruntèrent le chemin du retour comme deux gamins contents.

Le soir arriva vite. Le temps pour Alexandre et Sophie de se réchauffer en buvant un chocolat chaud, pour Marco, Virginie et Guillaume de rentrer des courses, pour Pauline de terminer un livre. En toute fin de journée, la météo se dégrada et des nuages gorgés de neige coulèrent des cimes jusqu'au bas des montagnes, si bien qu'ils furent heureux de se trouver près du feu. Ils allumèrent une grande quantité de bougies et suspendirent la boule de gui au centre de la pièce. Marco, Guillaume et Virginie avaient acheté un festin de roi que Sophie prit le temps de disposer dans de grandes assiettes en terre cuite. En guise de plat principal, ils avaient opté pour une raclette et acheté, en plus du fromage, de la délicieuse charcuterie. Après un apéritif très arrosé, ils dînèrent à vingt-deux heures et ne purent tout finir. À la fin du repas, il y avait des restes de nourriture éparpillés aux quatre coins de la table qu'ils grappillaient à tour de rôle en jurant de s'arrêter à chaque bouchée. Puis Marco sortit la valise dans laquelle il entreposait tous ses disques et les premières notes de musique retentirent dans le salon. Les chaises autour de la table grincèrent, on baissa les lumières, on poussa les meubles et tout le monde gagna la piste de danse improvisée entre la cheminée et le canapé.

Toute la soirée ils dansèrent sur des chorégraphies improbables, pointèrent le doigt sur *YMCA*, s'essayèrent au rock avec plus ou moins de succès, transpirèrent enfin d'effort et de joie. À tel point que, lorsque minuit arriva, aucun d'eux n'avait pensé à regarder l'heure, laquelle leur fut rappelée par les téléphones portables demeurés sur la table qui vibrèrent et s'éclairèrent de conserve au rythme des vœux virtuels qu'ils recevaient. L'oubli les amusa, ils s'exclamèrent qu'ils trouvaient même mieux de se souhaiter la nouvelle année avec retard et se lancèrent dans de grandes embrassades.

Pour Alexandre, à cet instant, le temps ralentit. Ce moment était celui qu'il avait attendu toute la journée. Comme dans un rêve, il lui sembla que les lumières de la pièce s'opacifiaient et il se mit à percevoir les sons comme à travers du coton. Il entendit sa cousine Virginie qui criait « Bonne année ! » et les exclamations qui lui répondirent. Il vit les bras de Sophie et de Marie qui s'enlaçaient, le vin dans le verre de Sophie qu'elle tenait à bout de doigts et qui déborda, les gouttes qui tombèrent sur le sol, il sentit le contact de la joue en sueur de Virginie sur la sienne, il regarda Marco, qui le regarda aussi, qui regarda Marie, qui lui fit un clin d'œil et regarda le gui. Puis, en une seconde peut-être, avant qu'il ne réagisse, le temps reprit son cours et Marie fondit sur lui. Sans qu'il ait la chance d'esquisser un geste, elle déposa une bise rapide sur sa joue et s'éloigna. Ce fut tout. Derrière lui, Guillaume et Pauline s'embrassaient langoureusement et les apercevant, l'amertume le submergea. Abattu, il jeta un regard démissionnaire à Marco et traîna des pieds jusqu'à la porte-fenêtre. Marco le suivit tandis qu'à l'intérieur la musique reprenait.

Quatre heures plus tard, il avait noyé son chagrin dans l'alcool et était affalé sur le canapé à côté de Marco, tous deux hypnotisés par le feu qui dansait dans la cheminée. Virginie demeurait seule en piste, se livrant à une chorégraphie toute personnelle sur une musique électro dénichée par Marco. Ses gestes, qu'elle voulait précis et aériens, étaient en fait maladroits et désynchronisés. Pauline et Sophie étaient parties se coucher. Alexandre regarda Marie qui discutait avec Guillaume. Il était épuisé et vidé de toute envie. De toute la soirée, elle n'avait laissé transparaître aucune émotion ni intention à son égard. À chaque fois que leurs yeux s'étaient croisés, elle s'était dérobée. Il était triste. Lorsqu'à la musique électro succéda un slow mielleux et que Marco eut proposé à la cantonade d'aller fumer une ultime cigarette sur la terrasse, il se désolidarisa et annonça qu'il montait se coucher. Il referma la porte de l'escalier sur la dernière vision de Marie qui enfilait son bonnet.

Mais un quart d'heure plus tard, alors que les vétérans de la soirée allaient également se coucher, lorsqu'ils montèrent à

119

l'étage, au moment de se séparer sur le palier, lorsque Virginie eut souhaité à chacun une bonne nuit et se fut éloignée, Marie s'approcha de Marco. Celui-ci s'apprêtait à pénétrer dans la chambre qu'il partageait avec Alexandre, mais elle l'en empêcha en posant une main sur la sienne. Délicatement, elle dégagea ses doigts de la poignée et, d'un regard qui ne souffrait aucune contestation, elle entra à sa place. Elle referma la porte sur Marco hébété, qui se fendit alors d'un sourire niais.

1er janvier 2002. 00 h 01.

122

Ils étaient dans la cohue, noyés sous la musique et les motifs lumineux des gobos qui balayaient à un rythme endiablé les murs du salon.

Alexandre serra Marie contre lui et entrechoqua son gobelet au sien.

— Joyeux anniversaire, lui glissa-t-il à l'oreille.

Elle pressa sa bouche contre la sienne.

— Joyeux anniversaire.

Il la regarda à travers la fumée qui les entourait. Dans la pénombre, les yeux de Marie reflétaient les flashs des lasers et brillaient avec intensité. Elle était très belle. Il le lui dit et l'embrassa jusqu'à ce que Marco vienne les bousculer et s'empare de la main de Marie pour l'entraîner sur la piste de danse. Alexandre les regarda s'éloigner en souriant.

Marco était ivre et, dans le cas présent, particulièrement survolté. Il avait mis son morceau de musique house préféré et commença à sauter sur place face à Marie qui le suivit avec la même frénésie. Marco était heureux, cela faisait plaisir à voir. Au moins autant que le grand appartement des Beauch qui depuis quelques heures était transformé en champ de bataille. Alexandre devinait que de là venait en partie

123

l'excitation de son ami et reconnaissait qu'il y avait de quoi. Un tel événement ne se produisait pas tous les jours. Dans un brillant élan conspirateur, Guillaume, Céline et Marco avaient envoyé leurs parents une semaine aux sports d'hiver, tous frais payés. Ces derniers ignoraient bien sûr que, pendant ce temps-là, leur très chic appartement abritait la soirée de Nouvel An la plus réussie à laquelle on ait assisté depuis longtemps. Le coup avait été préparé des mois à l'avance. Depuis juin précisément. Lorsque pour le vingtième anniversaire de mariage de leurs parents, les trois héritiers de Beauch avaient offert ces quelques jours de congé. Leur générosité avait été applaudie par la cinquantaine d'invités et Anne-Marie, émue, avait déposé un baiser chaste sur la joue de ses rejetons contents. L'événement s'était déroulé dans le jardin de leur propriété secondaire de Rambouillet, autour d'un buffet campagnard et, s'il y avait eu à proximité une tonnelle et un bassin couvert de nénuphars, on se serait volontiers cru dans un roman de la comtesse de Ségur. Le plan avait fonctionné à merveille et les frères et sœur s'en étaient félicités. Avaient-ils cependant prévu que l'appartement souffrirait autant de leur initiative ? C'était moins sûr. Mais à cette heure, ni Marco ni Guillaume ne s'en souciaient. Seule Céline, quand elle n'était pas occupée à présenter Édouard à ses invités – ils avaient annoncé leurs fiançailles en début d'année et le mariage était prévu pour juillet –, collectait dans un grand sac-poubelle les gobelets renversés et les bouteilles vides transformées en cendriers. Il y en avait partout.

Alexandre regarda Marco et Marie qui dansaient toujours et alla se chercher une place sur le grand canapé. Un couple s'y embrassait à pleine bouche sur toute la partie gauche et il se fit discret à l'autre extrémité. Les jolis coussins brodés d'Anne-Marie avaient été éjectés sur le côté et il en ramassa deux qu'il plaça entre lui et le couple. Il alluma une cigarette. Autour de lui, les gens hurlaient et sautaient sur le parquet, mais en ce qui le concernait il était dans une bulle. Fatigué et ivre, encore ému de son baiser avec Marie. Elle dansait bien. Même sur de la musique électrique, elle était gracieuse.

Cela faisait un an qu'il était avec elle, qu'ils formaient un couple officiel et il n'en revenait toujours pas. Marie la brillante, la somptueuse, l'orageuse, était entrée dans son lit d'un seul coup sans explications. Il en était très heureux tout en ayant cette peur irraisonnée qu'elle reparte sans prévenir de la même façon. Cette crainte ne le quittait jamais, y compris lorsqu'il la tenait contre lui, même lorsqu'ils faisaient l'amour. Il ressentait cette angoisse de la perdre qui lui faisait comprendre qu'il aimait pour la première fois. Il n'avait jamais rencontré de personne comme elle. Quelqu'un qui ne doutait de rien et donnait l'impression de se suffire à elle-même. Marie n'avait pas besoin des autres pour exister et surtout pas d'un homme. Elle ne le disait pas, mais c'était évident. Elle n'était pas comme toutes celles avec qui il était précédemment sorti, qui s'accrochaient à lui, qui recherchaient sa compagnie, qui voulaient qu'il leur tienne la main et les écoute quand elles n'allaient pas bien. Marie n'avait pas ce problème, elle allait toujours bien. Elle était animée d'une rage de vaincre qui l'empêchait, par exemple, de pleurer. Elle ne s'apitoyait jamais sur son sort et ne se laissait jamais aller. Marie remplaçait les pleurs et l'émotivité par la colère et la volonté. C'était le moteur qui la faisait avancer. De fait, elle surmontait les obstacles sans s'occuper des jaloux et des circonspects.

Il tira sur sa cigarette et plissa les yeux pour mieux la distinguer parmi la foule qui dansait. Complètement investie dans la musique, elle regardait à peine ce qui l'entourait. Son admiration pour elle n'avait pas cessé : il l'aimait passionnément. Même si leur relation connaissait des tourments. Mais pouvait-il en être autrement ? Avec une fille comme ça, on ne pouvait pas dériver sur un long fleuve tranquille. La tempête succédait au calme qui succédait à la houle qui succédait au gouffre qui revenait enfin à une mer d'huile, lisse et sans écume. Jusqu'au prochain déchaînement. En une année, ils avaient partagé autant de disputes que de réconciliations et c'était souvent lui qui avait sorti le drapeau blanc. Marie ne savait pas s'excuser. Les rares fois où elle était en tort et qu'il arrivait à le lui démontrer, elle combattait avec une mauvaise foi irascible avant de changer l'air de rien de sujet. Mais le plus cocasse, ou le plus absurde, était que bien souvent leurs disputes ne concernaient même pas leur couple directement, mais des événements extérieurs. Ils s'affrontaient sur des questions de société, de politique, d'actualité. Marie lui reprochait alors son inertie et son désintéressement, elle qui était une révolutionnaire de chaque instant. Elle n'avait pas vingt ans et comptait changer le monde.

Il se redressa sur le canapé. La musique avait changé, c'était désormais un slow et un copain de Marco venait d'inviter Marie à danser. Il les regarda avec une petite boule dans le ventre. Cela aussi avait changé. Avant Marie, il n'avait jamais été jaloux. Il ignorait ce que c'était. À présent, il l'était souvent, bien qu'il se refusât à le montrer. Ce n'était pas le résultat d'un manque de confiance en elle, plutôt un manque de confiance en lui, comme en ce type qui cherchait à la coller de plus près. Heureusement, Marie savait mettre les distances nécessaires. Elle recula bientôt avant de s'éloigner complètement. Elle gagna le buffet. Il la rejoignit et l'embrassa.

— Ça va ? demanda-t-il.

— Oui, et toi ?

— Ça va. Tu as vu Anouk ?

— Non, pas depuis un moment.

Il jeta un regard circulaire dans la salle.

— Où est-ce qu'elle est encore passée ?

Deux mois auparavant, sa sœur avait quitté Saint-Germain-en-Laye pour venir s'installer à Paris chez leur père. Une décision qui avait été prise suite à la convocation d'Isabelle et Claude par la directrice du lycée, laquelle avait regretté de ne pouvoir garder Anouk au motif que celle-ci refusait de se plier à toute forme de discipline. Ses résultats scolaires étaient médiocres, elle ne faisait aucun effort pour s'intégrer et parlait mal à ses professeurs quand elle ne se contentait pas de sécher leurs cours. Sans compter sur le fait qu'elle n'avait aucun ami et traînait avec les mauvais garçons du quartier aux abords du lycée. Deux mois à peine s'étaient écoulés depuis la rentrée. Après avoir envisagé plusieurs solutions dont celle de placer leur fille en pension, Claude et Isabelle avaient finalement décidé qu'Anouk irait vivre chez son père à Paris. Désormais, elle serait sous la surveillance de Claude et d'Alexandre, délestant ainsi Isabelle d'une responsabilité que cette dernière s'estimait impuissante à assumer. On trouva donc à Paris un lycée en urgence, une « boîte à bac » éloignée de tout critère d'excellence, mais qui avait pour avantage d'accepter de nouveaux élèves en cours d'année. Le contrat fut signé à la hâte et Anouk quitta Saint-Germain. En revenant dans l'appartement de son père qu'elle avait quitté au moment du divorce, elle n'avait pas dit un mot et ses cartons étaient restés longtemps sans être déballés.

Confiant son verre à Marie, Alexandre fendit la foule des danseurs à la recherche de sa sœur. Il passa du salon à la salle à manger où il y avait un monde fou. À eux trois, Marco, Céline et Guillaume avaient dû inviter une centaine de personnes. Cela faisait beaucoup. Mais Anouk n'était pas dans la salle à manger non plus. Alexandre passa une main sur son front pour en essuyer la sueur. Dehors l'hiver sévissait, mais c'était l'enfer à l'intérieur. Il régnait une chaleur effroyable. Avec difficulté, il se faufila entre plusieurs petits groupes pour accéder à la cuisine, où avait lieu la traditionnelle contre-soirée. Le seul endroit en réalité suffisamment à l'écart des baffles pour pouvoir discuter sans avoir à hurler. La pièce était pleine à craquer. Des gens étaient assis sur le plan de travail, par terre, sur les tabourets de bar d'Arnaud de Beauch, d'autres étaient adossés au réfrigérateur, et au plafond stagnait un nuage de fumée de cigarettes qui ne se dissipait pas malgré la fenêtre conservée ouverte. Parmi toutes ces personnes cependant, toujours pas d'Anouk. Alexandre sentit le stress monter en lui. Il venait de parcourir les trois pièces où avait lieu la soirée : il ne restait plus que les toilettes et la salle de bains à visiter. Et les chambres. Il pria pour qu'Anouk soit simplement partie se laver les mains. S'extrayant de la cuisine, il s'engagea dans le couloir. Deux filles patientaient devant les toilettes, mais il ne vit personne dans la salle de bains attenante. Il toqua à la porte du cabinet.

— Anouk ? Tu es là ?

La voix qui lui répondit n'était pas celle de sa petite sœur.

Il se redressa et regarda autour de lui. Les portes des chambres s'alignaient le long du couloir. Sans hésiter, il se dirigea d'un pas sûr vers celle de Marco et entra. Il régnait à l'intérieur un désordre insensé mais vide de toute présence. Il poursuivit son exploration avec la chambre de Guillaume puis de Céline. Dans cette dernière, il tomba nez à nez avec Édouard en train d'enfiler un pyjama, ensemble pantalon long et chemise à boutons, le genre de tenue que lui-même portait quand il avait huit ans. Confus, il bredouilla une excuse inaudible et rebroussa chemin en pensant que, si Céline s'était trouvé un beau parti, elle n'avait pas déniché le plus sexy. Il revint dans le couloir. Il ne restait plus à explorer que la suite parentale, dont l'accès était interdit par une barricade de chaises. Il hésita avant de constater que l'ensemble avait été déplacé. Tendu, il gagna la porte de la chambre, qu'il ouvrit à toute volée.

Le spectacle auquel il fut confronté lui donna le vertige. Anouk était bien là, renversée sur le lit des parents Beauch, les yeux mi-clos, en train d'embrasser un garçon plus âgé qu'elle, seins nus. Baissant le regard, Alexandre vit que son long jupon était retroussé jusqu'à mi-cuisse et qu'une bouteille de vodka presque vide trônait sur la table de nuit. L'horrible vision ne dura cependant qu'une seconde, car sa brusque irruption dans la chambre eut un effet immédiat sur les tourtereaux qui sursautèrent et se séparèrent aussitôt. Le garçon, qu'Alexandre reconnut pour être un copain de Guillaume, se releva d'un bond tandis qu'Anouk attrapa sa blouse dont elle se couvrit le torse. Elle jeta un regard affolé à son frère qui fut pris de l'envie irrésistible d'envoyer son

129

poing dans la figure du garçon. Malheureusement, celui-ci s'était déjà précipité vers la sortie avec l'intention manifeste de fuir. Avant qu'il ne s'exécute, Alexandre trouva tout de même le temps de l'insulter et de lui interdire d'approcher de nouveau sa sœur qui, pour information, était encore mineure. L'autre ne se le fit pas dire deux fois et décampa. Anouk de son côté essayait de reprendre une contenance. Vaine tentative face à la colère de son frère.

— Dis-moi que je rêve ! hurla ce dernier, incapable de se contrôler. Dis-moi que ce n'est pas vrai ! Tu le fais exprès ou quoi ?! Je t'emmène avec moi pour te faire plaisir et, toi, tu couches avec le premier mec bourré ?! Hein, c'est ça ?!

Anouk ne répondit pas.

— Mais, putain ! Tu ne peux pas te comporter normalement pour une fois ? Tu peux pas rester deux secondes sans faire de conneries ?! C'est trop difficile pour toi ?!

Anouk marmonna quelque chose.

— Qu'est-ce que tu dis ?!

— Je dis : en quoi c'est une connerie ? Il faut te calmer !

La colère d'Alexandre décupla.

— Non, t'as raison, dit-il avec ironie. Couche avec tout ce qui bouge, c'est très bien. Et puis tant qu'on y est, ne te protège pas ! Comme ça, si tu attrapes le sida, ce sera encore mieux !

— Peut-être que oui, marmonna encore Anouk. C'est bon maintenant ? T'as fini ? Je peux me rhabiller ?!

Décontenancé, Alexandre la regarda d'un air halluciné. Anouk était assise en boule sur le lit, les genoux ramenés à la poitrine, complètement fermée. Il se retourna. Lorsqu'elle eut fini de se rhabiller, elle sauta du lit et se dirigea vers la porte.

130

— Où tu vas comme ça ?

— À ton avis ?

— Non, je crois que tu n'as pas bien compris ! C'est terminé, la fête est finie ! On rentre à la maison !

Anouk lui renvoya un regard plein de défi et assura que de toute façon elle était heureuse de quitter cette fête pourrie. Alexandre la rejoignit et, saisissant son bras, l'entraîna fermement dans le couloir.

Pendant tout le trajet, ils ne s'adressèrent pas la parole. Anouk était prostrée et regardait ses mains qu'elle triturait, Alexandre observait les lumières de Paris à travers la vitre du métro aérien et réfléchissait. Depuis qu'il avait hurlé, pas un mot n'avait filtré. Au moment de quitter la soirée, ses amis avaient bien vu que quelque chose n'allait pas et avaient essayé de le faire parler, et même de le calmer, mais il était resté de marbre et n'avait réclamé que son manteau. À présent, ils rentraient chez eux et Alexandre ne savait plus quoi penser. Il cherchait à se raisonner. Il ne voulait pas tomber dans le cliché de celui qui crie parce qu'il a peur et ne comprend pas. Il valait mieux que ça. Dans l'absolu, la scène à laquelle il avait assisté, abstraction faite de la bouteille de vodka, n'avait rien d'alarmant. Et peut-être serait-il sorti sur la pointe des pieds si Anouk avait été dans les bras de son petit ami régulier ou si son geste ne s'apparentait pas à une conduite à risque. Seulement voilà. Anouk n'avait aucun petit ami et, en vérité, il ne se sentait plus tant en colère qu'il était démuni. Depuis quelque temps qu'Anouk était revenue dans sa vie, il considérait qu'elle était sous sa responsabilité. Ce qu'il n'avait pas demandé. Mais à présent qu'elle était là,

131

sous son toit, il voulait si possible l'aider à retrouver l'équilibre. Il la regarda à la dérobée.

Dans un style bien à elle, il la trouvait touchante. Avec son corps frêle, ses cheveux en bataille et ses habits trop lâches qu'elle dénichait dans les friperies, elle ressemblait à un moineau tombé du nid. Ce que d'une certaine manière elle était. Tous deux étaient vraiment très différents. Elle et ses cheveux blond cendré qu'elle ne coiffait jamais, ses traits fins, ses taches de rousseur sur le nez, ses yeux marron mordoré. Elle avait tout pris de leur mère. Le physique, le côté artiste et même les allures de hippie. Tandis que lui tenait beaucoup plus de Claude. Même esprit cartésien, mêmes cheveux bruns, même carrure solide, mêmes vêtements chics à l'étiquette propre et neuve. Sa petite sœur était une originale, lui un classique, et probablement ne se seraient-ils jamais aimés s'il n'y avait eu entre eux ce lien du sang qui les cousait d'affection et qui faisait que, depuis le jour où elle était née, jusqu'à celui où il mourrait, Anouk demeurerait sa petite sœur et lui son grand frère.

Il se tourna vers elle et dit d'un ton calme qu'il aimerait lui parler une fois qu'ils seraient rentrés.

À peine arrivés, ils s'installèrent dans le salon et Alexandre fit un feu. Pour une fois, Claude avait pris quelques jours de congé pour les fêtes de fin d'année et l'appartement était à eux. Ils étaient tranquilles et avaient toute la nuit pour se parler. À condition toutefois d'y arriver. Ils n'allumèrent aucune lumière et s'assirent par terre, près de l'âtre. Anouk n'avait pas dit un mot. Elle fixait les flammes naissantes tandis que son frère la sondait en silence. Il cherchait une porte d'accès, n'importe quoi qui puisse la faire parler. Il regrettait de s'être emporté. Il savait que ce n'était pas la bonne solution tout en ignorant comment faire pour à présent désamorcer la situation. L'évidence, simple et difficile à la fois, s'imposa à lui : il s'excusa. Anouk parut surprise. Content, il se glissa dans la brèche et demanda pourquoi elle se comportait de la sorte. Il s'inquiétait pour elle. Il voulait qu'elle aille bien. Il ne pourrait pas toujours être derrière elle. Ni lui, ni leurs parents. À ces mots, Anouk eut un rictus ironique et se détourna. À la lueur du feu, il vit qu'elle avait les larmes aux yeux. D'une main pressée, elle sortit un sachet de tabac et se roula une cigarette. Elle l'alluma d'un geste nerveux. Alexandre lui demanda de lui en faire une. Elle s'exécuta. Après un long silence, seulement ponctué par leurs respirations, Anouk se résigna. Au fond, il y avait tant de choses dont elle désirait se libérer. Beaucoup de reproches, de tristesses, de colères non exprimés. Et son frère était là, qui pour une fois prenait le temps, qui semblait s'inquiéter sincèrement pour elle. Peut-être pouvait-elle lui donner quelque crédit et lui accorder sa confiance. Cependant, elle ne pouvait pas tout dire. Elle ne se sentait pas la force, par exemple, de lui avouer qu'elle s'était fait toute une fête d'aller à ce Nouvel An avec lui. Qu'elle avait mis près de deux heures à choisir ses habits. Qu'elle était heureuse d'intégrer, enfin, la bande de copains de son frère, de sortir avec les autres, d'être considérée comme une adulte parmi eux. Elle ne pouvait pas lui dire l'étendue de sa déception lorsqu'elle s'était rendu compte, sitôt arrivée, que tout ceci n'était qu'un leurre. Qu'elle n'était pas un membre de la troupe, qu'elle restait la petite sœur. Ni ce qu'elle avait ressenti de voir Alexandre s'éloigner au bras de Marie sans plus faire attention à elle, satisfait qu'il était d'avoir fait son

133

devoir, sa bonne action. Sortir sa petite sœur... Qu'elle n'avait pas aimé lorsque, après un verre et alors qu'ils discutaient d'art, Marco l'avait lâchement abandonnée pour aller fricoter avec une grande blonde au brushing impeccable. Elle s'était sentie nulle, sans intérêt, jalouse. Et par leur faute qui plus est. Tout ce qui expliquait que, lorsque le copain de Guillaume l'avait regardée, elle s'était sentie exister. Le contrôle de la situation lui avait ensuite un peu échappé, mais bon, ce n'était pas dramatique. Heureusement, Alexandre était arrivé. Cela avait été humiliant, bien sûr, mais sans doute pas tant que de coucher avec un garçon qui ignorait jusqu'à son prénom. Mais ça, jamais elle ne l'avouerait.

En revanche, elle pouvait parler d'autres choses. De choses qui exigeaient bien plus de courage pour les livrer et que, sans doute, son frère n'avait jamais soupçonnées. Pourtant, la véritable douleur était là. Pas ailleurs. Alexandre serait-il capable de l'écouter sans la juger ?

Elle tenta le coup et lui parla de Saint-Germain-en-Laye. Elle commença par cet abominable lycée dans lequel elle ne s'était fait aucun ami. Où elle s'était retrouvée entourée d'êtres insipides, dépourvus de curiosité intellectuelle et de sensibilité artistique. Des bourgeois qui ne faisaient que répondre aux diktats de la mode que, pour sa part, elle avait toujours refusé de suivre. Intellectuellement comme physiquement, elle refusait de porter l'uniforme et une grande partie de son mal venait de là. Le reste, plus profond, concernait la solitude. Car si elle n'avait pas d'alliés au lycée, personne à qui se confier, elle n'en avait pas non plus ailleurs. Leur mère, auprès de qui elle avait fait le choix d'habiter, et qui au début s'occupait d'elle, n'avait pas tardé elle aussi à l'abandonner. Du moins à chaque nouvel amant.

134

Jusqu'au point culminant, au printemps dernier, où le dénommé Philippe, qui n'était supposé durer que quelques semaines, avait posé ses valises dans l'appartement familial. Philippe était omniprésent et se mêlait des affaires de celle qu'il considérait à tort comme sa belle-fille. Anouk en avait été mortifiée. Elle haïssait cet homme. Tout dans son attitude la rebutait. Sa suffisance, son air obséquieux, l'autorité qu'il essayait d'imposer. Rentier, il ne faisait de surcroît rien de ses journées à part parader avec sa maîtresse en soirée. Si bien que, lorsque Anouk rentrait de cours, il était là et lorsque Isabelle arrivait enfin, ce n'était que pour ressortir au bras de son amant qui l'exhibait comme un trophée dans toute la bonne société de Saint-Germain-en-Laye. Isabelle gloussait comme une gamine et Anouk, de son côté, était désespérée. Lorsque Philippe, à la fin de l'été avait offert une bague de fiançailles, elle avait cru mourir. Heureusement, Isabelle avait refusé mais le mal était fait. Anouk s'était vue condamnée à vivre avec ce type de manière définitive, sans plus aucune issue. Elle n'était plus chez elle mais chez eux. Seule, le jour, au lycée et désormais seule chez elle aussi. Raison pour laquelle elle s'était fait renvoyer et avait atterri ici, à Paris. Chez son frère. Et puisqu'il tenait tant à savoir, elle allait lui dire franchement. Lui aussi était absent. Personne ne la comprenait, personne ne s'occupait d'elle ni ne le voulait.

Quand elle arrêta de parler, Alexandre était mortifié. Il venait de se prendre une claque violente et ne pouvait riposter. Parce que, subitement, il réalisait que la douleur de sa sœur était authentique et très fondée. Les remords et la culpabilité l'assaillirent. Sa propre souffrance aussi, qu'il mettait tant d'énergie à enterrer, née du divorce de ses parents des années auparavant. Il leur en voulut terriblement. Pas tant pour lui qui surnageait que pour sa sœur qui se noyait. Anouk était, c'était vrai, livrée à elle-même, et ce depuis fort longtemps. Son instinct de grand frère refit surface avec une force accrue : il ressentit le besoin de la protéger comme au temps où elle était si petite, en maternelle, et qu'il la défendait avec ardeur contre les autres enfants. Il s'en voulait. Il s'en voulait de n'avoir rien vu ou voulu voir. D'une certaine manière, d'avoir collaboré. Dans l'idéal à cet instant, il aurait voulu serrer Anouk dans ses bras et lui dire qu'il l'aimait, mais son propre handicap l'en empêchait. Pourtant, elle s'était livrée, elle lui avait fait confiance et il devait lui rendre quelque chose. Il réfléchit et se rapprocha d'elle. Anouk regardait le feu, ce qui lui facilita la tâche. Avec pudeur, il lui dit qu'il était très heureux qu'elle soit venue vivre avec lui et qu'il allait faire attention à elle. Si elle était d'accord, dorénavant, ils sortiraient ensemble de temps en temps, juste tous les deux. Pour passer un moment entre frère et sœur, comme au bon vieux temps. Si elle n'allait pas bien ou si elle voulait parler d'un problème, du lycée ou autre, il serait là pour elle. Il trouverait le temps. Il voulait qu'elle aille bien. Il le voulait vraiment. Parce qu'il l'aimait.

Finalement, il avait réussi à le dire. Cela n'avait pas été si compliqué et, dans le salon faiblement éclairé, petit à petit, Anouk lui sourit.

Le deuxième bouleversement de l'année se produisit au printemps lors de l'élection présidentielle. Alexandre avait eu l'idée de réunir quelques amis chez lui pour la soirée électorale, réaménageant pour l'occasion tout le salon. Avec Anouk, ils avaient déplacé le canapé, apporté des chaises supplémentaires et branché les enceintes de la chaîne hi-fi sur le poste de télévision pour en amplifier le son. Peu avant que la soirée ne commence, ils s'étaient fait livrer des pizzas qui circulaient entre les invités. Ils étaient une quinzaine à peu près, dont Marco, Guillaume, Pauline, Sophie, Virginie, ainsi que des amis extérieurs qui s'étaient greffés au groupe. Alexandre avait invité trois personnes de l'ESJ et Anouk trois de ses nouveaux amis. Elle allait beaucoup mieux. Sa nouvelle vie semblait lui convenir et elle fourmillait de projets. Ainsi, au mois de février, au moment de choisir son orientation post-bac, elle avait émis le souhait de faire ses études en Angleterre. Elle avait repéré à Londres une école d'art qui jouissait d'une très bonne réputation. Cet objectif était en passe de devenir sa principale obsession. Elle en parlait constamment. À son frère, à ses amis, à ses parents. Pugnace, elle s'était mise à travailler d'arrache-pied pour convaincre Claude et Isabelle de la laisser partir. Alexandre savait que ces derniers n'étaient pas loin de dire oui. Les résultats scolaires suivaient, l'école d'art londonienne l'avait acceptée et elle avait déjà trouvé une colocation. Même la conseillère d'orientation du lycée avait donné sa bénédiction. Tous les feux étaient au vert.

Alexandre était admiratif du chemin parcouru en si peu de temps. Sa sœur, sa petite sœur, qui encore un an auparavant n'était pas armée pour la vie, qui avançait à reculons, s'y jetait à présent à corps perdu. Rien ne comptait désormais que Londres et son brouillard morose que, à travers ses yeux rêveurs, elle voyait tout en rose.

Il soupçonnait cependant que Simon, qu'elle avait invité ce soir-là, n'était pas étranger à son désir d'expatriation. C'était la première fois qu'Anouk se faisait des amis et qu'elle les lui présentait. Il avait accouru sitôt que ces derniers avaient passé la porte. Il y avait une dénommée Daphné, jolie, aussi artiste dans son look qu'Anouk, Émilie, plus discrète et, donc, Simon, un Anglais expatrié qui parlait un français irréprochable bien que teinté d'un léger accent. Alexandre avait concentré son attention sur ce dernier avant de rapidement baisser la garde. Simon avait tout du garçon gentil et honnête. Il s'exprimait posément, était bien élevé (il proposa d'emblée son aide) et avait le regard droit. Maigre comme un clou, il portait les cheveux blonds et courts, avait le teint rosé typiquement british et était affublé d'un pantalon très moulant. Plusieurs chèches entouraient sa barbe rousse naissante. Comme Anouk, il appartenait à la catégorie des marginaux sages et, avant que la soirée ne débute, il se laissa même gentiment insulter par les autres, défendant seul contre tous le modèle royaliste en digne sujet de Sa Majesté qu'il

138

était. La soirée s'annonçait excellente et l'ambiance était très bon enfant. Il ne manquait que Marie, qui, en tant que fervente partisane du Parti socialiste, rejoignait ses amis de campagne rue de Solférino. Nous étions le 21 avril 2002. Comme le temps était doux, Alexandre avait laissé les fenêtres du salon ouvertes.

Les résultats officiels tombèrent à vingt heures. Marco qui était en train de fumer sur le balcon, rapporta qu'il avait entendu une rumeur sourde s'élever de la rue, enfin de la ville entière, de chaque habitation dont les fenêtres étaient restées ouvertes, comme le souffle commun et délétère de l'incompréhension. Le Parti socialiste venait de se faire décapiter par l'extrême droite. Guillaume monta le son devant l'assemblée soudain muette d'indignation. Les présentateurs étaient formels et les résultats bien réels. La France venait de basculer. Dans le petit groupe rassemblé, les commentaires ne tardèrent pas à fuser. Ils étaient abasourdis. Comment cela était-il possible ? Les guerres mondiales étaient-elles déjà trop anciennes pour que plus personne ne s'en souvienne ?

Un ami de Guillaume menaça de quitter le pays. Guillaume, Pauline et Sophie étaient sidérés, Simon révolté de ne pas avoir le droit de voter et bien content d'être anglais (la monarchie subitement reprenait du galon), Marco silencieux parce que honteux d'en avoir la capacité et de ne pas l'avoir fait, Anouk et Virginie dégoûtées d'avoir misé sur le troisième homme, lequel s'était avéré finalement sixième. Et d'autres qui avaient voté blanc ou à gauche et qui étaient également mortifiés. Alexandre quant à lui ne pensait qu'à Marie. Marie qui avait gagné la rue de Solférino pour fêter un succès dont elle ne doutait pas. Il imaginait très bien l'état

139

dans lequel elle devait se trouver et craignait de l'appeler. Mentalement, il chercha les mots, ceux qui seraient capables d'atténuer les choses. Il n'en trouva pas. Qu'allait-il pouvoir dire si ce n'était son indignation, qu'il partageait ? S'écartant du groupe, il alla dans l'entrée pour passer le coup de téléphone. Il tomba sur le répondeur. Sur la télévision, il voyait les images de la rue de Solférino et les visages blêmes des partisans. La jeunesse désillusionnée. Marie se trouvait dans cette foule. Il lui laissa un message hésitant et confus, comme s'il eût été personnellement responsable de cet échec. Il se trouva ridicule de s'exprimer ainsi sans pourtant pouvoir faire autrement. Il raccrocha et rejoignit les autres, mais, pour tous, la fête était gâchée.

Ce soir-là, Alexandre n'eut pas de nouvelles de Marie et ne s'en inquiéta pas. Le lendemain cependant, il prit son téléphone et l'appela. Marie lui répondit d'une voix atone.

— Je te réveille ? demanda-t-il avec précaution.

Il se donnait l'impression de marcher sur des charbons ardents. Marie ne lui facilita pas la tâche.

— À ton avis ? Tu crois que je peux dormir après ce qu'il vient d'arriver ?

— Je sais. Comment ça s'est passé ?

— Mal. C'était horrible. Je déteste ce pays, je déteste les Français.

— Tu es française.

— Mon sang n'est pas français. Quelle honte ! Je n'ai même pas encore vu mes parents. Mon père doit être dans un état…

Alexandre réfléchit. Si Marie n'avait pas vu son père, cela voulait dire qu'elle n'était pas rentrée chez elle.

— Mais tu es où, là ? s'inquiéta-t-il.

— Solférino.

— Tu as passé la nuit là-bas ?

Marie s'emporta :

— Mais évidemment, Alex ! Je n'allais pas rentrer tranquillement chez moi. Il faut se réveiller, maintenant ! Il faut organiser la défense !

— Ok, ok, ne t'énerve pas. On a deux minutes, non ?

— Non, on n'a pas deux minutes. À force de dire qu'on a deux minutes, personne ne bouge et voilà ce qui arrive ! Je vais manifester cet après-midi et demain aussi.

— Tu veux que je vienne avec toi ?

— Je ne veux pas que tu viennes pour être avec moi, répliqua Marie d'un ton dur. Je veux que tu y ailles pour défendre tes convictions. Quand est-ce que tu comprendras ça ? Tu n'as pas voté blanc au moins ?

— Quoi ?

— Hier, tu n'as pas voté blanc ?!

Alexandre était abasourdi par l'agressivité avec laquelle il était reçu. Il n'avait pas anticipé une telle violence.

— Non, dit-il.

— Heureusement ! Parce que c'est à cause de ces lâches qu'on est dans cette situation ! Et je ne parle même pas des abstentionnistes ! Presque trente pour cent ! Non mais tu te rends compte ? Trente pour cent ! Je suis dégoûtée…

Alexandre ne répondit pas. Marie n'était pas en état d'écouter. Il laissa passer un temps.

— C'est à quelle heure, la manifestation ?

— Quatorze heures.

— Garde ton portable, je te retrouve là-bas.

141

Marie raccrocha aussitôt. Alexandre se retrouva seul, énervé et complètement sonné.

Dans les deux semaines qui suivirent, il ne vit pratiquement pas Marie. Elle était investie à cent pour cent dans son projet politique et d'autant plus désabusée que le candidat qu'elle avait supporté pendant toute la campagne jetait l'éponge. C'était insensé. Alexandre préféra laisser passer le choc. Comme beaucoup de Français, il alla voter au second tour sans autre motivation que celle d'empêcher l'extrême droite de passer. Marie se rendit au bureau de vote avec une pince à linge sur le nez. Un trait forcé selon lui, mais les caméras étaient là et c'était tout ce qui importait pour elle. La fierté. Protestataire jusqu'au bout. Qui ploie mais ne rompt pas. Alexandre était venu aussi pour la filmer.

Depuis quelque temps, il avait décidé de faire de la télévision. La vocation lui était venue la première fois qu'il avait touché une caméra. Quelque chose qui ne s'expliquait pas. L'audiovisuel avait un goût grisant, une force dans les images qu'aucun autre média ne concurrençait. Il avait donc fait un sujet sur Marie et ses amis, qu'il avait ensuite monté dans les studios de l'ESJ. Ils n'avaient pas passé la seconde soirée électorale ensemble et Alexandre n'avait pas insisté quand Marie s'était défaussée. Elle voulait être auprès de ses compagnons de galère, ce qu'il comprenait. Il n'avait d'ailleurs rien organisé chez lui non plus. Il y avait dans ce deuxième tour quelque chose de pourri. Il avait simplement rejoint Marco dans leur pub préféré. À vingt heures, les résultats furent sans surprise ceux d'une république bananière et laissèrent dans la bouche des Français un arrière-goût amer. Néanmoins, l'ennemi avait été repoussé et ils purent passer à autre chose. Marie revint progressivement vers Alexandre.

144

2005

146

C'était août et la chaleur augmentait de beaucoup la pénibilité de l'effort. Alexandre posa un carton sur le sol puis alla aider son père qui était en train d'en sortir un plus gros de l'ascenseur. Claude suait autant que lui. Ensemble, ils glissèrent le carton sur le parquet puis le firent basculer dans le studio. Un carton de deux mètres estampillé *Ikea*. Le lit que Marie avait choisi. Claude expira avec difficulté, le visage rouge et fatigué. En bras de chemise, pantalon de costume, il n'avait pas du tout la tenue appropriée pour aider son fils à déménager, mais Alexandre savait que c'était tout ce qu'il possédait de plus confortable.

Plus tard, en allant chercher de l'eau fraîche chez l'épicier, ce dernier regretta que Marco ne fût pas là. Son meilleur ami s'en tirait bien. À l'heure où lui déménageait seul avec son père faute d'autres volontaires, Marco était en train de se dorer la pilule sur une île du Pacifique. Où était-il à cette heure-ci ? Il avait un peu perdu le fil. Bangkok ? Bornéo ? Bali ? Peut-être Bali… Probablement fourré dans un bar au bord de l'eau, les pieds dans le sable, en train de draguer une étudiante australienne. Quel salaud… Il l'enviait, lui qui rêvait de voyager et qui pour l'instant n'en avait guère eu l'occasion. Il s'était mal débrouillé. Plus jeune, il n'avait pas eu l'idée de quitter la France puis, quand il avait pu, il s'était retrouvé bloqué. Soit par ses études, contraint de réviser, soit embarqué dans d'autres projets. Dans le cas présent, celui de déménager. Il paya l'épicier et revint vers son immeuble. Il se jura que l'été d'après, il partirait avec Marie au bout du monde. Sans se préoccuper d'obligations d'aucune sorte. Il avait vingt-cinq ans et s'il ne le faisait pas maintenant, alors quand ? Certainement pas quand il aurait des enfants. Il en parlerait le soir même à Marie.

Marco quant à lui était parti pour deux mois. Il avait rejoint son frère Guillaume qui avait été muté en janvier à Singapour. Ce dernier estimait que là se jouait désormais son avenir de trader, faisant par la même occasion la fierté de son père. Pauline était partie à son tour en juillet, espérant trouver un poste d'enseignante pour la rentrée suivante. Elle avait des vues sur le lycée français. Marco prévoyait de se servir du logement de son frère et de Pauline comme d'une base pour faire le tour de l'Asie. Un endroit où on laverait ses vêtements et où il dormirait dans un lit confortable entre deux excursions. Le plan idéal, financé de surcroît par de Beauch père qui, dès février et sitôt Guillaume parti, s'était laissé embobiner par les arguments fallacieux de son cadet, lequel avait réclamé à cor et à cri ce voyage qui constituait selon lui l'opportunité d'une vie. Alexandre songea que si Marco s'était lancé dans la finance, il aurait sûrement autant réussi que son frère. Il avait de vrais talents de négociateur. L'accord définitif des parents avait toutefois été soumis à la réussite de la dernière année d'études de leur fils. Lorsque Marco avait décroché son diplôme en juin, il ne restait plus aucun obstacle sur sa route et Arnaud de Beauch avait sorti son chéquier, lassé plus que convaincu par l'argumentation du seul rejeton qui lui restait à la maison. Marco avait donc empoché la monnaie et pris l'avion, non sans être fier d'avoir fait mentir les statistiques qui, lorsqu'il avait commencé sa formation de graphiste, prévoyaient qu'il serait renvoyé de son école dès la première année. À la place, il embarquait pour un merveilleux voyage de deux mois. Pendant ce temps-là, lui, Alexandre, déménageait seul avec son père à Paris et recevait, mesquinerie cruelle, une carte postale par semaine avec chaque fois ces lignes inchangées au verso : « Je m'éclate, il fait beau. Bises, mon gros. », et sur le recto un cocotier, une plage de sable fin, une mer turquoise ou une fille plantureuse en maillot de bain. Un vrai coup de salaud.

Les bières à la main, il pénétra dans l'immeuble et appela l'ascenseur. C'était une vieille carlingue qui mettait toujours quelques secondes à se mettre en branle. Entièrement constituée de bois, on y accédait en manipulant une première porte en fer forgé. La concierge avait prévenu dès son arrivée : en panne un jour sur deux. Heureusement pas celui de son emménagement. L'ascenseur le conduisit au sixième étage où était le studio que Marie et lui venaient de louer dans le 18ème arrondissement de Paris. Initialement, il s'agissait de deux chambres de bonne dont le propriétaire avait abattu les cloisons pour en faire un appartement plus grand. Quarante mètres carrés au sol, trente loi Carrez avec une vue imprenable sur le Sacré-Cœur. Si l'immeuble était vétuste, le studio était entièrement refait à neuf. Petite cuisine américaine équipée, pièce principale, salle de douche avec W-C, éclairée par une petite lucarne adorable. Ce n'était pas Byzance, mais c'était un coup de cœur. Leur coup de cœur. Et le seul appartement qui avait su concilier leurs exigences

149

respectives. Pour Alexandre : bon état, fonctionnel, lumineux, avec ascenseur. Pour Marie : immeuble avec du charme, pas trop chic, rive droite, si possible proche de ses parents et loin de ceux d'Alexandre. Non pas qu'elle ait quoi que ce soit contre Claude, mais elle venait de vivre plusieurs mois chez lui et, au bout d'un an de cet état, avait décrété qu'il était temps qu'Alexandre et elle aient leur propre logement. Un où il n'y aurait ni beau-père, ni femme de ménage, ni frigo prérempli. Alexandre avait acquiescé plus par amour que par nécessité. Il appréciait le fait d'avoir une femme de ménage. Lorsque Marie et lui rentraient le soir, souvent à des horaires différents, le lit était toujours fait. C'était bien commode, sans compter que c'était gratuit. Mais Marie avait posé un ultimatum, alors il avait suivi. Ils avaient donc trouvé ce petit studio à un prix inespéré (cinq cents euros par mois, ridicule à Paris) et, grâce à la caution de Claude, leur candidature avait été retenue. Avoir un grand professeur de médecine pour père aidait beaucoup dans ces cas-là. Le soutien d'ailleurs ne s'arrêtait pas là. Claude proposait à son fils de lui verser une petite rente chaque mois pour lui faciliter la vie. Alexandre n'avait pas encore accepté. Il aurait volontiers dit oui, mais il pressentait que Marie ne serait pas d'accord. Elle lui avait suffisamment reproché l'aide continue que Claude leur avait déjà apportée au cours de l'année passée. Elle ne cessait de répéter que c'était désormais leur tour de se débrouiller. Pour l'instant donc, il gardait la proposition pour lui en pensant qu'il serait toujours temps de se décider ultérieurement. Son père lui ouvrit la porte et il lui tendit une bouteille d'eau. Claude se pressa de boire.

— Ah, ça fait du bien ! s'exclama-t-il en reposant la bouteille qu'il avait vidée d'un trait. J'ai fait un petit tour pendant que tu étais en bas. C'est très bien, ici. C'est propre, bien entretenu… J'ai regardé les équipements, c'est pas mal du tout.

— Je te l'avais dit.

— Oui, mais tu sais, on voit de ces voyous. Je suis content, tu ne t'es pas fait avoir.

Ils avancèrent dans la pièce et Claude désigna le grand carton qui était par terre, grand ouvert.

— J'ai commencé à monter le lit, mais ce n'est pas si facile.

— Pourtant, c'est fait pour.

— Ne fais pas le malin. J'aimerais bien t'y voir.

Claude plaça un tournevis dans la paume de son fils et partit s'asseoir sur un carton.

— Tiens, tu n'as qu'à essayer pendant que ton vieux père se repose.

Alexandre déplia la notice de montage et se mit à l'œuvre. Son père le regarda faire.

— C'est dommage quand même qu'on ne soit que tous les deux pour déménager, reprit Claude au bout d'un moment.

Alexandre resta concentré sur sa tâche.

— On est en août, papa. Tout le monde est en vacances.

— Ils en ont de la chance.

— Ouais.

À nouveau, Claude laissa passer un temps.

— Et Marie ? Tu m'as dit qu'elle faisait quoi ?

— Elle travaille.

— Ah oui, c'est vrai. Ça lui plaît ?

151

Alexandre se leva pour redresser l'un des côtés du lit. Il commença à visser.

— À ton avis ? Elle fait du télémarketing toute la journée !

— Le télémarketing... répéta Claude pensivement. Ce sont les gens qui t'appellent pour te vendre des assurances, c'est ça ?

— C'est ça. Des assurances ou n'importe quoi.

— Ça ne doit pas être facile. L'année dernière, elle était guide. Pourquoi elle n'a pas continué ? Ça n'a pas marché ?

Alexandre s'arrêta de visser et regarda son père.

— Non. Ça n'a pas marché cette année. T'en as de ces questions !

— Bof, je discute c'est tout.

— Tu ne voudrais pas discuter en m'aidant ? Je voudrais finir le lit avant que Marie arrive. Je voudrais lui faire la surprise.

Claude se leva. Comme toujours quand il essayait de parler des choses de la vie, de partager l'intimité de ses enfants, il était maladroit. Il s'y prenait mal. Son fils n'avait pas envie de parler de sa petite amie, message reçu. Parfois, il s'étonnait d'être respecté de ses patients et collaborateurs, qui le considéraient comme quelqu'un d'humain, à qui l'on pouvait parler, lui qui dans la sphère privée était handicapé face à ses proches. Le contraste était blessant et, en dépit de toute son intelligence, il ne se l'expliquait pas. Il était médecin incapable de se soigner. C'était d'un triste. Il s'agenouilla près de son fils qui lui demanda de tenir serrés deux pans de contreplaqué qui constituaient les côtés d'un tiroir.

— Et Sophie ? Qu'est-ce qu'elle fait ?

— Pareil, elle travaille. Toujours dans son cabinet d'avocats. Je crois qu'elle bosse comme une tarée. La dernière fois, elle devait nous rejoindre pour faire un ciné, mais elle est sortie à vingt-deux heures.

— Dis donc, c'est pire que moi.

— Ouais, pire que toi.

— Mais ça lui plaît ?

— Aucune idée. Ça fait un moment que je ne l'ai pas vue. Le temps qu'elle ne passe pas au boulot, elle le passe avec son mec. Normal, quoi.

— Oui, bien sûr, approuva Claude. C'est dommage quand même que vous ne vous voyiez plus trop, toute la bande. J'ai croisé ta cousine Virginie, l'autre jour. Elle m'a dit qu'elle ne t'avait pas vu depuis des semaines.

Alexandre secoua la tête.

— C'est vrai.

Il posa le tournevis.

— On s'aime toujours, mais chacun a sa vie.

Il alla se passer de l'eau sur le visage. Il était en nage.

— Avant, on se retrouvait en vacances. Maintenant, un peu moins. Mais ça reviendra. Ça ne m'inquiète pas.

— Non, tu as raison. Et puis tu vois toujours Marco...

— Ah ça... Avec Marco, c'est pour la vie. C'est ma deuxième femme. Si Marie me quitte, je l'épouse.

Claude sourit.

Deux heures plus tard, ils assemblaient les dernières pièces du lit, qu'ils poussèrent ensuite contre le mur. Ils jetèrent le matelas dessus. Tout de suite, la pièce prit une autre allure. Un air plus civilisé.

— Au moins, on ne dormira pas par terre ! se félicita Alexandre.

153

— Vous auriez pu prendre celui qui est à la maison, estima Claude en regardant le lit.

— Je sais, papa, c'est gentil. Mais Marie voulait que ce soit notre lit à nous.

Claude hocha la tête.

— C'est un peu idiot quand même. Je ne sais pas ce que je vais en faire de ce lit. Avec ta sœur qui est à Londres, ça m'en fait deux sur les bras.

— Anouk va peut-être revenir en France. C'est sa dernière année d'études.

— Elle voudra peut-être aller à Saint-Germain.

— Ça m'étonnerait.

Alexandre recula contre le mur opposé pour avoir une vision d'ensemble.

— Hum, c'est pas mal comme ça. Au pire, si ça ne lui plaît pas, on changera.

— Qu'est-ce que tu vas faire maintenant ? questionna Claude en regardant le reste des cartons. Tu continues ?

— Non, il est trop tard. Marie va bientôt rentrer. Je vais aller faire des courses et préparer quelque chose à manger. Et toi ? Tu retournes à l'hôpital ?

Claude répondit qu'il se rendait chez sa sœur. Exceptionnellement, il n'avait pas pris de garde.

— C'est sympa, ça ! s'exclama Alexandre. Vous dînez tous les deux ?

— Avec Jean aussi.

L'expression d'Alexandre passa de la surprise à la contrariété. Son père ne voyait que très peu son frère et sa sœur. La dernière fois qu'une telle réunion de famille s'était produite, c'était lors des funérailles de son grand-père.

— Qu'est-ce qu'il se passe ?

154

— Rien de grave, répondit Claude d'un ton bourru, celui-là même qu'il adoptait quand un sujet le gênait.

Mais ce ton-là ne trompait plus personne et surtout pas son fils.

— Papa…

— C'est rien, je te dis. On a juste quelques petits soucis avec ta grand-mère.

— Avec mamie ? Encore ?

Claude s'aperçut que son fils avait changé de couleur.

— C'est pour ça que je ne voulais pas t'en parler ! Maintenant, tu vas t'inquiéter !

— Mais non.

— Mais si ! Je te connais. Je ne devrais pas t'en parler, ce ne sont pas tes affaires.

— C'est ma grand-mère…

Son père lui lança un regard ennuyé.

— Je sais bien, Alex. Ce que je voulais dire, c'est que ce n'est pas de ton âge de te soucier de ces choses-là. Toi, tu commences ta vie, tu t'installes avec Marie. Il vaut mieux laisser les soucis de côté.

— C'est trop tard. T'en as trop dit. Qu'est-ce qu'elle a, mamie ?

Claude regarda son fils.

— Elle est un peu…

Il chercha ses mots

— …désorientée.

— Ah, bah ça va, fit Alexandre plus détendu. Ça fait un moment que mamie est désorientée. Elle vieillit, c'est tout.

Claude considéra son fils pendant une seconde. À la fois touché et irrité par cette inconscience si caractéristique de son âge. Il décida de le faire grandir un peu. Après tout,

155

c'était sa grand-mère et c'était la vie, il ne pourrait éternellement l'épargner.

— Oui, elle vieillit. Mais tu sais, parfois, la vieillesse est une maladie. Dans le cas de ta grand-mère en tout cas, c'en est une.

Alexandre perçut le changement de ton de son père.

— Mais il s'est passé quelque chose de particulier ?

— Oui. La semaine dernière, la voisine l'a retrouvée au petit matin sur son balcon en chemise de nuit.

— Tu veux dire qu'elle a passé la nuit dehors ?

— Je ne sais pas. Mais une partie de la nuit, oui, c'est très probable. Elle était complètement désemparée, voire paniquée de ne pas réussir à retourner dans son appartement. Elle ne savait pas comment elle était arrivée là.

— Mais je ne comprends pas. Elle n'a pas pu s'enfermer de l'extérieur...

— Non, mais la porte-fenêtre a dû claquer avec un courant d'air et, comme tu sais, elle est un peu difficile à pousser... Eh bien, ta grand-mère n'y est pas arrivée.

Claude s'interrompit en voyant son fils montrer des signes de nervosité.

— Mais peu importe. Le problème, c'est qu'elle s'est mise en danger et, ça, on ne doit pas le laisser passer.

— Ce n'est peut-être qu'un incident, fit Alexandre avec espoir.

Claude secoua la tête.

— Tu sais bien que ce n'est pas le premier. Il y a eu des antécédents. Elle n'est plus autonome, ça ne sert à rien de se voiler la face.

Alexandre visualisa sa grand-mère seule en chemise de nuit sur son balcon et eut mal au cœur.

— Qu'est-ce que vous allez faire alors ?

— On va la mettre sous curatelle dans un premier temps. Ensuite, on verra. Pour l'instant, la voisine continuera de passer tous les jours pour s'assurer que tout va bien. On va aussi prendre une infirmière de nuit. Et puis, Françoise et moi, on va se relayer.

Alexandre opina. Les informations se hiérarchisaient dans sa tête. Grand-mère malade - curatelle - infirmière de nuit. Et après ?

— Après, je ne sais pas, avoua Claude.

Lui-même avait l'air abattu.

— Peut-être une maison de retraite…

Dans l'esprit du père et du fils, le couperet tomba. Claude venait de prononcer les mots qu'il ne fallait pas. Les inéluctables pourtant, mais qui les déprimaient tous les deux. Micheline, la mère et grand-mère chérie dans une maison de retraite. Autant dire un mouroir.

— Pas possible, murmura Alexandre.

Claude ne répliqua pas. Comme il l'avait déjà dit, ils n'en étaient pas là. Une chose à la fois. Car lui non plus ne savait pas. Il était censé pourtant, car il était l'adulte, il était le médecin, mais non, il ne savait pas. Parce que ce genre de choses ne s'apprenait pas, il fallait les improviser. Il se ressaisit en voyant son fils qui le regardait du coin de l'œil. Il attendait qu'il se redresse, lui le pilier. Il s'exécuta. Le regard de ses enfants lui avait toujours donné une force supplémentaire. Un peu comme celui, plus éperdu, de ses patients.

— N'en parlons plus ! s'exclama-t-il. Ne t'inquiète pas, on trouvera bien une solution.

157

Porte de sortie facile, mais que son fils emprunta sans hésiter.

— Oui, fit ce dernier avec soulagement. On trouvera une solution.

Quand ils sortirent quelques minutes plus tard de l'immeuble et qu'Alexandre eut indiqué qu'il partait à gauche vers un petit supermarché, son père l'embrassa et glissa un billet de cinquante euros dans la poche de sa chemise. Un peu d'argent pour l'aider, une habitude qu'il avait prise avec l'un et l'autre de ses enfants lorsqu'il les voyait.

— Papa, tu n'as pas besoin de me donner de l'argent. Je vais gagner ma vie maintenant.

— Je sais, mais ça me fait plaisir.

Alexandre sourit.

— T'es sûr ?

— Certain. Sinon, à quoi ça sert que je travaille comme un damné ? Si je ne peux même pas faire plaisir à mes enfants ?

— Mais toi ? Fais-toi plaisir à toi. Tu ne fais jamais rien…

— Je n'ai pas besoin de beaucoup d'argent pour être bien, moi.

— Moi non plus.

Claude donna une tape affectueuse sur l'épaule de son fils.

— Toi, tu commences ta vie. Fais-toi plaisir. Tiens, tu achèteras des fleurs à Marie !

— Ok. Merci, papa.

— De rien.

Puis ils s'embrassèrent de nouveau et Claude rejoignit le parking où il avait garé sa voiture.

Alexandre arriva devant les portes à huit heures. Elles étaient encore fermées, mais il craignait tant d'arriver en retard, de manquer son RER ou d'être pris par les aléas du trafic, qu'il avait prévu une grande marge d'avance. Il savait pourtant que, dans le monde de la télévision, on commençait tard. Que l'on finissait tard aussi.

L'immense bâtisse s'ouvrait par une porte dont les battants étaient des miroirs sans tain. Il se regarda avec attention, vêtu de son plus beau costume. Marie lui avait dit qu'il ressemblait à un VRP : elle avait raison. Pourquoi s'était-il entêté à revêtir cet accoutrement qui lui donnait l'air ridicule ? Pour faire bonne impression ? En toute honnêteté, c'était raté. Quoi alors ? Il dénoua sa cravate et la rangea dans sa serviette, qui contenait son ordinateur et un carnet de notes. Il avisa ensuite une borne de stationnement sur le parking désert et décida d'aller s'y asseoir. Il serait moins ridicule à attendre là que devant l'entrée, où le vigile tomberait sur lui en venant déverrouiller les portes. Il attendit une heure pendant laquelle il n'eut pas d'autre occupation que de guetter les voitures qui s'aventuraient dans la zone industrielle et de s'angoisser pour l'entretien qu'il aurait dans la matinée avec le directeur de la production. Celui-là même qui l'avait embauché pour un CDD d'un an à compter de septembre. Au début, il n'avait pas cru que ce type, un ponte dans le cercle étroit de la télé, lui accorderait sa confiance et lui proposerait de travailler pour lui, ne fût-ce qu'à l'essai. Pendant des semaines avant cela, il avait envoyé des CV à tout-va, appelé des gens qui ne le rappelaient jamais, couru les rédactions et fait jouer tous ses contacts, même les moins influents, pour espérer trouver un poste dans le monde de la télévision. Partout il avait montré sa tête dans le seul espoir que l'on retienne le son de sa voix, pour laisser dans ces endroits qu'il convoitait une trace de lui, une impression. En vain. Parce que dans ce milieu, avant d'être quelqu'un, on n'était rien. Il l'avait très vite compris et, malgré cela, s'était accroché. L'obstination avait fini par payer. Cet homme enfin, qui répondait au nom de Klark, pseudonyme d'emprunt pour remplacer un nom à la consonance sans doute trop banale, l'avait reçu au terme de dix appels répétés auprès de sa secrétaire. Il avait dit à Alexandre qu'il aimait bien les entêtés, des chieurs selon lui, mais qui savaient ce qu'ils voulaient et se démenaient pour l'obtenir. Alexandre ne l'avait pas corrigé. Chieur, cela lui convenait. À la demande de Klark, il avait envoyé les maquettes réalisées durant son dernier stage dans une petite chaîne du câble, à la ligne éditoriale religieuse. Cette carte de visite était moins glamour que d'autres, mais l'expérience avait été riche d'enseignements. Le fait de travailler pour une chaîne avec peu de moyens l'avait rapidement conduit à assumer la responsabilité de sujets entiers en totale autonomie. Bien sûr, ses réalisations pouvaient ensuite être retoquées, et beaucoup l'avaient été, mais beaucoup aussi avaient été diffusées en

160

l'état. Dans cette toute petite production, il était passé par tous les postes et l'avait fait valoir. De l'écriture du scénario à la réalisation jusqu'au montage final, il s'était formé comme personne. Son chef-d'œuvre était un reportage de quarante minutes (pour un débutant, c'était énorme) sur le pèlerinage d'un groupe de prière en Terre sainte. Pendant toute une semaine, il avait pris la route avec les pèlerins et en gardait un souvenir mémorable. Avec ce sujet, il avait gagné ses galons (la rédaction l'avait félicité et l'audience avait été très bonne) et l'avait donc présenté à Klark. Peu de temps après, la secrétaire le rappelait pour lui proposer un CDD, son premier vrai contrat. Il avait exulté. Même si son nouvel employeur, la société *Focus*, produisait essentiellement des émissions de télé-réalité et que, pour sa part, il rêvait surtout de travailler sur de grands reportages. Il fallait cependant commencer au bas de l'échelle.

Les bureaux de *Focus* étaient situés en Plaine Saint-Denis, à deux pas des grands plateaux de tournage. C'était un monde à part, une cité au cœur de la cité. À la seule idée d'y pénétrer, il se sentait privilégié, un peu comme un apprenti entrant dans le royaume interdit. Les portes dudit royaume s'ouvrirent comme il l'avait prévu vers neuf heures et il attendit encore un peu. Il était nerveux. Des voitures arrivèrent, se garèrent, et lorsqu'il aperçut finalement celle du grand patron, il se décida à entrer. Pour montrer qu'il était déjà là, sur le pied de guerre, prêt à travailler. Klark ne le vit pourtant pas quand il entra dans le bâtiment. Sans lever le nez du sol ni saluer l'hôtesse d'accueil, il s'engouffra dans l'ascenseur, le téléphone greffé à l'oreille. Alexandre dut patienter encore une bonne demi-heure (pendant laquelle le stress eut tout le temps de faire son œuvre) avant que l'hôtesse ne lui indique qu'il allait être reçu. Il eut chaud tout d'un coup et écarta les pans de sa veste. Il se demanda s'il avait bien fait de retirer sa cravate. Il se rappelait le vieux couplet de son père sur l'importance de la première impression, qui déterminait selon lui la nature des rapports futurs entre deux personnes. Alexandre avait fait de son mieux pour suivre le conseil, mais se sentait sur le point d'imploser dans son costume.

Raide, il emprunta l'ascenseur et déboucha sur un immense plateau de travail qui comportait de nombreux bureaux et autant d'écrans d'ordinateurs. C'était un openspace, lieu de travail des stagiaires, CDD et freelance, en somme du petit personnel, vacataire, de passage ou en sursis. C'était aussi un lieu d'où s'élevait une rumeur faite de bribes de conversations, de cliquetis de stylos, de bandes audio des sujets en cours de montage, de bruits de papier, enfin, de pas, d'éclats de voix et de grincements de fauteuils. Le bourdonnement était assourdissant et Alexandre songea qu'il n'avait jamais vu de ruche aussi grande de sa vie. Impressionné, il jeta un coup d'œil circulaire à la recherche de Klark et aperçut la reine des abeilles, isolée dans un grand bureau de verre qui dominait tout l'espace. Une bulle depuis laquelle elle pouvait tout surveiller. Alexandre toqua à la porte.

Klark était au téléphone quand il entra et lui fit signe de s'asseoir.

— Ok, fit Klark d'un air contrarié. Nous allons retravailler le sujet.

Tête baissée, il tenait d'une main le téléphone et passait l'autre sur son crâne chauve. D'avant en arrière, comme s'il réfléchissait intensément. Alexandre ne détachait pas son regard de la peau luisante.

— Non, renchérit Klark d'un ton plus contrarié encore. Ne vous inquiétez pas, on va le retravailler. Vous aurez le sujet. Laissez-moi cinq jours.

Il fronça les sourcils.

— Ok, trois. On se rappelle.

Il raccrocha. Il se frotta le crâne une dernière fois, puis, se redressant, chaussa une paire de lunettes à la monture noire et très fine. Élégante, tendance.

— Salut, Alex, dit-il en se levant. C'est Alexandre, c'est ça ?

Alexandre opina.

— Tu veux un café ?

Il alla s'en servir un et en fit un deuxième pour Alexandre. Il portait un jean savamment délavé et une veste coupée près du corps. Alexandre regarda ses chaussures, puis les siennes. Celles de Klark étaient impeccablement vernies.

— Les chaînes… reprit ce dernier d'un ton las en posant le café d'Alexandre sur le bureau. Ce sont elles qui font la loi. Nous, on exécute comme de petits employés. Ça me fatigue parfois, mais c'est comme ça !

Alexandre crut bon de hocher la tête pour montrer qu'il comprenait. (Même si, en réalité, il n'avait aucune idée de ce dont son interlocuteur parlait.)

— Bref, poursuivit Klark en remuant son café. Ça va encore nous faire une belle charrette, ça !

Cette fois, Alexandre hocha la tête franchement. Les charrettes, il savait ce que c'était. Il ne comptait plus celles qu'il avait dû faire durant son stage précédent. Des recoupages de dernier moment, des séquences à retourner, à

163

modifier… Il était arrivé qu'il travaille parfois jusqu'à une, deux, voire trois heures du matin, seul dans le studio de montage. Du café, il en avait consommé plusieurs paquets.

— J'espère que tu es prêt à mouiller ta chemise, lança Klark en le toisant.

Alexandre se sentit fondre.

— Pas de problèmes.

— Tant mieux. Pour commencer, je vais te donner un six-minutes.

Alexandre afficha un air déçu.

— Ouais, je sais, dit Klark. T'as déjà fait un quarante-minutes. T'es un grand garçon. Mais, ici, on n'est pas chez les gentils cathos du câble. Ici, on bosse pour les grandes chaînes. *France Télévisions*, *Canal*… Ce n'est pas la même audience. Alors on va commencer petit, ok ?

— Ok, répondit Alexandre, soucieux de ne pas faire de vagues.

N'empêche, c'était un coup de canif dans sa fierté.

— Tu vas aller voir Nadia.

Klark désigna un bureau de l'openspace derrière lequel s'activait une quadragénaire à l'air gentil.

— Elle va te donner un bureau et te montrer les locaux.

Alexandre hocha la tête.

— Ensuite, tu iras voir la directrice de la rédaction, Caroline, pour que vous voyiez ensemble comment tu vas tourner ton sujet. Elle a déjà des idées.

— D'accord. C'est quoi le sujet ?

Klark leva les yeux au ciel.

— Alors là, aucune idée ! Moi, je m'occupe de les vendre, c'est déjà pas mal. Tu demanderas à Caroline.

164

Alexandre hocha la tête et se leva. Il avait compris à l'air du directeur que l'entretien était terminé et qu'il ne fallait pas s'attarder. La reine des abeilles avait à faire. Il sortit sans demander son reste et alla voir Nadia.

Celle-ci l'accueillit très gentiment et lui proposa un emplacement dans l'openspace entre un cadreur d'une cinquantaine d'années, un vieux loup de mer habitué au terrain comme Alexandre en avait déjà rencontré plein, et une jeune stagiaire de vingt ans, tout droit sortie d'un magazine de mode. Alexandre salua ses deux voisins avec une nette préférence pour le cadreur. Il aimait bien ce genre de personnes, qui étaient généralement des types honnêtes et très compétents. À condition qu'on sache les apprivoiser. Ensuite, Nadia le guida dans les différents niveaux, le présenta à un nombre incalculable de gens dont il ne retint ni le nom ni la fonction et termina la visite par les salles de montage en sous-sol. À côté était la pièce où l'on stockait tout le matériel.

— À chaque fois que tu veux emprunter une caméra, tu passes par moi, ok ?

— Ok.

Puis ils retournèrent sur le plateau et Alexandre alla voir Caroline.

Il la trouva d'emblée beaucoup moins sympathique que Nadia. Caroline avait tout de la sous-reine des abeilles rêvant d'être calife à la place du calife. Blonde peroxydée, vêtue comme une avocate de série américaine, elle avait l'air autoritaire et des dents qui rayaient le parquet. Ce fut à peine si elle le regarda depuis ses talons hauts comme des échasses. Sans doute, à ses yeux, n'était-il qu'un exécutant comme un

165

autre, une ouvrière. En un minimum de mots, elle lui donna le thème de son prochain sujet, « les rencontres sur Internet », et indiqua qu'il pouvait dès à présent se mettre à la tâche. Alexandre se permit de signaler que le sujet avait déjà été traité maintes et maintes fois par différentes émissions et en différents formats, ce à quoi Caroline répondit par un regard en biais avant de le remettre à sa place. C'était vrai, mais, à sa connaissance, ce n'était pas à lui de décider de la programmation. Les téléspectateurs avaient besoin de rêver, alors il fallait les faire rêver, même si cela nécessitait de leur resservir toujours la même soupe à peine réchauffée. Amour, passion, complications puis réconciliation étaient les ingrédients de la recette miracle et c'était son rôle de l'appliquer. Si cela ne lui convenait pas, il était libre de renoncer. Alexandre comprit qu'elle menaçait déjà de le renvoyer et pensa qu'il était encore tôt pour passer par la case comptabilité. Ravalant sa fierté, il assura qu'il travaillerait dur pour livrer les images qu'elle attendait : le front de la directrice se dérida. L'air satisfait, elle ajouta qu'elle validerait chaque étape de son travail. Ses recherches, mais aussi les profils retenus, l'écriture du scénario, le découpage des plans, le tournage et enfin le montage. Et souvent le remontage, voire le re-re-montage. Alexandre sentit ses pieds s'enfoncer dans le sol. La belle époque où il quittait les studios sans savoir exactement quelles images il allait tourner était bel et bien révolue. Dans cette nouvelle société de production, tout était millimétré, commandé et ne permettait aucune autonomie, aucune improvisation, aucune liberté.

Pendant une seconde, il eut envie de prendre ses jambes à son cou mais la raison le rattrapa. Il fallait malheureusement en passer par là. Il se rassura en pensant que c'était aussi l'école de l'humilité et dit à sa supérieure qu'il s'y mettait tout de suite. Il gagna son poste de travail et se consola avec l'idée qu'à la fin du mois, il toucherait un salaire qui lui permettrait de payer son loyer, ses charges et, peut-être avec un peu de chance, quelques sorties. Ensuite, il alluma l'ordinateur et passa le reste de la journée sur des forums de discussion à la recherche de quelques naïfs qui accepteraient de raconter leur conte de fées virtuel devant un objectif.

168

L'automne passa en un éclair. Après avoir brillamment réussi sa dernière année de droit, Marie avait trouvé un stage à mi-temps dans l'association d'aide aux femmes en difficulté qu'elle soutenait afin de mettre ses talents de juriste au service de la cause. Le stage était non rémunéré, mais Marie préférait de loin être fidèle à ses convictions plutôt que de céder aux diktats du capitalisme et de la société de consommation. Néanmoins, comme il y avait désormais un loyer à payer, elle travaillait le reste du temps, et parfois le week-end, en tant que serveuse dans une brasserie. De son côté, Alexandre avait également des horaires de fou. Quand il n'était pas enfermé dans les bureaux de la rédaction ou dans un studio de montage, il montait à bord d'un train, d'une voiture ou d'un avion, caméra au poing, et parcourait la France de long en large à la recherche d'images. Ces périodes de tournage étaient à la fois ce qui l'excitait et l'épuisait le plus. La société qui l'employait n'étant pas une agence de voyages, elle ne ménageait pas ses journalistes et il était courant qu'il parcoure plusieurs centaines de kilomètres en une seule journée. Dans ces cas-là, il partait à l'aube et rentrait tard dans la nuit. Parfois, il partait plus longtemps.

Deux ou trois jours. Si bien que, lorsque novembre arriva, Marie et lui n'avaient fait que se croiser et leur petit appartement restait en perpétuel chantier.

Marie sonna le glas un lundi matin, alors qu'ils étaient pour une fois tous les deux présents au même moment en train de se préparer à entamer une nouvelle semaine endiablée. Posant le crayon noir avec lequel elle venait de souligner ses paupières, elle s'assit sur le rebord des toilettes et poussa un soupir exténué. Alexandre prenait sa douche juste à côté.

— Alex ?

— Hum ?

— C'est plus possible, ce rythme.

Il répéta son « Hum » un peu plus fort et Marie poussa la paroi de verre qui isolait la cabine de douche.

— Je dis que ce n'est plus possible, ce rythme…

— De quoi tu parles ?

— Tu veux bien couper l'eau ?

— Deux secondes.

Il referma la porte, finit de se doucher et rouvrit.

— Qu'est-ce qui n'est plus possible ? demanda-t-il en se penchant pour attraper sa serviette.

— Notre vie, répondit Marie avec lassitude. On va devenir tarés !

Alexandre la dévisagea.

— Ok, quel est le problème ?

— Quel est le problème ? Je suis la seule à le voir ?

— Pas la peine de t'énerver.

— Je ne m'énerve pas, répliqua Marie de mauvaise humeur.

170

Alexandre l'observa un instant. Comme toujours lorsqu'il était confronté à un problème, il prenait le temps de l'analyser avant de réagir. Marie faisait tout le contraire. Elle s'emportait à la vitesse de la lumière. Dans le couple qu'ils formaient, il était le serein, le pragmatique, tandis qu'elle avait tendance à monter rapidement dans les aigus. En un sens, ils se complétaient bien et il n'y avait personne au monde qui savait mieux que lui désamorcer la bombe que Marie devenait dans ses grandes phases d'énervement. Avec le temps, il avait appris à connaître et surtout maîtriser le personnage. Marie ne l'impressionnait plus autant qu'autrefois. Il connaissait désormais ses failles et la manière de les combler. Ou, à défaut, de limiter les secousses. Quelque chose lui disait pourtant que, cette fois-ci, il n'allait pas y couper.

— Je n'en peux plus de cette vie, répéta Marie dans un nouveau soupir. On court comme des fous, on ne se voit pas… Tu pars tout le temps quand je dors et c'est pareil le soir quand tu rentres. On n'a pas fait l'amour depuis un mois. Tu ne fais que bosser !

Alexandre faillit répondre qu'elle la première travaillait le soir dans une brasserie, mais se retint. Il connaissait déjà la litanie qui s'ensuivrait. Elle n'avait pas le choix, elle devait gagner sa vie, et cetera. Quant à suggérer qu'elle trouve un travail qui serait rémunéré, la moindre des choses selon lui après cinq années de droit, il n'en était pas non plus question. En travaillant pour l'association, Marie défendait une cause et non pas son ambition personnelle. Le débat les avait déjà opposés et il devait avouer que, à ce sujet, il était de mauvaise foi. Certes, il aurait souhaité que Marie gagne sa vie comme lui (à bien des égards, cela aurait simplifié les

171

choses), mais son engagement constituait aussi l'une des choses qu'il admirait chez elle. Le lui reprocher, même si c'était parfois tentant, n'aurait pas été honnête. Il l'observa sans rien dire.

— T'es pas d'accord ? reprit Marie plus agressive.

— Si, tenta-t-il dans un sourire. Ça fait trop longtemps qu'on n'a pas fait l'amour. Mais si t'as un peu de temps, là…

Elle lui renvoya un regard noir. Tentative avortée.

— Je suis sérieuse, Alex. Tu ne trouves pas qu'il y a un problème ?

— Si. C'est vrai qu'on travaille beaucoup.

— Beaucoup ?

— Ok, trop. Mais t'as une solution ?

Marie baissa les yeux.

— Non. Mais je constate que ça fait plus de trois mois qu'on a emménagé et qu'on n'a rien fait. L'appart n'avance pas, on n'a même pas eu le temps de faire une pendaison de crémaillère… C'est pas normal !

Elle avait raison, ils vivaient comme des cons. Il s'apprêtait à le lui dire quand elle poussa la porte de la salle de bains d'un geste brusque.

— Et je ne supporte plus l'état de cet appart !

Alexandre se rembrunit.

— Qu'est-ce qu'il a, cet appart ? Je croyais que tu l'adorais !

Marie se tourna vers lui, furieuse.

— Tu te fous de moi, Alex ? Le problème, c'est pas l'appart, c'est le bordel qu'il y a dedans ! T'as vu ça ?

Elle pointait du doigt deux cartons empilés l'un sur l'autre qu'il avait mis à côté de leur lit en attendant de les descendre à la cave et dont il se servait pour poser ses vêtements le soir

172

quand il se déshabillait. La pile de vêtements était impressionnante et les cartons n'avaient pas bougé depuis leur arrivée.

— Ça va, je vais les ranger.

— Tu parles. Ça fait deux mois qu'ils sont là. Sans parler des étagères que tu es censé fixer…

— Et quand est-ce que tu veux que je le fasse ?! Je veux bien m'en charger, mais je ne vais peut-être pas sortir la perceuse à trois heures du matin ?!

Marie ne répondit pas. Ses yeux balayaient la pièce en tous sens à la recherche d'un sujet sur lequel elle pourrait rebondir. Elle trouva rapidement.

— Et le lit ? C'est toi qui vas le faire ?

Alexandre lui jeta un regard noir. Il ne voyait pas le rapport avec les cartons et les étagères.

— Pourquoi moi ? Tu ne peux pas, toi ?

— Je le fais tous les matins, répliqua Marie cinglante.

Il haussa les épaules. Certes, Marie faisait le lit, mais c'était parce qu'elle partait après lui. De son côté, il faisait les courses dès qu'il le pouvait. Chacun sa charge, il répudiait à compter les points. Hors de question de se laisser entraîner dans ce débat. De même qu'il refusait de se faire agresser sans bouger. Tout ceci commençait sérieusement à l'énerver. Marie quant à elle avait déjà dépassé ce stade. La rage était en train d'imprimer son visage.

— Et ça ?! s'écria-t-elle en pointant un doigt accusateur sur son caleçon et ses chaussettes de la veille. C'est à moi de les ramasser ?

— Je n'ai jamais dit ça.

— Et ça ?! poursuivit-elle en faisant le tour de la pièce pour dénoncer tour à tour les objets de sa colère. Et ça ?!

(Pile de livres écroulée.) Et ça ?! (Quatre assiettes dans l'évier.) Et ça ?! (Serviette de bain au sol.)

— Quoi, ça ?!

— C'est compliqué d'accrocher correctement ta serviette ?! Tous les jours elle se casse la gueule par terre ! TOUS LES JOURS !

Alexandre se prit la tête entre les mains. Il haïssait les conflits, surtout à huit heures du matin.

— TU ME FAIS CHIER ! gueula-t-il.

Outrée, Marie s'apprêtait à répondre sur le même ton lorsqu'elle s'arrêta net. Quelqu'un venait de monter à leur étage, ils entendaient les pas sur le parquet. C'étaient ceux du concierge qui, chaque jour, portait le courrier aux habitants de l'immeuble. Sa démarche était lourde, reconnaissable entre toutes. Ils retinrent leur souffle. Les pas s'arrêtèrent devant leur porte, puis deux enveloppes glissèrent sur le seuil. Relevé bancaire et courrier promotionnel de La Redoute. Le concierge poursuivit ensuite sa tournée vers les autres logements. Marie regarda Alexandre qui fixait le sol. Elle ramassa le courrier et le posa sur le comptoir de la cuisine. Sans un mot, elle s'approcha du lit et secoua la couette. Alexandre s'écarta. Le regard de Marie était sombre. Elle ne criait plus, mais il savait qu'il était inutile de lui parler. En outre, il n'avait pas envie d'en faire l'effort. Une longue journée de travail l'attendait et il était déjà épuisé. Il extirpa de la pile de vêtements un jean, un T-shirt et un pull qu'il enfila rapidement. Lorsqu'il ouvrit la porte d'entrée, Marie ne prit pas la peine de se retourner. Il ne prit pas davantage celle de lui souhaiter une bonne journée et fit claquer la porte derrière lui.

174

Le jour de Noël, toute la famille Fresnais s'était donné rendez-vous pour déjeuner avec Micheline dans son appartement. La veille au soir, Alexandre et Anouk avaient réveillonné avec leur mère à Saint-Germain-en-Laye. Poursuivant sa dernière année d'études en Angleterre, Anouk était rentrée en France pour les fêtes et comptait profiter de l'occasion pour faire le tour des galeristes et préparer son retour imminent à Paris. Elle avait bon espoir de trouver quelqu'un qui accepterait de l'exposer dès la rentrée scolaire et avait fièrement montré les photos de ses œuvres à son frère. Beaucoup de sculptures étranges composées avec du plastique, curieuses, un peu dérangeantes, mais pas du tout inesthétiques. Pour le peu qu'il avait vu, Alexandre avait été impressionné. L'expatriation avait en fin de compte beaucoup profité à sa sœur qui, en quelques années, s'était métamorphosée. Elle n'était plus du tout perdue comme auparavant, mais savait au contraire exactement où elle voulait aller et quels atouts étaient les siens. Elle était décidée à retrousser ses manches pour parvenir à vivre de son talent, ce qui avait de quoi rassurer leurs parents.

De son côté, il était seul pour une dizaine de jours, Marie étant rentrée comme chaque année en Espagne pour passer Noël avec la famille de son père et le seul grand-père qui lui restait. Il n'était pas prévu qu'elle revienne avant le 31 décembre. Avec Anouk, ils s'étaient donc retrouvés le 24 au soir dans l'appartement de leur mère et, si la soirée avait bien commencé (Isabelle était heureuse de retrouver ses enfants et de les voir ouvrir leurs cadeaux), elle s'était terminée de manière beaucoup plus pénible. Exceptionnellement célibataire et le vin aidant, Isabelle s'était épanchée sur le vide chaotique de sa vie auprès de ses enfants, lesquels, embarrassés, avaient rapidement abrégé la soirée. Il n'était pas encore minuit que tous deux avaient gagné leur lit. Pour Alexandre, il s'agissait du réveillon de Noël le plus déprimant de sa vie et il se réjouissait de retrouver le lendemain à déjeuner toute sa famille paternelle. Même s'il n'ignorait pas que c'était sans doute la dernière fois qu'ils se voyaient dans ce cadre-là. Début décembre, son père lui avait annoncé que sa grand-mère allait quitter son appartement pour vivre non pas dans une maison de retraite comme ils l'avaient redouté, mais avec son fils aîné, Jean. Sur le moment, Alexandre avait accueilli l'information avec soulagement, car rien n'était plus douloureux que d'imaginer sa grand-mère dans une résidence pour personnes âgées, puis le soulagement avait fait place à la tristesse. Certes, sa grand-mère ne serait pas laissée à l'abandon, elle serait très bien traitée (Jean était un fils aimant doublé d'un médecin qualifié), mais elle allait tout de même quitter l'appartement qu'elle aimait pour rejoindre la ville d'Amiens. Sans être très loin de Paris, ce n'était pas à côté non plus. On n'y allait pas tous les quatre matins.

176

Le lendemain, en entrant avec Anouk dans l'immeuble du 15ème arrondissement, Alexandre savait donc qu'il s'apprêtait à voir sa grand-mère pour probablement l'une des dernières fois, tout comme le reste de la famille, qui s'était arrangé pour être là en même temps. Chacun était mû par la commune motivation de se réunir autour de l'aïeule et de lui faire le cadeau de leur présence, le seul susceptible de lui faire encore plaisir. Lorsque Alexandre pénétra dans l'appartement de sa grand-mère avec Anouk, ils étaient ainsi une dizaine à les accueillir. Son oncle Jean, souriant comme à son habitude, Virginie, leur cousine, ses parents, Françoise et Jean-Pierre, et enfin son père, Claude. Gélule était présente également et discutait avec Françoise. Elle ne portait cette fois-ci pas de grand chapeau, mais une voilette noire piquée d'une grosse fleur mauve en tissu qui lui tombait un peu sur le côté du crâne. Vêtue d'une longue robe noire avec les manches en dentelle, elle ressemblait à une grande araignée. Un faucheux maigre et frêle. Alexandre était en train de l'observer lorsqu'elle croisa son regard. Il se sentit obligé d'aller lui parler. Il s'approcha avec un grand sourire, auquel Gélule répondit dans une version plus effacée.

— Bonjour Alexandre, dit-elle en glissant une main dans la sienne.

— Permettez que je vous embrasse.

— Si vous voulez…

Il prit garde de ne pas accrocher la voilette.

— C'est gentil d'être venue, dit-il.

— Oh, je n'avais aucune obligation de toute façon. Je suis toujours seule le 25 décembre.

Gélule restait fidèle à la grande franchise qui la caractérisait.

— Mais rassurez-vous, ajouta-t-elle en percevant son inconfort, j'ai passé le réveillon avec ma fille et mon gendre. Comme tous les ans.

Alexandre sourit timidement.

— En tout cas, ça nous fait très plaisir que vous soyez là.

— Moi aussi, répondit Gélule dans un sourire triste. Je n'aurais pas voulu manquer cela. C'est peut-être la dernière fois que je vois Micheline…

Elle le regarda gravement.

— Vous comprenez, elle était ma seule amie.

Elle avait l'air résignée et Alexandre éprouva de la sympathie pour elle.

— Vous pourrez toujours aller la voir à Amiens, dit-il d'un ton encourageant. Ce n'est pas si loin.

Gélule haussa les épaules.

— Allons, Alexandre, ne dites pas de sottises. À mon âge, Amiens, c'est le bout du monde. Comment irais-je ?

Il fut pris à son propre piège.

— Moi, je pourrais vous emmener, mentit-il.

Gélule le regarda et il sut qu'elle n'était pas dupe de son piteux mensonge.

— Oui, peut-être, répondit-elle néanmoins avec indulgence.

Il était embarrassé et ne savait plus quoi ajouter. Paralysé par cette femme à qui il était venu parler et qui se moquant des convenances, lui confiait ses états d'âme avec une sincérité désarmante. Et il réalisait ce qui l'avait marqué lorsqu'il l'avait aperçue, toute vêtue de noir. *Tata Yoyo* n'avait plus rien de la veuve joyeuse, exubérante et excentrique qu'il avait rencontrée quelques années plus tôt. Elle avait perdu de sa superbe. Triste désormais, *Tata Yoyo* redevenait Adélaïde. Une vieille dame seule et un peu folle que l'on privait de sa dernière amie. Son cœur se serra un peu. Adélaïde perçut son émotion et lui adressa un regard bienveillant.

— Allez donc voir votre grand-mère, dit-elle en posant une main sur son bras. C'est pour elle que vous êtes venu...

— Oui, j'y vais.

Adélaïde hocha la tête et il partit vers le fond de la pièce.

En chemin, il croisa Marco qui sortait de la cuisine, un plateau rempli de coupes de champagne dans les mains. Ce dernier le salua d'un clin d'œil et Alexandre en fut revigoré. Il était content de l'avoir invité. Sur le moment, il avait hésité, car Noël était traditionnellement une fête familiale, mais s'était ravisé en estimant que Marco connaissait tout le monde depuis l'enfance et faisait à ce titre partie de la famille. Sa présence leur mettait du baume au cœur à tous les deux. Se frayant un chemin dans la petite assemblée, il embrassa quelques joues et atteignit l'autre extrémité du salon où était sa grand-mère. Assise sur son fauteuil, elle était comme une ombre perdue au milieu de la foule. L'agitation autour ne suffisait pas à la tenir en éveil. Alexandre l'embrassa avec amour.

— Bonjour mamie, dit-il en saisissant sa main.

Elle était froide. Il en caressa le dessus. Le regard de sa grand-mère s'anima à son contact.

— Oh, c'est toi, dit-elle en tournant la tête.

Un sourire se dessina sur son visage ridé.

— Je ne savais pas que tu venais.

Elle avait l'air heureuse et il l'embrassa encore.

179

— Mais si. Bien sûr que je suis là. Tout le monde est là. Tout le monde est venu pour te voir.

Le sourire était toujours présent, mais beaucoup moins dynamique, beaucoup moins vivant que la fois d'avant.

— Tu es contente ? demanda-t-il pour se rassurer lui-même.

— Oui, répondit sa grand-mère sans entrain, mais avec sincérité.

Alexandre l'examina. Elle était fatiguée. Son regard était en train de s'évaporer à nouveau. Comme si elle s'absentait. Elle paraissait flotter dans une demi-conscience, ponctuée de courtes phases d'éveil, par intermittence. Il fut forcé de s'écarter lorsque Anouk lui passa devant. Cette dernière sacrifia au même rituel que lui et, se redressant, souleva les sourcils pour marquer sa consternation. Alexandre acquiesça. Il n'avait pas vu sa grand-mère depuis plusieurs mois, mais, dans le cas de sa sœur, cela remontait au moins à une année entière. La faute à Londres, dont elle ne revenait que rarement et souvent pour peu de temps. À voix basse, Anouk lui demanda si cela faisait longtemps que leur grand-mère était dans cet état et il s'entendit répondre qu'il ne savait pas. C'était, selon lui, une lente dérive bien qu'il trouvât que le déclin se fut considérablement accéléré ces derniers temps. Anouk se contenta de hocher la tête en dévisageant leur grand-mère. Puis ce fut au tour de Virginie et de sa mère de prendre place autour du fauteuil et ils s'écartèrent. Marco arriva avec le plateau qu'il posa sur un guéridon.

— Ça me fait super plaisir d'être là ! s'exclama-t-il en embrassant Alexandre.

Il fit la bise à Anouk et leur donna une coupe de champagne.

180

— Joyeux Noël !

Il avait l'air rayonnant.

— Joyeux Noël ! répondirent Anouk et Alexandre.

Marco reprit son plateau.

— Je vous vois tout à l'heure. J'ai une tournée à finir !

Il glissa sur le parquet vers les autres membres de la famille sous le regard amusé d'Anouk.

— C'est marrant que tu l'aies invité, confia-t-elle à son frère. Il n'avait pas un truc avec toute sa famille comme chaque année ?

— Non. Céline est dans la famille d'Édouard en Charente et Guillaume est resté à Singapour.

— Donc il est tout seul avec Anne-Marie et Arnaud ?!

Alexandre acquiesça avec une moue désolée.

— Hier soir, oui. À mon avis, ça devait être l'horreur. Et aujourd'hui, il y avait un grand déjeuner du côté d'Arnaud mais il était tellement déprimé à l'idée d'y aller que je lui ai proposé de venir.

— Il a réussi à négocier la sortie ?

— Je crois qu'il ne leur a pas laissé le choix.

Il regarda sa sœur.

— Pourquoi ? Ça t'embête qu'il soit là ?

— Non, au contraire ! Je ne l'ai pas vu depuis au moins deux ans. Je vais aller lui parler !

Alexandre la suivit du regard, légèrement incrédule. Anouk n'était vraiment plus une enfant. Elle était une très belle jeune femme, toujours à l'allure un peu bohème, mais désormais soignée, intelligente, pétillante. Il la regarda qui sauvait Marco des tentacules de l'oncle Jean. Lorsqu'ils commencèrent à discuter d'un air enjoué, il se détourna.

Le déjeuner se déroula dans la salle à manger qui, pour l'occasion, avait été entièrement vidée de ses meubles, à l'exception de la table sur laquelle on avait installé des rallonges. Mais même selon cette configuration, l'espace demeurait exigu et ils furent serrés. Malgré l'inconfort, il régna une grande chaleur humaine. On fit passer de nombreux mets qui firent plusieurs fois le tour de la table. Les petits plats dans les grands, en quantité pour satisfaire tout le monde. Le vin coula à flots. On installa Micheline en bout de table pour qu'elle puisse voir tout le monde et, même si elle ne participa pas à la conversation, dépassée par cette soudaine agitation, elle parut contente d'être entourée de ceux qu'elle aimait et d'être témoin, même silencieux, de leurs retrouvailles. Ils se séparèrent vers dix-sept heures après de grandes accolades.

Alexandre fut le dernier à dire au revoir à sa grand-mère tandis que le reste de la famille dévalait bruyamment les escaliers et que Jean restait auprès de sa mère pour la veiller et lui tenir compagnie. Il était en train de lui préparer un thé après l'avoir fait regagner son fauteuil et avait déposé sur ses genoux une couverture chaude. Dehors il faisait nuit noire et les réverbères projetaient leur lumière orangée en étoile sur les vitres. C'était joli. Après s'être assuré que son oncle n'avait pas besoin d'aide, Alexandre se pencha vers sa grand-mère pour l'embrasser encore une fois. Elle avait les yeux mi-clos et somnolait. Il déposa un baiser très léger sur ses cheveux argentés et lui caressa la joue. Elle ne bougea pas, ne sursauta pas. Après l'avoir regardée une seconde encore, il s'écarta, dit au revoir à Jean et s'en alla.

Lorsqu'il referma la porte derrière lui, l'escalier était redevenu silencieux et il descendit les marches une à une en prenant son temps. Il ressentait le besoin de s'attarder sur ces murs devant lesquels il était passé un millier de fois et qu'il ne reverrait peut-être pas. En haut des cloisons, au bout de cet escalier qu'il connaissait par cœur, il y avait toujours eu sa grand-mère qui, très bientôt, n'y serait plus. C'était étrange. Au-delà de la voir dans cet état, dans cette lente dérive vers la mort qui durerait tant que Dieu voudrait, il réalisait qu'il y avait en lui, ancrée plus profondément, cette autre chose qui lui comprimait la poitrine. Un sentiment plus égoïste qui ne concernait pas sa grand-mère, mais lui plus directement, qui lui faisait comprendre, comme une implacable vérité, que la roue de la vie était en train de tourner. Que dans cette merveilleuse chorale familiale, le temps poursuivait son œuvre et que, ici comme ailleurs, les cadets étaient appelés à devenir des aînés. Que les vacances au chalet où sa grand-mère l'accueillait chaque été appartenaient au passé. Comme les nouilles qu'elle cuisinait autrefois dans le jus de viande, le son de sa conversation au téléphone et les chansons qu'elle lui chantait lorsqu'il était tout petit et qui lui revenaient à présent à l'esprit. C'étaient des airs d'avant-guerre qui traitaient de sujets gravement désuets, du tabac dans la tabatière, d'un meunier qui dormait et d'un Malbrough qui, comme l'enfance, ne reviendrait jamais.

Aux nouvelles que j'apporte, vos beaux yeux vont pleurer.
Vos beaux yeux vont pleurer,
Vos beaux yeux vont pleurer...

184

Après avoir raccompagné Anouk à une bouche de métro, Alexandre et Marco décidèrent de rentrer ensemble chez Alexandre. La proposition était venue de celui-ci qui ne voulait pas laisser son meilleur ami rentrer seul chez lui. Marco n'avait pas été le dernier à boire et ne marchait plus très droit. Pas suffisamment en tout cas pour faire une entrée digne dans l'appartement de ses parents. Marco accepta tout de suite, surtout lorsque Alexandre prétexta que ce serait l'occasion de tester la console de jeux qu'il venait d'acquérir. Ils arrivèrent peu de temps après chez Alexandre, et Marco entra d'un pas lourd dans l'appartement.

— Dis donc, c'est le bordel ici quand ta copine n'est pas là !

Il jeta son manteau sur le tas de vêtements qui jonchait le sol.

— Pas eu le temps, répondit Alexandre en ramassant des couverts sales restés sur la table.

Il déposa le tout dans l'évier et indiqua qu'il allait faire la vaisselle tout de suite.

— Comme ça, après, on est tranquilles.

— Ok.

Marco se laissa tomber sur le lit défait.

— Je me repose un peu en attendant.

— Vas-y.

Quinze minutes plus tard, un ronflement sonore envahissait la pièce. Alexandre continua de faire la vaisselle en diminuant le débit d'eau. Quand il eut terminé, Marco ronflait toujours et il en profita pour s'attaquer à la salle de bains. Muni d'une éponge, il entra dans le petit réduit et récura pendant plus d'une heure. À la fin, la faïence paraissait n'avoir jamais servi et brillait comme au premier jour. Il en fut satisfait et pensa à Marie et à leurs multiples disputes à ce sujet. Elle avait raison sur un point : il était plus agréable de vivre dans la propreté. À condition toutefois d'en avoir le temps. C'était ce qu'elle sous-estimait. Fatigué, il alla reposer l'éponge puis rangea la vaisselle qu'il avait lavée plus tôt. Il fit intentionnellement claquer les portes des placards.

— Oh ! fit Marco en sursautant.

— Oh pardon, s'excusa Alexandre, l'air angélique. Je t'ai réveillé peut-être ?

Marco s'assit sur le lit et se frotta le visage. Cheveux ébouriffés et teint de cire, il avait l'air complètement amorphe.

— Ouah... C'est bon, le vin, mais ça tape. Je croyais que le bon vin ne tapait pas !

— Ça dépend comment tu bois... Tu veux une bière ?

— Arrête, je vais vomir.

Alexandre rangea le dernier verre et lança un torchon au visage de Marco.

— Allez ! Fais le lit, on va allumer la télé.

Marco se leva et fit le lit à la va-vite en rabattant sommairement la couette sur les oreillers. Alexandre alluma le téléviseur, la console, et jeta les manettes sur le lit. Puis il s'installa contre le mur et cala un oreiller sur ses reins. Debout à côté de lui, Marco regardait le poste d'un air hagard.

— Tu te ramènes ?

— Je n'en reviens toujours pas que tu aies acheté ce bébé...

— Eh oui, c'est l'avantage de bosser. À la fin du mois, tu touches un salaire qui te permet de t'offrir ce genre de joujou.

— Ouais, répondit Marco qui avait noté l'allusion à son statut d'ex-étudiant chômeur. En même temps, si tu bosses comme un chien, elle ne servira pas beaucoup.

Alexandre accepta le revers.

— Là, j'ai le temps, dit-il. Amène-toi !

Marco s'assit sur le lit et ils lancèrent le jeu. Les premières parties se déroulèrent sans surprise. Alexandre gagna la plupart d'entre elles. Mais au fil des minutes, Marco se réveilla et gagna en adresse. Une heure plus tard, ils étaient à égalité, en immersion totale dans le monde virtuel. Leurs regards étaient rivés sur l'écran et leurs mains cramponnées aux manettes. Ils jouèrent ainsi pendant deux heures, jusqu'à ce qu'Alexandre fasse remarquer qu'il avait faim. Ils mirent le jeu sur pause, le temps de commander des pizzas et de se rendre aux toilettes.

— Au fait, lança Marco en sortant peu après de la salle de bains. Je vais déménager !

Alexandre était en train de consulter la carte des pizzas que Marie avait aimantée sur le frigo.

— Quoi ?

— Ouais, je vais déménager.

— C'est quoi, cette histoire ?

— Rien, répondit Marco l'air évasif. Je vais vivre dans le 13ème. Un petit appart près de la place d'Italie.

— Mais t'as trouvé un taf ?

Marco partit d'un rire sonore qui oscillait entre l'hilarité et le désabusement.

— Non ! C'est les vieux qui me mettent dehors !

Il regarda Alexandre à nouveau sérieux.

— Ils te mettent dehors ?!

— Ouais. Enfin, dehors, je ne suis pas à la rue non plus. Je vais dans l'appart de mon grand-père. C'est un deux-pièces qu'il utilisait pour entreposer ses vieux trucs. Il est d'accord pour que je m'y installe.

— Mais… qu'est-ce qu'il s'est passé ?

Marco haussa les épaules.

— Sais pas. J'imagine que le fait que je ne bosse pas doit leur taper sur les nerfs. L'argument officiel, c'est qu'il faut que je m'émancipe.

Il mima les guillemets avec les doigts. Il avait soudain l'air d'un chien abandonné. Alexandre regretta sa provocation de début de soirée tout en éprouvant un vague sentiment de gêne. Il regarda le sol.

— Pourquoi tu ne cherches pas du boulot ? s'entendit-il demander.

— Mais je cherche ! Je galère, c'est tout.

Alexandre se détesta. Il avait l'impression de ne pas être le soutien dont Marco avait besoin. Il avait l'impression de collaborer avec Anne-Marie et Arnaud. En même temps, il ne pouvait pas faire autrement. Intérieurement, cela l'agaçait aussi que Marco ne travaille pas. Il lui faisait l'effet de stagner, de rester ado alors qu'il avait vingt-cinq ans et fini ses études. Il était temps d'avancer ! La mine sombre, Marco se dirigea vers le frigo et ouvrit une bière.

— En fait, ça passe bien, estima-t-il après la première gorgée.

Alexandre hocha la tête. Marco lui lança une cannette.

— Et comment tu vas vivre ?

— Je vais trouver un petit boulot. Et puis, j'aurais toujours un peu de thunes de mes parents.

— Hein ?

— Ouais, c'est ça le plus beau. En fait, ce n'est pas qu'ils veulent m'apprendre la vie, c'est juste qu'ils ne veulent plus voir ma gueule tous les jours.

Alexandre trouva la situation dure. Autant il était pour que Marco s'émancipe, autant il trouvait le procédé lâche et absurde.

— Tu m'aideras à porter mes cartons ?

Marco avait dans le regard quelque chose de triste, et Alexandre eut le sentiment que la question résonnait comme un test.

— Évidemment. Je t'enverrai juste une carte postale avant.

Marco répondit d'un sourire, et Alexandre se sentit moins coupable.

Ensuite ils commandèrent des pizzas et ne parlèrent plus du déménagement. Ni de rien d'autre d'ailleurs. Ils jouèrent toute la nuit aux jeux vidéo.

190

2006

192

Alexandre dut s'y prendre à deux fois avant de se garer sur une place normalement dédiée aux livraisons à quelques pas de l'immeuble de Sophie. C'était la première fois qu'il conduisait une camionnette. Sophie n'était pas encore descendue et il hésita à klaxonner. Il décida finalement de ne pas le faire. Il n'était que huit heures et pour un samedi, c'était tôt. Le jour se levait à peine. Ôtant ses gants, il souffla sur ses mains et songea que la première chose qu'il ferait en arrivant chez Marco serait de se faire un café brûlant. Il était fatigué. Pour une fois qu'il avait un week-end de libre et n'était pas en tournage, il serait volontiers resté sous la couette au lieu de se lever aux aurores pour passer la journée à déménager. Il était en train de ruminer cela lorsque l'on toqua à la vitre du véhicule. Il déverrouilla la portière et Sophie grimpa sur le siège passager.

— Coucou ! s'exclama-t-elle en lui faisant la bise.

Sa joue était glacée et il frissonna.

— Brrrr, il fait un froid ! C'est pas humain de nous faire sortir à cette heure-là !

193

— C'est clair, approuva Alexandre en redémarrant le véhicule. Je pense que c'est même la première fois que Marco se lève aussi tôt.

— C'est sûr. Tiens, t'en veux un ? J'ai piqué ça dans un placard. Je ne sais pas trop quel goût ça a.

Elle proposait des petits pains au chocolat enrobés dans des sachets individuels.

— Non, merci. Je ne peux rien avaler. Je voudrais juste un bon café.

— Tu demanderas à Anne-Marie de t'en faire un.

— Ouais.

Ils s'arrêtèrent au stop et Alexandre se pencha pour voir si une voiture arrivait. Mais à cette heure, Paris était désert et il tourna le volant.

— Comment ça va ? demanda-t-il à Sophie tout en restant concentré sur la route.

— Super et toi ?

— Un peu crevé, mais ça va. Pas trop dur, le départ de Greg ?

Depuis quelque temps, Sophie sortait avec un garçon prénommé Grégory dont elle était tombée folle amoureuse et qui travaillait dans l'humanitaire. La bande ne l'avait rencontré que peu de fois, mais l'avait tout de suite trouvé très sympathique. Grégory était un garçon plein d'énergie, avenant, pas compliqué, attentif aux autres et doué d'une bonne humeur communicative. À ses côtés, Sophie rayonnait comme jamais. En somme, son seul défaut résidait dans le fait qu'il partait en mission au Niger pendant un an.

— Si, concéda Sophie. J'essaie de ne pas trop y penser.

— Ça fait combien de temps qu'il est parti ?

— Neuf jours. Et douze heures.

194

— Tu comptes bien pour quelqu'un qui essaie de ne pas trop y penser.

Sophie sourit.

— Je compte surtout les jours qui me séparent de mon prochain voyage.

— Tu y vas quand ?

— À Pâques, normalement.

— C'est long.

— Ne m'en parle pas. Mais mon stage au cabinet finit en juin, donc après…

Les index pointés vers le ciel, elle esquissa une petite danse de victoire. Alexandre la regarda d'un air amusé. Il ne l'avait jamais vue comme ça.

— T'es complètement accro, toi…

— Ouais, complètement, répondit Sophie avec un sourire radieux. J'ai trouvé l'homme de ma vie !

— À ce point ?

— Franchement ? Oui. Il est parfait. Il est beau, intelligent, généreux, il fait un métier génial, il a plein de projets, il voyage tout le temps. S'il me demande de l'épouser, je dis oui !

— Mais t'es sérieuse en plus… ?!

Ils étaient arrêtés à un feu rouge et il la regarda. Sophie avait des étoiles dans les yeux et hocha la tête fermement. Un peu soufflé, Alexandre redémarra sans faire de commentaire. La question le dépassait. Car mis à part la situation particulière de Céline, c'était bien la première fois que la question du mariage s'invitait dans leur vie. De son côté, il avait beau être fou amoureux de Marie, il se trouvait à des années-lumière de ce type de projet. Il ne se sentait absolument pas les épaules ni l'envie de passer devant

195

monsieur le maire. C'était bien un truc de filles. Il garda le silence et Sophie changea de sujet.

— Et toi ? demanda-t-elle. Ça va, le boulot ? Ça te plaît toujours ?

— Oui. C'est dur, mais j'adore. Je vois plein de choses, je rencontre plein de monde… Le seul truc que je changerais si je pouvais, ce serait d'avoir un peu plus de temps. Mais comme toi, j'imagine.

— Oui, pareil. Pas facile, le métier d'avocat. Finalement, je ne sais pas si je ferai ça toute ma vie. Pour l'instant, je suis jeune, donc je peux bosser comme une tarée mais après…

— Ouais, je comprends. On ne serait pas contre une bonne grasse matinée.

Sophie contempla le ciel gris à travers le pare-brise de la camionnette. Il commençait à pleuvoir.

— C'est pas pour aujourd'hui en tout cas, constata-t-elle.

Alexandre actionna les essuie-glaces.

— Qu'est-ce qu'il avait besoin de nous faire déménager à huit heures du mat', celui-là ?!

Sophie ne répondit pas et monta le chauffage. Elle retira son bonnet.

— Et avec Marie, ça va ?

Elle rectifia quelques mèches en se regardant dans le rétroviseur. Alexandre se raidit.

— Ça va. Pourquoi tu demandes ça ?

— Pour prendre des nouvelles. Je posais la question comme ça…

Alexandre fronça les sourcils.

— Ça va. On a juste un peu de mal à trouver notre rythme.

Sophie ne répliqua pas et Alexandre poursuivit en regardant droit devant lui, comme s'il ne s'adressait à personne en particulier.

— Ce n'est pas si facile de vivre à deux en fait...

— Je crois que ce n'est facile pour personne.

Sophie regretta instantanément la banalité de son propos.

— Enfin, je dis ça, mais en fait je n'en sais rien. On en reparlera quand je serai au Niger, cet été.

Alexandre lui renvoya un sourire et elle soupira. Sophie savait que les confidences n'iraient pas plus loin, mais était déjà contente qu'ils puissent parler un peu. Par ailleurs, il n'était pas nécessaire d'en dire plus pour deviner que la vie d'Alexandre n'était pas aussi simple qu'elle semblait l'être. Quelque part, cela la rassurait. Ils en étaient tous au même point. Ils apprenaient.

Elle ouvrit l'un des petits pains qu'elle avait apportés et mordit dedans avec appétit. Une crème chocolatée lui coula dans la gorge. Ce n'était pas bon, mais c'était nourrissant. Elle en proposa à Alexandre qui, cette fois, accepta. Ils rirent ensemble de la médiocre qualité de leur petit déjeuner en estimant que la nourriture comme le cadre étaient à revoir. Lorsqu'ils passèrent la place de l'Étoile et entamèrent la descente sur l'avenue de la Grande-Armée, Alexandre demanda à Sophie si elle savait pourquoi Marco déménageait et ce qu'il s'était réellement passé entre ses parents et lui. En dehors de Marco lui-même, elle était la seule qui, appartenant au cercle familial, était susceptible d'avoir des informations de premier ordre à ce sujet. Et comme Marco n'en avait que très peu donné, il n'avait d'autre choix que de passer par un circuit détourné. Sophie n'eut pas l'impression de révéler un secret d'État.

197

— Rien de grave, dit-elle. Anne-Marie et Arnaud en ont juste marre de voir Marco traîner toute la journée sans rien faire.

— Comment ça, sans rien faire ? Je croyais qu'il cherchait du boulot ?

— Qui, Marco ?! Tu rigoles ou quoi ? Tu devrais le connaître quand même, depuis le temps. Tu sais bien qu'il a un baobab dans la main…

Alexandre n'apprécia pas que Sophie parle ainsi de son cousin, même si c'était vrai.

— Je ne suis pas d'accord. Avant, ok, il n'en foutait pas une. Mais depuis qu'il a fait son école, il s'est mis à bosser. Je te signale quand même qu'il l'a eu son diplôme. Et plutôt bien placé apparemment.

— Oui, c'est vrai. Mais depuis mai, qu'est-ce qu'il a fait ? À part voyager pendant deux mois en Asie ? Tous frais payés par ses parents, soit dit en passant.

— Dans sa branche, ce n'est pas facile de trouver.

Sophie sentit qu'Alexandre prenait les choses trop à cœur. Elle baissa d'un ton.

— Écoute, je n'en sais rien. Peut-être que c'est difficile, c'est vrai. Mais je crois qu'il ne fait pas beaucoup d'efforts non plus. Anne-Marie a raconté à maman qu'il se levait tous les jours à midi et qu'il ne faisait rien de ses journées. Faut se mettre un peu à leur place aussi. C'est pas évident. Il a quand même vingt-cinq ans ! Il est temps, non ?

— Mouais. N'empêche que le mettre à la porte, c'est pas l'idée du siècle. Je ne vois pas en quoi ça va l'encourager à chercher du boulot !

— Peut-être qu'en se retrouvant tout seul devant sa tranche de jambon, il va réaliser que les choses ne se font pas toutes seules ! Moi, je ne trouve pas ça délirant. Et puis, ça va, il y a pire ! Il va dans un deux-pièces en plein cœur de la Butte-aux-Cailles !

Ils étaient de nouveau à l'arrêt et Alexandre la regarda. Intérieurement, il savait qu'elle n'avait pas tort. S'il voulait être honnête, il lui fallait reconnaître que lui aussi était agacé par le comportement de Marco. Et puis Sophie avait certainement raison sur un point : la Butte-aux-Cailles, il y avait pire.

— Si ça t'ennuie tellement, reprit Sophie, tu devrais en parler avec lui.

— Non, non, c'est bon.

Il voulait mettre fin à cette conversation qui le mettait mal à l'aise.

— Quoi, non ? insista Sophie. Tu ne veux pas lui en parler ?

— Non. On ne parle pas de ces trucs-là entre nous.

— Pourquoi ?

— Parce que c'est comme ça.

— Parce que c'est comme ça ? C'est ta réponse ?!

— Oui.

Sophie regarda droit devant elle.

— C'est dingue. Parfois, les mecs, vous êtes vraiment des handicapés.

Alexandre marmonna un « pas grave » et indiqua qu'ils étaient arrivés. Ils se garèrent en double file devant l'immeuble d'Anne-Marie et Arnaud où les attendaient déjà une pile de cartons, ainsi que, debout contre la porte cochère, Marco, trempé jusqu'à l'os. Il avait les yeux dans le vague et paraissait s'en moquer complètement. On aurait dit un SDF.

199

Sophie descendit du camion et l'embrassa. Alexandre trouva le tableau pathétique.

À l'unanimité, le déménagement de Marco fut élu « le plus galère de tous les temps » par les pauvres hères qui y participèrent. La pluie avait sifflé le début des hostilités dès le matin, lesquelles se poursuivirent toute la journée par une myriade de petits ennuis qui, mis bout à bout, composèrent une lassitude générale et pesante. À commencer par la camionnette qu'Alexandre avait empruntée à un ami de son père et qui s'avéra trop petite pour contenir tout ce que Marco emportait avec lui, ce qui impliqua de faire deux voyages au lieu d'un. À cela s'ajoutèrent les fonds de trois cartons qui lâchèrent en pleine rue, obligeant ceux qui les portaient à tout ramasser en catastrophe. De nombreuses bandes dessinées en eurent la couverture gondolée et la tranche tachée de boue. Il y eut aussi l'ascenseur exigu, dans lequel on ne pouvait faire entrer que de petits meubles et, en conséquence de quoi, le réfrigérateur, le four et le canapé durent être portés à la force des bras jusqu'au sixième étage. Puis la concierge qui protesta car le papier peint avait été éraflé à certains endroits de l'escalier et enfin, en point d'orgue, le fatras de vieux habits, pots de peinture, revues et valises défoncées que les apprentis déménageurs trouvèrent dans l'appartement en ouvrant la porte. Marco eut beau assurer qu'il était certain que le logement avait été préalablement débarrassé, le désordre incommensurable qui les entourait acheva de les décourager. En plus d'Alexandre, Sophie et Édouard qui les avaient rejoints dans la matinée, Marco s'était adjoint l'aide de deux copains de son ancienne école. Des garçons de bonne volonté mais épais comme des

200

trombones. En fin de compte, Alexandre et Marco durent porter le gros des meubles tandis que les autres s'occupaient des cartons. À la fin de la journée, ils étaient harassés de fatigue et il régnait dans l'appartement un chaos désespérant. Dehors, la pluie tombait toujours, plus dru encore qu'en matinée et il faisait nuit et froid. Marco proposa de commander des pizzas, mais ils déclinèrent l'invitation. Ils ne rêvaient que d'une douche et d'un bon repas chaud. Après avoir pris congé, Alexandre raccompagna Sophie chez elle avant d'aller rendre la camionnette qu'il avait empruntée. Lorsqu'il rentra chez lui, il était plus de vingt heures et Marie était encore à la brasserie. Il prit une douche et se mit instantanément au lit. Il voulut se changer les esprits avec un mauvais film, mais éteignit peu de temps après, assommé de fatigue. Il se remémora la journée qui s'achevait, pensa à Marco qui passait sa première nuit seul dans un appartement défraîchi et jugea qu'il n'aurait pas voulu être à sa place.

202

Les mois qui suivirent, Alexandre ne revint pas dans l'appartement de Marco. D'une manière générale, les deux amis ne se virent que très peu. La raison de cet éloignement était floue et ni l'un ni l'autre ne firent l'effort de clarifier la situation. Simplement, Marco téléphona moins à Alexandre qui ne prit pas le relais. Au début, la distance qui s'immisçait entre eux blessa Marco. Puis les semaines passèrent et la tristesse fit place à la déception puis à la résignation. Faute de voir Alexandre, Marco se rapprocha des garçons et filles avec lesquels il avait étudié le dessin, des artistes comme lui, au style de vie aussi boiteux que le sien. Il les invitait régulièrement chez lui, ne supportant pas de demeurer seul ne fût-ce qu'un soir. Son appartement de la Butte-aux-Cailles, endroit qui résonnait dans leur tête comme un Montmartre moderne où eux-mêmes seraient les Pissarro et Toulouse-Lautrec d'une nouvelle époque, devint leur point de ralliement. Les nuits blanches s'y succédèrent, qu'ils occupaient à refaire un monde à leur idée, plus coloré et libre que celui dans lequel ils vivaient.

Concernant Alexandre, les choses furent plus nuancées. Bien qu'il se mît lui aussi à fréquenter d'autres personnes, notamment le cercle étroit de la télévision, qui exerçait sur lui une fascination croissante, il ne chercha pas à combler le vide laissé par Marco. Il opta pour la fuite, tête baissée. Lorsqu'il songeait à lui ou à leur amitié (ce qui lui arrivait souvent, bien qu'il se débrouillât pour concentrer rapidement son attention sur un autre sujet), il se heurtait à cette zone d'ombre nouvellement apparue dans un coin de sa tête, teintée d'hésitation, de honte et de culpabilité. La vérité était difficile à admettre et reposait sur le sentiment inavouable qu'un décalage s'était insidieusement installé entre les deux amis. Personne n'était à blâmer, mais les faits étaient là. Il semblait à Alexandre que Marco et lui n'avaient plus la même vie. Plus important encore, ils ne partageaient plus les mêmes envies. Le temps passait et ce qui les rapprochait autrefois disparaissait peu à peu dans le gouffre de leurs différences. De son côté, Alexandre ressentait plus que toute autre chose l'urgence de s'accomplir. Il se faisait l'effet d'être sur une rampe de lancement et ne voulait pas souffrir du moindre ralentissement. Or Marco était ce ralenti. Tout chez lui respirait la nonchalance, le manque d'ambition, l'absence d'énergie. Davantage encore que lorsqu'il était adolescent. C'était incompréhensible. Contre vents et marées, Marco stagnait. Il n'allait dans aucune direction. Tandis que lui, Alexandre, fusait à une vitesse vertigineuse. Depuis qu'il avait commencé à travailler, les choses s'étaient accélérées. En quelques mois, il était passé d'un mode de vie étudiant à celui d'un adulte mature. Il vivait en couple, assumait des responsabilités, travaillait, gagnait un salaire, payait des factures… Que de chemin parcouru en si peu de temps, que de pression et d'excitation ! Que de sensations aussi qu'il ne pouvait partager avec Marco. Comment aurait-il pu ? Ce dernier n'aurait pas compris. Il était si loin de tout cela. Sa croissance semblait s'être interrompue. Parfois, lorsqu'il pensait à cela, Alexandre se convainquait qu'il n'avait rien à se reprocher. Comme le reste du groupe, il s'était dans les premiers temps amusé du dilettantisme de Marco. Il s'était moqué de bon cœur. Quand, en vieillissant, les quolibets s'étaient mués en reproches, il s'était placé sans hésiter du côté de l'assiégé. Il avait jeté la pierre contre le clan Lefèvre, Anne-Marie et Arnaud en première ligne. Céline aussi, dans une moindre mesure. Et même Guillaume, parfois. À présent, il se sentait plus proche de ce dernier que de son cadet. À présent, lui aussi basculait, lui aussi s'agaçait. Et même était-il en train de dépasser ce stade. Il était tout à fait conscient qu'en ne décrochant pas son téléphone, en manquant les rendez-vous sportifs avec Marco dans leur café fétiche, il larguait les amarres et encourageait la dérive. Dans le fond, il aurait préféré ne pas avoir à rompre quoi que ce soit. Il aurait préféré continuer à aimer. Faute de motivation pourtant, il laissait la vie opérer. D'une méthode douce qui creuse peu à peu les écarts et fait la distance. Il refusait seulement de situer le point de non-retour. Parce que son cœur avait encore des remords, bien sûr, lorsqu'il y pensait. C'est pourquoi, la majeure partie du temps, il s'arrangeait pour ne pas y songer. Il sortait avec ses nouveaux collègues, prolongeait volontiers ses soirées avec les équipes de production et se cachait derrière l'excuse très respectable de la surcharge de travail. Un salut utile à bien des égards. Il laissa donc le temps s'écouler sans prendre la peine de s'arrêter, se laissant au contraire entraîner dans cette course effrénée. Bientôt, il manqua de temps pour tout. Ses amis, sa famille et même Marie. Il se complaisait dans ce tourbillon qui était le parfait alibi et lui permettait d'échapper à sa vie. De n'honorer aucun de ses devoirs sans avoir à se justifier. Le travail était sa priorité. C'était la phrase qu'il répétait à ceux qui se plaignaient de ne pas le voir.

La seule exception fut pour sa sœur, qui revint de Londres au mois de mai, pour s'installer définitivement à Paris. Ses études terminées, Anouk comptait faire carrière en France et se faisait héberger par une amie galeriste dans le quartier de la Bastille. Durant les trois années qu'elle avait passées outre-Manche, Alexandre n'était allé la voir que deux fois et fut très heureux de la retrouver. Ils se rendirent un jour à Chantilly, après qu'Alexandre eut émis le vœu de sortir de Paris. Ce samedi-là, il faisait beau, l'air était printanier et il voulait profiter de sa journée. Marie en outre travaillait. Avec Anouk, ils trouvèrent une table à la terrasse d'un petit restaurant en centre-ville, non loin du château. Le soleil était au zénith, les fenêtres des maisons étaient ouvertes, les gens recommençaient à vivre dehors, ils étaient bien. Les regardant passer, Alexandre fut heureux. Non seulement il retrouvait Anouk mais, en plus, dans la course éperdue qu'était sa vie depuis plusieurs mois, cette journée était comme une respiration, une coupure, un retour à la simplicité. Content, il commanda une bouteille de rosé (la première de la saison) et trinqua avec sa sœur. Il lui fit part de sa joie de passer l'après-midi à ses côtés et goûta le vin. Anouk lui renvoya un doux sourire et, l'observant, il se fit la réflexion que toute trace d'agressivité avait disparu de son visage. Anouk était en confiance et n'en était que plus ravissante. La lumière qui se reflétait sur ses cheveux leur

206

conférait une jolie teinte miel, ses yeux étaient rieurs, pleins de vie. Elle avait l'air sereine, joyeuse, et le constater participait beaucoup au bonheur que lui-même ressentait. Il réalisa que trois années avaient passé et avec elles beaucoup de choses, et il comprenait qu'il ne pouvait plus considérer Anouk comme sa petite sœur. Cette personne qu'il aimait de manière absolue mais que, d'une certaine façon, il pensait devoir influencer. Qui restait sous sa responsabilité. Dorénavant, elle était une femme indépendante, une adulte, avec ses engagements, ses expériences, sa propre vie. L'oiseau avait quitté le nid. Ils étaient liés par une étroite affection et par le passé, mais c'était tout. Le présent les distinguait. Il s'imagina la rencontrer pour la première fois et se demanda si, défaits de tout lien, ils se seraient entendus. Tout portait à le croire. Anouk était un petit bout de femme original, débordant de projets et de créativité, qui suscitait peut-être l'étonnement mais certainement pas le désagrément ni l'indifférence.

Il voulut savoir ce qu'elle faisait de ses journées. Il avait à cœur qu'elle lui raconte sa vie comme l'aurait fait une amie. Anouk se confia sans se faire prier. La galeriste chez qui elle s'était installée et qu'elle avait rencontrée à Londres l'aidait à percer dans le milieu élitiste du marché de l'art. Grâce à cette femme, elle venait de trouver un petit collectif qui acceptait de l'exposer. Elle expliqua que l'endroit était une sorte de plaque tournante qui propulsait les jeunes espoirs du monde artistique. Le lieu, cosmopolite, abritait, en plus d'un espace d'exposition, un café-restaurant, des cours de dessin et une salle de concert. Des rencontres étaient régulièrement organisées entre les artistes et le public. Anouk participait à la première dans un mois et en était très excitée. Elle brûlait de rencontrer des gens qui, comme elle, s'enthousiasmaient pour l'art sous toutes ses formes. Alexandre souriait. Lorsqu'elle parlait de sa passion, Anouk s'enflammait, comme lui au sujet de la télévision. Il lui fit savoir qu'il était très heureux pour elle et assura qu'il aimerait désormais la voir plus souvent. Anouk l'invita à venir participer à la rencontre artistique qui se déroulerait le mois d'après. Elle avait l'air contente, au moins autant que lui.

Ils se revirent beaucoup les semaines suivantes. La demande venait souvent d'Alexandre. Il avait pris le réflexe d'appeler sa sœur lorsqu'il avait du temps. Dès qu'il sortait un peu tôt de son travail ou tout simplement le week-end lorsque Marie travaillait à la brasserie et que lui n'était pas en tournage. Au contact d'Anouk, il renoua avec la culture qu'il avait un peu délaissée. Ensemble ils allèrent au cinéma, se rendirent à des expositions et se promenèrent des heures dans Paris. Alexandre aimait ces moments passés en compagnie de sa sœur. Il aimait aussi le fait qu'elle se révélait être pour lui une amie autant qu'un pilier. Leur complicité s'exprimait d'autant plus qu'éloigné de Marco, mais aussi de Sophie (cette dernière passait l'été au Niger pour y étudier la possibilité de s'y installer), il manquait de personnes à qui se confier. Il avait du temps et des sentiments à partager.

Un jour, il lui parla de Marie. Il avait le sentiment qu'Anouk ne le jugerait pas et il désirait crever l'abcès qui le dévorait depuis plusieurs mois. Il avoua donc qu'avec Marie les choses allaient de mal en pis. La scène eut lieu un dimanche après-midi alors qu'il retrouvait Anouk dans un petit salon de thé du Marais. La météo était si mauvaise que la patronne avait dû brancher le chauffage d'appoint dont elle se servait habituellement l'hiver et Anouk, qui avait essuyé une pluie battante sur la route, grelottait sous son cardigan. Ils commandèrent du thé brûlant et de la tarte Tatin. Alexandre se confia à sa sœur sans rien omettre. Aucun détail, aucune pensée. Parler le soulageait. Il lui raconta comment son histoire avec Marie se délitait jour après jour sans qu'il fasse rien pour l'empêcher. Il n'avait plus envie de faire d'effort. Il culpabilisait beaucoup. Il savait, comme chacun, que le quotidien d'un couple n'était pas simple. Que passé le temps des premières passions, il fallait redoubler de volonté pour que les choses fonctionnent. Qu'il fallait continuer de séduire, faire des compromis, des concessions… Qu'on était ensemble pour le meilleur et pour le pire. Il connaissait le discours. Mais il n'avait plus envie. Où, dès lors, puiser l'énergie ?

Par ailleurs, il se sentait très fatigué. Fatigué de répondre aux incriminations de Marie lorsque cette dernière l'accusait de ne rien faire dans la maison. Fatigué de la suivre dans des combats qui n'avaient jamais été les siens. Fatigué d'avoir le sentiment d'être tout le temps jugé sur ses pensées et son éducation. Parfois, il en venait même à redouter une simple conversation. Son métier avait amplifié le problème. Lorsque, en septembre, il avait commencé, il rapportait chez lui les sujets sur lesquels il travaillait. Des scénarii plus ou moins glauques sur la vie de gens qui acceptaient de raconter leurs malheurs à toute la France. Il avait vu de tout. Des querelles de voisins, des tentatives de meurtre, des harcèlements moraux, des chantages sexuels, des hommes et des femmes trompés, des menteurs, des manipulateurs, des manipulés, des gentils, des méchants, des faibles et des idiots. Tout ce que l'humanité comptait de naïfs et de

209

simplets. Lui s'en amusait la plupart du temps. Après tout, personne ne forçait ces gens à passer devant une caméra. Mais pour Marie, ce qu'il faisait était lamentable et revenait à vendre son âme au diable. Dans le fond, il était d'accord avec elle mais comme beaucoup, il faisait ce qu'il pouvait. Il ignorait s'il devait avoir honte de son métier mais, autant que possible, il évitait que ce soit le cas. Sinon il n'aurait plus pu avancer. Or, Marie faisait peser ce poids sur ses épaules. Elle avait du mépris pour son travail et donc pour lui. Cela lui était insupportable et, pour éviter d'avoir à en souffrir, il ne parlait plus de ses activités. Il faisait les choses dans son coin. Après avoir connu la passion, la douceur puis l'opposition, leur vie était en train de se transformer en enfer. Marie et lui ne se voyaient que très peu et, lorsque cela arrivait, ils étaient tous deux si épuisés, si agacés, que les disputes ne manquaient jamais d'éclater. À tel point qu'il était soulagé lorsque, pour les besoins d'un tournage, il devait découcher dans un hôtel de province.

Anouk l'observait sans rien dire, décontenancée de voir son grand frère qui s'écroulait devant elle. Alexandre avoua que le pire était que ces tournages lui donnaient l'impression de repousser un moment qu'il craignait de voir arriver. Ce moment où Marie le convoquerait autour d'un verre ou d'un café, où l'appartement exceptionnellement deviendrait fumeur et où il fumerait sans discontinuer pendant qu'elle parlerait pendant des heures. Ce moment où, pierre par pierre, elle lapiderait leur couple en laissant derrière elle un champ de ruines. Cette image le terrorisait d'avance. Il ne voulait pas la voir se concrétiser. Suite à cette ultime confession, Anouk le regarda avec une drôle de tête et il s'enfonça dans le déni. Sciemment, il choisissait d'ignorer ce qui de toute évidence le séparait de Marie et que le quotidien leur remettait devant les yeux, à la puissance dix, comme un obstacle infranchissable. Mais quant à imaginer la fin de cette vie à deux, il ne le pouvait pas. Il voulait être plus fort que ça. Cela ne faisait qu'un an qu'il vivait avec Marie et il ne pouvait déjà conclure à un échec. C'était impensable. Par ailleurs, il l'aimait. Malgré toutes les disputes et tout le mal qu'ils se faisaient, il continuait de l'admirer. Lorsqu'il quitta sa sœur en fin de journée, celle-ci ne lui avait donné aucun conseil, mais son silence avait parlé pour elle.

212

Marie déménagea durant le pont du 15 août, presque un an jour pour jour après avoir emménagé avec Alexandre. Incapable d'assister à la scène, ce dernier prit la route pour l'Italie en compagnie d'Anouk. Ils partirent le 12 et restèrent jusqu'à la fin du mois. Au cours du voyage, Alexandre dépensa une grande partie de ses économies, mais il avait besoin de se vider la tête et, surtout, de ne pas compter. Les ennuis auraient tout le temps de le rattraper à Paris. Avec Anouk, ils visitèrent Turin, Gênes, Pise, et poussèrent le périple jusqu'au cœur de la Toscane. Florence, Sienne, San Gimignano... Le soleil était brûlant et les touristes légion. Loin de le gêner, cette affluence rassurait Alexandre qui, depuis sa rupture avec Marie, se sentait très démuni. Anouk et lui sacrifièrent donc au traditionnel circuit touristique et visitèrent des églises, déambulèrent dans les ruelles étroites où pendait du linge frais, se gavèrent de glaces, de pâtes et de pizzas. Chaque soir, ils demeuraient jusque tard à se promener ou restaient attablés à la terrasse d'un café, à regarder passer la foule, à revoir les photos de ce qu'ils avaient vu dans la journée ou encore à évoquer des souvenirs d'enfance. Ensuite, ils rentraient dans la petite pensione qui

213

les accueillait pour la nuit. Ils virent des choses magnifiques et tombèrent tous les deux amoureux du pays. À l'heure du départ, ils se promirent de revenir et de descendre cette fois-ci dans le Sud vers Rome et Naples.

Ce séjour fut pour Alexandre une parenthèse inespérée dans la grande tristesse qui le menaçait et qui ne manqua pas de l'assaillir sitôt que fut atteint le périphérique parisien. Il eut alors l'impression que des griffes lui enserraient le cœur. Il s'imaginait déjà entrant dans son appartement où toute trace de Marie aurait disparu. Où il retrouverait sur la tablette de la salle de bains un verre à dents sans rien dedans. La moitié de la penderie vide. Les cadres de photos enlevés. La bibliothèque dépeuplée. Il ne pouvait pas le supporter, c'était au-dessus de ses forces. Il demanda à sa sœur de l'héberger, mais Anouk refusa au motif qu'elle ne pouvait imposer la présence de son frère à l'amie galeriste avec qui elle partageait son logement. À ses dires, celle-ci était difficile à vivre et Anouk ne voulait pas d'ennuis. Alexandre se résigna et déposa sa sœur à l'entrée d'une petite impasse, au cœur du quartier de la Bastille. Son sac sur le dos, celle-ci l'embrassa affectueusement.

— Pourquoi tu ne vas pas chez papa ? dit-elle avant de le quitter. Je suis sûre que ça lui ferait plaisir et, comme ça, tu ne serais pas tout seul.

Alexandre répondit qu'il ne savait pas, que oui, peut-être. La vérité était qu'il n'avait encore rien dit de sa récente rupture à Claude et qu'il avait honte. Cependant, il suivit le conseil de sa sœur et débarqua chez son père sans même faire de détour par chez lui. Sur le chemin, il s'imagina ce qu'il pourrait dire à Claude pour demander à dormir chez lui et quelle excuse il pourrait trouver. Revenir à vingt-six ans chez son père pour cause de peine de cœur était peu reluisant. Il se rendit compte rapidement qu'il serait incapable de mentir et pria pour que son père ne pose pas trop de questions. Ce fut le cas. Claude, à vrai dire, n'en posa aucune. Il lui suffit de voir la tête de son fils sur le palier pour simplement ouvrir la porte. Sans se départir de son habituelle pudeur, il prit les clefs de voiture que Alexandre tendait, puis l'entraîna dans la buanderie afin de lui donner une paire de draps. Il alla ensuite chercher de quoi dîner chez le traiteur chinois et ouvrit l'une de ses meilleures bouteilles de vin. Comme au bon vieux temps. Ils dînèrent dans le salon devant une stupide émission de télévision. Il n'y eut pas d'interrogatoire, pas de questions, seulement de l'affection et juste ce qu'il fallait d'animation.

Alexandre se décida à regagner son appartement au bout d'une semaine. Sans surprise, le choc eut lieu, mais moins fortement qu'il ne l'avait redouté. Marie avait réaménagé le vide derrière elle de sorte qu'il soit moins flagrant. Les livres dans la bibliothèque étaient éparpillés et couvraient tout l'espace. Il restait quelques cadres photo. Dans l'un d'eux, elle avait pris la peine de remplacer une photo de leur couple par une autre sur laquelle Alexandre tenait sa sœur par l'épaule. Ils étaient souriants, complices. La photo avait été prise le jour de Noël. Alexandre fut touché par la sollicitude de Marie à son égard, alors même qu'ils se séparaient et que l'amertume devait gronder en elle autant qu'en lui. Quoique, à bien réfléchir, il ressentait bien au-delà de ce sentiment une immense impression de gâchis. Il n'était pas fier de lui. Il avait vingt-six ans et se séparait de la femme de sa vie. L'échec lui donnait la nausée. Il se sentait perdu, ne savait

215

plus dans quelle direction aller. Il se prépara une tasse de café (Marie était partie avec toutes les boîtes de thé) et regarda autour de lui. Il se demanda s'il devait garder l'appartement. La question n'était pas tant celle du loyer que la peur de vivre dans un mausolée. Il se donna trois mois pour réfléchir. De toute façon, il avait un préavis à respecter et ne pouvait partir du jour au lendemain. En attendant, il faudrait occuper le temps. Heureusement, le travail reprenait dans quelques jours ainsi que l'effervescence parisienne caractéristique de la rentrée. De nouveaux spectacles, des pièces de théâtre et des expositions qu'il découvrirait avec sa sœur. Résolu à ne pas se laisser gagner par le désespoir, il défit sa valise et rangea ses affaires avec soin. Marie aurait été satisfaite. Puis il descendit au supermarché et fit quelques courses pour remplir le réfrigérateur. Un frigo plein, c'était tout de suite moins déprimant. Il acheta des bonbons, des sodas et des gâteaux en quantité. Deux packs de bière. La résistance s'organisait. Il se mit au lit à minuit, dormit une heure ou deux, se réveilla en sursaut au bruit de l'ascenseur qui s'arrêtait à l'étage et ne se rendormit pas. À six heures du matin, épuisé et nerveux, il ressortit ses vieilles baskets qui prenaient la poussière au fond de l'armoire et alla courir deux heures dans Paris. Il fit la même chose chaque week-end pendant un mois.

Les autres jours, son travail l'occupait beaucoup. Il y mettait tout son cœur. Puisqu'il avait du temps, autant l'optimiser au maximum et en profiter pour donner un coup de pouce à sa carrière. Il se désigna volontaire pour réaliser plus de trois sujets avant Noël. Écriture, réalisation et aide au montage comprises. C'était beaucoup, mais il n'en fallait pas moins pour l'empêcher de penser. Il n'avait aucune nouvelle de Marie ce qui ne le surprenait pas. Elle l'avait prévenu. S'ils devaient se séparer un jour, elle préférait couper les liens, brûler les photos et tout faire disparaître. La méthode était brutale mais supposée permettre d'avancer rapidement. Marie détestait s'appesantir sur le passé. Ce qui était fait était fait et les regrets n'étaient d'aucune utilité. De son côté, il en avait à revendre. Ces derniers le hantaient essentiellement la nuit. Ce qu'il aurait dû dire ou ne pas dire, faire ou ne pas faire. Jusqu'au point de regretter de l'avoir rencontrée. Si la rencontre n'avait pas eu lieu, il n'aurait pas eu à endurer cette souffrance terrible, ce sentiment d'échec doublé de celui de perte, cette double peine. Puis les regrets s'envolaient. S'il n'avait pas rencontré Marie, il n'aurait pas su ce qu'aimer voulait dire. Il n'aurait pas vécu la peur au ventre, le grand trouble, ce besoin de l'autre comme on a besoin d'air, cette envie de briller dans les yeux de quelqu'un. Ce n'était pas rien. Pendant cinq ans, il était monté sur des montagnes russes et s'était senti vivant. La chute, simplement, était fracassante.

Le 15 septembre, date anniversaire du départ de Marie, il sortit de la salle de montage à l'heure du déjeuner pour appeler sa sœur. Il ne souhaitait pas être seul ce soir-là. Il pleuvait depuis le matin, le vent soufflait, et il proposa à Anouk qu'ils aillent au cinéma. Mais, à dix-sept heures, il se vit dans l'obligation de la rappeler pour annuler. La directrice de la rédaction avait vu les premières images et demandé à ce que tout soit refait différemment. Il n'y avait à son goût pas assez de cris, de ragots ni de piques dans la bouche des protagonistes, donc pas assez de pleurs dans les chaumières. Il fallait faire pleurer la ménagère, que cette dernière verse des larmes devant son écran à l'heure du repassage. Alexandre était sorti fumer une cigarette avec le monteur, histoire de décompresser. Puis, fait inattendu, Klark avait eu écho des nouvelles directives et souhaité voir à son tour l'ébauche de sujet. Il avait adoré. Alexandre et le monteur avaient bu du petit-lait tout en redoutant que leur charge de travail ne soit doublée par les revirements de l'hydre à deux têtes que constituait la direction. Néanmoins, faute de verdict final, Klark les avait libérés pour la soirée. Alexandre rappela sa sœur en entrant dans le métro, mais tomba directement sur son répondeur. Anouk lui avait dit que, puisqu'ils ne sortaient finalement pas ensemble, elle en profiterait pour avancer sur ses travaux. Alexandre rappela quatre fois dans le métro, toujours sans succès et résolut de se rendre chez elle. Il ne voulait pas se retrouver seul un 15 septembre, sous la pluie. Il descendit à la station Bastille et se rendit devant l'impasse où il avait déposé Anouk quelques semaines auparavant au retour d'Italie. Il trouva le nom de sa sœur sur l'une des boîtes aux lettres regroupées à l'entrée, accolé à celui de sa colocataire. L'étiquette indiquait la mention « Atelier 13 ». Alexandre redoutait un peu la réaction d'Anouk qui l'avait averti des sautes d'humeur de la galeriste et décida qu'il serait très bref. Il resterait sur le palier et se contenterait de kidnapper Anouk pour l'entraîner dans un cinéma. Pas de quoi fouetter un chat. Il s'aventura donc dans la ruelle et dépassa plusieurs ateliers, tous plus magnifiques les uns que les autres. Il s'agissait d'anciens bâtiments faits de bois et de métal, avec de grandes verrières en façade, qui avaient autrefois abrité le génie fauché de quelques artistes et qui, depuis une dizaine d'années, étaient devenus la coqueluche des bobos parisiens. Sous leurs mains expertes, les ateliers jadis insalubres étaient devenus des logements originaux avec lumière zénithale et tout le confort moderne. Un tel lieu à Paris était un luxe suprême et Alexandre songea que sa sœur s'était admirablement bien débrouillée pour avoir trouvé une telle colocation, a fortiori avec le peu de revenus dont elle disposait. Lorsqu'il arriva devant le numéro 13, il sonna et osa un coup d'œil à l'intérieur à travers la vitre. L'atelier était spacieux, doté d'une mezzanine ouverte sur la pièce principale, laquelle était aménagée de manière minimaliste avec des meubles qu'il reconnaissait pour être du dernier cri en matière de design. Une toile gigantesque au motif abstrait lui faisait face sur le mur opposé. Il pria pour que sa sœur vienne lui ouvrir et non la propriétaire des lieux. Il s'imaginait déjà dire « C'est joli chez vous. Combien la hauteur sous plafond ? » Heureusement, il entendit la voix d'Anouk qui criait « j'y vais » et fut content de se retrouver nez à nez avec elle. Pourtant, en ouvrant la porte, celle-ci blêmit.

— Qu'est-ce que tu fais là ?! lança-t-elle en rabattant la porte derrière elle.

Elle était pieds nus sur le pavé mouillé. Alexandre recula.

— J'ai pu me libérer. J'ai essayé de t'appeler, mais tu es sur répondeur. Je te dérange ?

Anouk jeta un coup d'œil derrière elle. Elle semblait mal à l'aise, presque craintive.

— Je t'avais dit de ne pas venir ici. Je ne suis pas chez moi. Attends-moi dehors, ok ?

— Je suis dehors.

— Dehors, au coin de la rue. J'arrive.

Alexandre s'apprêtait à rebrousser chemin lorsque la porte s'ouvrit en grand.

— Pumpkin ?

La personne qui avait appelé sa sœur « Pumpkin » était désormais devant Alexandre et n'était pas une femme mais un homme. Grand, la quarantaine, cheveux poivre et sel coiffés en arrière, la quarantaine, visage émacié, la quarantaine, chemise au col largement ouvert, pantalon ample, deux ou trois bracelets autour du poignet... la quarantaine ! Alexandre fut sans voix, tout comme Anouk qui fixait désormais ses pieds, blanche comme un linge. La/le galeriste semblait en revanche très à l'aise. Il tendit une main à laquelle brillaient deux gros anneaux en argent. L'un au pouce et l'autre au majeur. L'homme visiblement était tendance.

— Bonjour, dit-il avec un sourire tout droit sorti d'une publicité pour dentifrice. Je suis Michel. Vous êtes un ami d'Anouk ?

Alexandre jeta à sa sœur un regard ahuri. Celle-ci se tourna vers son colocataire/amant/galeriste.

— C'est mon frère. Michel, Alexandre. Alexandre, Michel.

À cet instant, le bellâtre perdit un peu de sa superbe.

— Ah... Je vais peut-être vous laisser alors...

Anouk hocha la tête.

— Je vous laisse, répéta Michel. Je vais prendre un bain, Pumpkin, ok ?

Alexandre espéra avoir mal entendu. « Je vais prendre un bain, Pumpkin » ?!

Mais Anouk hocha la tête. Elle était bien la Pumpkin en question. Michel disparut derrière la porte. La tête d'Alexandre pivota vers sa sœur. Anouk évitait son regard.

— Anouk !

220

— Je ne savais pas comment te le dire, murmura-t-elle. Je suis désolée.

Alexandre ignorait ce qui le dérangeait le plus. Le fait que sa sœur lui ait menti ou qu'elle soit avec un homme de vingt ans de plus qu'elle.

— C'est ton mec ? Tu sors avec lui ?!

Il n'y croyait pas.

— Oui. Je l'ai rencontré à Londres.

— Pourquoi tu ne m'as rien dit ?

— Je ne savais pas comment tu réagirais. À cause de son âge.

— À cause de son âge ?! s'indigna Alexandre avec mauvaise foi.

Il sentait la colère monter en lui. Il se sentait trahi.

— Mais je n'en ai rien à foutre que tu sortes avec un vieux, moi !

Anouk haussa le ton.

— Ça ne va pas, non ?! Qu'est-ce qui te prend de me parler comme ça ?!

— Tu m'as menti ! Tu mens à toute la famille ! Tu dis que tu vis avec une galeriste alors que tu te tapes un vieux !

— Je ne me tape pas un vieux, je sors avec Michel. Et il est galeriste !

Alexandre ricana.

— Michel… Ok, pardon. C'est pour lui que tu es revenue de Londres ?

— En partie, oui.

— Quelle blague ! Et tu crois que c'est sérieux ? Il a quarante piges ! Qui te dit qu'il ne joue pas avec toi, hein ?! Qu'il ne veut pas juste se taper une jeunette ?

Anouk lui renvoya un regard plein de défi.

221

— Ça fait un an que nous sommes ensemble et nous nous sommes pacsés en juillet, répondit-elle d'une traite.

Tout le corps d'Alexandre se raidit.

— Vous êtes pacsés ? balbutia-t-il, au comble de la surprise.

Anouk ne répondit pas. Elle avait l'air inflexible. Fermement campée sur ses pieds, c'était la première fois qu'elle s'opposait à son frère avec tant de fermeté. Ce fut trop pour Alexandre qui fit demi-tour et s'enfuit dans la ruelle.

Il erra sous la pluie pendant une bonne heure. Trempé, triste, en colère. D'innombrables sentiments se mêlaient dans sa tête et le heurtaient. À côté de lui, les gens passaient, indifférents. Il leur en voulut de vaquer l'air de rien à leurs occupations, il en voulait à la terre entière. Il passa devant le cinéma du boulevard Beaumarchais où il aurait dû se rendre avec Anouk. Il vit des couples qui attendaient dehors sous un parapluie, bras dessus bras dessous. Il eut envie de leur cracher au visage. Il ne le fit pas, évidemment. Il poursuivit son chemin, passa devant des volets fermés, des vitrines éteintes, s'attabla finalement à la terrasse d'un café avec l'espoir de sécher un peu. Son paquet de cigarettes était à peine entamé et il le fuma en entier. Clope sur clope devant une pinte de bière. Puis deux. Puis trois. Le serveur ne lui fit aucune réflexion, pas plus que ses voisins. De l'avantage d'habiter dans une grande ville. Anonyme parmi les anonymes.

L'alcool et la mélancolie aidant, il repensa à Marie. Cela faisait un mois aujourd'hui qu'elle était partie et il se retrouvait seul à la terrasse d'un café, passablement éméché, comme un pauvre bougre. Il se demanda ce qu'elle faisait et faillit l'appeler. Avant, quand il était triste, c'était à elle qu'il se confiait. Puis à sa sœur. Juste avant que celle-ci ne lui cache qu'elle était pacsée à un certain Michel. À qui se confier maintenant ? Marie lui manquait terriblement. Sa voix, ses gestes, sa manière de le toucher, son odeur, ses affaires. Il prit son téléphone et chercha son numéro. Tant pis pour la fierté. Cela sonna une fois, deux fois, trois fois. Marie ne répondit pas et il tomba sur le répondeur. C'était peut-être préférable.

« Bonjour, vous êtes bien sur le répondeur de Marie. Je ne suis pas disponible pour l'instant mais laissez-moi un message et je vous rappellerai.»

Il écouta attentivement, profita de la voix jusqu'à la dernière note. Menteuse, elle aussi. Elle ne rappellerait pas. Il trouvait les relations amoureuses d'une grande absurdité. Surtout la fin. Du jour au lendemain, il fallait décréter que l'autre n'existait plus. Soit. Mais les sentiments, eux, existaient toujours. Le manque aussi. Il se sentait orphelin. Aucune autre relation ne souffrait de ce type d'abandon. N'importe où ailleurs, lorsque l'on ne s'entendait plus, on s'éloignait discrètement. On cessait peu à peu de téléphoner, on laissait la vie opérer. On ne coupait pas le fil aussi brutalement. Son regard fixa le vide et le souvenir de Marco s'invita dans son esprit, avec toute la culpabilité qui lui était associée. Il se retrouvait seul, pantin sans fil, abandonné de tous. Il versa une larme devant sa bière. Seul comme un con. Une scène à faire pleurer la ménagère.

224

Lorsque le vendredi soir suivant arriva, Alexandre réalisa qu'il n'avait personne à appeler pour occuper son week-end. Marie n'avait pas donné suite à son coup de téléphone et Anouk n'avait pas cherché à le revoir. Il allait passer le week-end seul et cela le terrorisait. Il hésita à appeler des personnes de l'ESJ, mais ne le fit pas. Au fond, il ne partageait pas grand-chose avec ces gens-là, sinon une bonne humeur artificielle et des nouvelles banalement échangées en soirée. Il ne s'était fait aucun véritable ami dans cette école. Il décida de ne pas se laisser aller. Après tout, d'autres avant lui avaient vécu la même chose, ce n'était qu'un mauvais moment à passer. Le vendredi soir, donc, il rentra chez lui, décidé à affronter la solitude et à ne pas la laisser triompher. Lucide cependant sur la difficulté du projet, il se constitua un joli stock de DVD, depuis le blockbuster de Hollywood jusqu'au film d'auteur confidentiel, soit tous les films qu'il n'avait pas pu voir depuis un an. Cela faisait beaucoup pour un week-end et pour le porte-monnaie, mais tout cela lui importait peu pourvu qu'il ait de quoi s'occuper. Mordant dans un sandwich kebab à pleines dents, il mit le premier

225

disque dans le lecteur. Puis il s'installa confortablement sur le lit et se laissa happer par la télévision.

Il se réveilla le lendemain à quinze heures avec le ventre lourd et un goût désagréable dans la bouche. Typique du mauvais kebab et de la mauvaise nuit. Il s'était endormi tout habillé et le papier qui renfermait le sandwich, imbibé de graisse, s'étalait sur la couette. Il se sentit sale et, comme plus tôt dans la semaine, il eut envie de pleurer. Il prit une profonde inspiration et se retint. Il n'allait pas bien. Il regarda ses baskets près de la porte, puis la fenêtre, mais il faisait trop moche pour se forcer à aller courir. Son regard erra dans le petit appartement et il se demanda ce qu'il allait faire de sa journée. Il n'avait pas vraiment envie de sortir. Il retomba sur l'oreiller et observa le plafond. Au fond, il savait de quoi il avait envie, mais hésitait à le faire. L'appréhension l'étreignait. Cependant, devant la triste perspective du week-end, il se résigna et alluma son téléphone. Il appuya sur la touche trois, numéro favori, qu'il n'avait pas effleurée depuis des semaines. Le téléphone sonna et, à l'autre bout, on décrocha.

— Allo, fit la voix d'un ton neutre, comme si elle ne connaissait pas l'identité de son interlocuteur.

— C'est moi.

— Salut, répondit la voix sans plus d'intonation.

— Je te dérange ?

— Non. Je bosse.

— Sur quoi ?

— Une BD.

— Une BD ?

Alexandre avait espéré plus de détails, mais Marco n'en donna pas.

226

— Tu fais quelque chose aujourd'hui ? reprit-il d'un ton hésitant.

Marco laissa passer un instant avant de répondre.

— Non.

— Je peux passer ?

— Si tu veux.

Alexandre comprenait très bien ce que « si tu veux » voulait dire. Cela voulait dire : « Passe si tu en as vraiment envie parce que, moi, je ne suis pas sûr de le vouloir. » Néanmoins, il annonça qu'il serait là en fin de journée. Marco lâcha un « Ok » laconique et raccrocha. Alexandre se leva et entra dans la douche. Il en sortit une heure plus tard (tout devenait prétexte à occuper le temps), en ayant mentalement prévu ce qu'il allait dire à Marco. Il espérait que tout se passerait comme il se l'imaginait et que Marco et lui sauraient se réconcilier.

Lorsqu'il parvint sur le palier de l'appartement de Marco, celui-ci avait laissé la porte ouverte et Alexandre se demanda si c'était par paresse ou pour éviter d'avoir à le saluer. Lui non plus, à vrai dire, ne savait quelle attitude adopter. Quand il entra dans la pièce principale, Marco était attablé devant la fenêtre et dessinait.

— Salut, dit Alexandre en avançant avec précaution.

— Salut, répondit Marco sans lever le nez de son dessin.

Il faisait mine d'être concentré. C'était peut-être vrai. Alexandre se rapprocha. Marco était en train de dessiner plusieurs hommes en tenue de croisé. Le trait était sûr et régulier.

— C'est ta BD ?

— J'ai presque fini la planche. Il faut que je termine avant dix-huit heures.

Alexandre regarda sa montre. Il était dix-sept heures quarante-cinq. Sans rien dire, il alla s'asseoir sur la banquette du salon et conserva le silence. Marco se concentra sur son dessin. Une dizaine de minutes plus tard, il posa son crayon et regarda la feuille.

— Voilà.

Il reposa la feuille sur la table sans la montrer à Alexandre.

— Pourquoi dix-huit heures ?

— Parce que la nuit va tomber et je n'ai pas payé ma facture d'électricité.

Alexandre eut l'air ennuyé, mais ne fit aucune remarque. Marco se leva et sortit d'un placard un paquet de bougies chauffe-plats. Il en disposa partout dans la pièce et les alluma une à une.

— À la guerre comme à la guerre.

Alexandre l'aida à allumer les bougies. Il n'aurait pas cru que, pour ses retrouvailles avec Marco, ils dîneraient aux chandelles. La soirée commençait de manière surréaliste. Marco alla chercher deux bières et les posa au sol devant lui.

— C'est bien ce que tu as fait, dit Alexandre en promenant son regard dans la pièce.

C'était un mensonge éhonté, mais il n'avait pas trouvé d'autre carte à jouer.

— Bof, répondit Marco sans entrain.

— Tu me fais visiter ?

Marco se dirigea vers la chambre en traînant des pieds. La pièce était en désordre et aménagée de façon spartiate. Elle comportait un sommier, le même que celui qui se trouvait

228

déjà dans l'appartement lors du déménagement, un matelas, une penderie et une télévision. Un peu partout, des vêtements éparpillés. Entre l'armoire et le mur, une planche à repasser.

— Voilà, commenta Marco.

Ils revinrent dans le salon.

— Et le balcon, tu l'as aménagé ?

Marco ouvrit la porte-fenêtre.

— Ouais, j'ai mis un cache-voisin !

Il désignait un brise-vue qui séparait le balcon, lequel était commun à son appartement et celui du voisin.

— Tu sais que ça s'appelle un brise-vue ?

— Moi, j'appelle ça un cache-voisin. Ça me cache la voisine.

— Pourquoi, elle n'est pas sympa ?

— Non. C'est une vieille conne aigrie qui passe ses journées à m'espionner. La seule fois où j'ai eu besoin d'elle, elle n'a même pas ouvert sa porte.

— Qu'est-ce qui t'est arrivé ?

— Rien. Juste le lave-linge qui a fui dans tout l'appart, jusque dans la cage d'escalier.

— Merde.

— Ouais. J'avais pas de serpillière, rien. J'ai épongé avec des serviettes et du PQ. Je te dis pas le tableau.

— Et la voisine ne t'a rien prêté ?

— Elle n'a même pas voulu m'ouvrir !

— La salope.

— Ouais. Vivement la fête des voisins que je lui fasse la sienne...

Alexandre esquissa un sourire et revint s'asseoir sur la banquette. Marco se mit en tailleur face à lui.

— Alors, qu'est-ce qui t'amène ?

C'était bien la première fois depuis qu'ils se connaissaient que Marco l'interrogeait sur le motif de sa visite. Comme si désormais il avait besoin d'une raison valable. Il encaissa le coup, c'était de bonne guerre, et joua la carte de l'honnêteté.

— C'est fini avec Marie.

Il pensait que la nouvelle aurait l'effet d'une bombe, mais les choses s'annoncèrent plus compliquées que prévu.

— Je sais, fit Marco l'air parfaitement indifférent.

— Ah. Tu sais aussi qu'elle a déménagé il y a un mois ?

— Non, je ne savais pas.

Il s'attendait à ce que Marco pose des questions, lui demande si cela allait, mais ce dernier n'ajouta rien. Alexandre brûlait d'envie de lui demander comment il avait su mais il devinait que pour une fois, il ne serait pas question de lui.

— Et toi ? reprit-il au bout d'un moment. Ça va ?

— Ça va, répondit Marco en haussant les épaules.

— Vraiment ?

— Ça pourrait aller mieux.

— Qu'est-ce qui pourrait aller mieux ?

Le regard de Marco se perdit dans le vide.

— Tout.

Il alluma une cigarette. Alexandre s'en passa. Il avait toujours le goût du kebab dans la bouche. Marco expira la fumée en un gros nuage compact puis serra les lèvres pour faire quelques cercles. Il les fixa avant que ceux-ci ne s'évanouissent dans les airs.

— Ouais, reprit-il après avoir pris une nouvelle bouffée. Ça pourrait aller mieux. Je n'ai toujours pas de taf, pas de copine…

Il fit une pause.

— Et mon meilleur pote m'a laissé tomber depuis des mois.

Alexandre baissa les yeux. Que pouvait-il répondre à cela ? Marco avait toujours eu un bon coup droit.

— Je suis désolé de ne pas avoir beaucoup appelé ces derniers temps...

— Pas appelé du tout, tu veux dire.

Il ne répondit pas et Marco le jaugea.

— J'imagine que tu avais de bonnes raisons...

— Non. J'ai juste été un gros con.

Marco fut surpris. C'était la première fois dans l'histoire de leur amitié qu'Alexandre faisait amende honorable. Il faut dire que, la plupart du temps, c'était lui qui déconnait. Alexandre attendit. Marco avait pour lui un trait de caractère, il ne savait pas rester en colère. Dans le cas présent, il avait été blessé, mais il était touché qu'Alexandre revienne vers lui, a fortiori honteux et penaud.

— Ok, approuva-t-il. T'as été un gros con.

Il but une gorgée, le temps de la réflexion. En face de lui, Alexandre faisait peine à voir. Peut-être encore plus que lui-même.

— Tu m'as manqué, dit-il finalement.

Alexandre fut soulagé mais n'exulta pas. Ils burent ensemble et Marco fuma une seconde cigarette. Les blessures n'étaient pas cicatrisées, mais la paix était signée. Alexandre savait qu'il faudrait un peu de temps pour que les choses redeviennent comme avant. Il savait aussi que c'était à lui d'œuvrer à la reconstruction.

— Qu'est-ce que tu fais ce week-end ? demanda-t-il peu après à Marco qui fumait en fixant le plafond.

— Rien, et toi ?

— Rien non plus.

— Eh bah, on est bien…

— Ça te dirait de tailler la route ?

— Hein ?

— Tailler la route. Prendre la voiture et aller n'importe où.

— Mais où ?

— Sais pas. Je m'en fous. On pourrait aller voir la mer.

Cette fois-ci, un vrai sourire éclaira le visage de Marco.

— Ça marche. On va voir la mer ! On part quand ?

Alexandre regarda au-dehors la lumière qui baissait sur Paris. Le ciel terne et gris. Il ne devait pas être loin de dix-neuf heures.

— Maintenant.

Et il se leva.

Ils arrivèrent à Étretat après vingt-trois heures. Le ciel était dégagé, la pleine lune reflétait sa lumière sur la mer, on y voyait bien et l'air était frais sans être froid. Ils arrêtèrent la voiture le long de la plage et décidèrent d'aller se baigner. Un défi pour une eau qui ne devait guère excéder les quinze degrés, mais ils venaient de faire trois heures de voyage et il n'était pas question de manquer l'appel du large ni celui du bain de minuit. Ils se jetèrent à l'eau d'un coup, fiers de leur exploit, grisés par leur petite aventure, heureux comme des rois. Ils ne nagèrent pas très loin. Ils profitèrent simplement de la beauté du lieu et du caractère insolite de l'instant. Ils regagnèrent ensuite la voiture et mirent le chauffage à fond tout en enfilant les vêtements qu'ils avaient apportés. Pour le reste, le véhicule était surtout rempli d'alcool et de biscuits apéritifs achetés sur la route. Ils avaient également emporté les clubs de golf de Marco dont ce dernier ne s'était pas servi depuis des lustres, mais qu'il espérait bien utiliser sur le golf d'Étretat le dimanche matin, à l'aplomb des falaises. Ils n'attendirent pas jusque-là. Quand ils furent réchauffés, qu'ils eurent mangé un peu et bu beaucoup, ils sortirent de nouveau au grand air et Alexandre s'empara des clubs. Il en donna un à Marco et, la cigarette toujours au coin de la bouche, enfonça soigneusement un tee entre deux galets. Il déposa une balle dessus.

— Le premier qui touche l'Angleterre !

Marco se plaça face à la mer. Au loin les étoiles étaient posées sur l'horizon, il n'y avait aucun nuage, juste l'argent de la lune et celui de l'écume. Prenant une grande inspiration, Marco leva le club au-dessus de son épaule et tira un coup sec. La balle tomba entre deux vagues.

— Joli coup, salua Alexandre.

Puis il plaça une nouvelle balle sur le tee et tira à son tour. Ils tirèrent ainsi à tour de rôle jusqu'à épuisement des stocks. Quand ils eurent terminé, il y avait trente perles de plus dans l'océan.

Après avoir rangé tout le matériel dans le coffre de la voiture, Alexandre revint sur la plage avec un pack de bières.

— Au fait, demanda-t-il en s'asseyant sur le sable, qui t'a dit pour Marie ?

Il avait attendu plusieurs heures avant de poser la question.

— Sophie, répondit Marco.

— Elle est rentrée du Niger ?

— Ouais, il y a une quinzaine de jours.

— Ah bon ? C'est bizarre qu'elle ne m'ait pas appelé. Si elle est au courant pour Marie et moi.

Marco s'assit à son tour.

— Je crois que ça ne va pas très fort, Sophie, en ce moment.

— Qu'est-ce qu'elle a ?

— Je ne sais pas. Tu la connais, pour lui tirer les vers du nez, il faut s'accrocher, mais je ne suis pas sûr que ça se passe super bien avec Greg.

Alexandre baissa le regard.

— Merde.

— Ouais, comme tu dis.

Ils demeurèrent un instant silencieux. La marée commençait à monter. Le ressac de la mer les berçait.

— On pourrait lui demander de nous rejoindre, proposa Alexandre.

— À Sophie ?

— Oui.

Marco haussa les épaules.

— Si tu veux. On peut toujours proposer.

Alexandre sortit son téléphone portable.

— Tu vas te faire recevoir si tu l'appelles maintenant. Il est au moins deux heures du mat' !

C'était trop tard. Alexandre avait déjà le combiné à l'oreille. Il fit signe à Marco de se taire.

— C'est une manie de me réveiller en pleine nuit ! fit Sophie en décrochant.

— Désolé, répliqua Alexandre en guise de salut. Écoute, je suis avec Marco, là, on est à Étretat…

— Qu'est-ce que vous foutez à Étretat ?

— On avait besoin de se changer les idées et on se demandait si tu ne voulais pas nous rejoindre ?

— Quoi ?

234

— Ouais, je sais, mais on parlait de toi et on se disait que ça faisait longtemps qu'on ne t'avait pas vue. Ce serait sympa si tu pouvais venir.

À l'autre bout, il entendit Sophie qui ricanait.

— Bien sûr ! Et comment tu veux que je vienne ?

Alexandre jeta un coup d'œil à sa montre.

— Si tu prends ta caisse maintenant, t'en as pour trois heures de route maximum. Tu pourrais être là pour le petit déjeuner.

— Dis-lui qu'elle apporte les croissants, intervint Marco.

— Marco dit que...

— J'ai entendu. Non, mais vous êtes vraiment de grands malades ! Vous avez bu combien de bouteilles ?

— Pas mal.

Sophie entendit Marco qui commençait à chanter « *They tried to make me go to rehab, I said No, no, no...* »

— Hum. Dis à la Castafiore de faire attention, ce serait con de faire une hydrocution.

La bouche de Marco se rapprocha encore du micro « *NO, NO, NO* ». Sophie écarta l'oreille.

— Bon, alors, tu viens ?!

— Non ! Je ne vais pas prendre la voiture toute seule en pleine nuit pour aller rejoindre deux mecs bourrés sur une plage !

Alexandre réfléchit.

— Ok, ça se tient. Mais ça ne t'empêche pas de venir demain. Tu prends le train et nous on vient te chercher. Ça me paraît fair-play...

— Mouais. On verra. Pour l'instant, je vais surtout dormir. Et vous devriez en faire autant. Je te rappelle demain, d'accord ?

— D'accord. N'oublie pas ton maillot de bain !

— C'est ça. Bonne nuit.

— Bonne nuit.

Alexandre raccrocha. Quand Marco lui demanda si sa cousine les rejoignait, il haussa les épaules. C'était peu probable. Leurs regards se portèrent de nouveau vers la mer. Alexandre se sentait revigoré. Il trouva que le moment était propice pour passer aux aveux. Marco était joyeusement alcoolisé et leur complicité revenait. Il prit son courage à deux mains.

— En parlant de gens à qui il faut tirer les vers du nez, débuta-t-il d'une voix sûre (en vérité, il n'en menait pas large), pourquoi tu n'as toujours pas de job ni de copine ?

C'était dit. Il n'en revenait pas d'avoir posé la question et remercia son alcoolémie, à l'origine de ce pic de courage. Marco parut cependant moins étonné qu'il n'aurait cru. Ses mains saisirent quelques galets qu'il lança dans la mer. Visiblement, il ressentait le besoin de s'occuper les doigts.

— C'est marrant que tu me poses cette question, dit-il avec un sourire en coin. T'es le premier à me demander.

Alexandre prit cela comme un compliment et regarda au large.

— Je ne sais pas, poursuivit Marco en détournant également le regard. Pour plein de raisons.

— Comme ?

— Tu veux me faire parler, c'est ça ?

Alexandre sourit.

— Ouais. Ça fait longtemps qu'on n'a pas causé un peu tous les deux.

— D'accord, mais passe-moi une bière avant.

Alexandre tendit la main vers le carton et en sortit deux bières. Ils trinquèrent.

— Alors, c'est quoi les raisons ?

Marco soupira et attrapa une nouvelle poignée de galets de sa main restée libre.

— Je ne sais pas... Il y a le départ de Guillaume, mon déménagement... Tu sais que je suis allé voir un psy ?

Alexandre faillit tomber à la renverse.

— Un psy ?

— Eh ouais, un psy !

— Mais, pourquoi ?

— Pour avoir des réponses à tes questions, tiens ! Tu crois que t'es le seul à voir que ça déconne ? Tu crois que je ne me rends pas compte ? Je suis le premier concerné, mon pote.

— Je sais.

— Tellement concerné que, ces derniers mois, j'ai même pensé au pire.

— Quoi ?

— Ouais. Après mon déménagement, j'avais qu'une envie, c'était de me foutre en l'air.

Alexandre lui lança un regard sidéré.

— Marco !

— Quoi ? C'est vrai ! T'as voulu me tirer les vers du nez, je te les donne !

— C'est pas ça, mais t'aurais pu m'appeler !

— Je t'ai appelé.

— Tu m'as appelé pour me proposer une bière. Tu ne m'as jamais dit que ça n'allait pas. Je suis ton meilleur ami ! On se connaît depuis qu'on est gosses !

— Si t'avais pris la peine de prendre la bière, peut-être que je t'en aurais parlé.

237

Alexandre se tut. Un point partout, la balle au centre.

— De toute façon, je n'avais pas envie de parler. Enfin, pas à quelqu'un que je connais. C'est pour ça que je suis allé voir un psy. Au moins là, j'arrivais à poil. Aucun préjugé, aucun a priori. Je pouvais dire ce que je voulais. C'était ma version.

— Et ça t'a aidé ?

Marco soupira.

— Il y a encore du boulot mais, dans l'ensemble, oui. J'ai compris pas mal de choses.

Il se tut. Alexandre le regarda avec insistance, l'air de dire : « Bah ,vas-y, je t'écoute. »

— Ah, tu fais chier ! C'est pas facile de parler de ces trucs-là !

Alexandre ne répliqua pas. Il laissa passer le temps nécessaire. Marco finalement prit une grande inspiration.

— C'est rien de dramatique, reprit-il, mais je crois que je n'ai pas très bien vécu le départ de Guillaume.

— Pourquoi ?

— Parce que j'ai eu l'impression d'être abandonné. C'est con, hein ? Mais tu vois, avec Guillaume, j'ai un rapport particulier. Même si on a quatre ans d'écart, on s'est toujours bien marrés. À la maison, c'était le seul avec qui je m'entendais. Alors quand il est parti… Je ne sais pas, je me suis senti abandonné. Céline n'était plus là non plus. Je me suis retrouvé tout seul avec les vieux.

Alexandre se mit à la place de Marco. Se retrouver en tête à tête avec Anne-Marie et Arnaud dans ce grand appartement sinistre… Il n'enviait pas son sort.

238

— Et puis, en travaillant avec la psy, je me suis rendu compte que mes rapports avec Guillaume étaient plus compliqués que ce que je croyais.

— C'est à dire ?

Le visage de Marco était très contracté, comme si avait lieu en lui une guerre intense.

— C'est un peu schizo, avoua-t-il. Quelque part Guillaume est autant mon pilier que mon problème. Non seulement c'est mon grand frère, donc déjà je l'admire, mais en plus il est parfait. Beau, sympa, intelligent, drôle, à l'aise avec les filles, plein d'amis... Bref, je ne vais pas te faire son portrait, tu le connais. Mais pour celui qui vient derrière, eh bien, ce n'est pas facile.

— Surtout chez les Beauch.

Marco acquiesça.

— Surtout chez les Beauch. Toute mon enfance j'ai entendu mes parents s'extasier sur Guillaume. Guillaume ceci, Guillaume cela... Soit dit en passant, rien sur moi. Guillaume prend toute la place et il le fait bien, ce salaud. Pour Céline, c'est pas pareil, c'est une fille. Guillaume, c'est le modèle juste au-dessus de moi. On nous a toujours comparés. J'ai toujours eu l'impression que mes parents voulaient que je sois comme lui. Voire meilleur. Au lieu de ça, je suis tout le contraire.

— Mais non.

— Mais si.

Le regard de Marco se brouilla. Il termina sa bière et se leva. Puis il épousseta son pantalon et chercha son paquet de cigarettes. Il en donna une à Alexandre.

— Bref, tout ça pour dire que, quand il est parti, je me suis retrouvé avec les parents et l'impression qu'ils auraient préféré que ce soit moi qui parte. Et au final, comme je restais là comme un con, ils m'ont mis dehors.

Il ne bougeait plus et regardait la mer. Alexandre se leva à son tour et regarda dans la même direction.

— Tu vaux autant que ton frère.

Marco fit la moue.

— Mouais. Petit à petit, j'arrive à me le dire.

— Tu vaux vraiment autant que lui. Vous êtes différents, c'est tout.

— Va dire ça aux parents.

Alexandre soupira.

— Je sais.

Marco ne répondit pas. Il éteignit sa cigarette à peine consumée et enfouit le mégot dans un paquet vide qu'il utilisait comme cendrier.

— Allez, viens. On va se pieuter.

Le lendemain matin, Marco fut réveillé par un rayon de soleil qui perçait au-dessus de la falaise et lui arrivait droit dans l'œil. Il se redressa sur son siège et se frotta les yeux. Il avait la bouche pâteuse, mal à la tête. Il ouvrit la portière et respira à pleins poumons l'air marin. Cela faisait du bien. Il n'avait aucune idée de l'heure qu'il pouvait être. La plage était déserte, mais plusieurs voitures passaient déjà sur le quai. Les volets des maisons étaient ouverts. D'un geste machinal, il attrapa son téléphone et activa l'écran. Aussitôt, il sursauta et plongea dans l'habitacle.

— Alex ! Alex !

Le corps à demi cassé sur la banquette arrière, Alexandre lui tournait le dos. Marco se demanda comment il pouvait dormir aussi profondément dans cette position. Il réitéra son appel en le secouant vigoureusement.

— Alex ! Réveille-toi, putain !

Il entendit un grognement.

— Qu'est-ce qu'il y a ?

— Sophie est dans le train, elle arrive dans une heure au Havre !

— Merde !

241

Ils firent aussi vite qu'ils purent, mais, malgré leurs efforts, le train de Sophie arriva à onze heures cinquante et eux à douze heures quinze. Lunettes de soleil sur le nez, Sophie patientait devant la gare lorsqu'ils s'engagèrent en trombe sur l'avenue.

— J'ai vraiment cru que vous m'aviez oubliée, dit-elle quand la voiture s'immobilisa près d'elle.

— Désolés, fit Marco en ouvrant la portière. On s'est réveillés à la bourre. On n'a pas vu ton message.

Sophie prit place à côté du conducteur et jeta un coup d'œil à l'arrière. Au pied de la banquette s'amoncelaient des cadavres de bouteilles, des sacs plastique et les sachets vides des biscuits apéritifs. La belle voiture de Claude ressemblait à une décharge ambulante.

— Rassurez-moi, vous vous êtes lavés au moins ?

— Évidemment ! On s'est baignés dans la mer !

— Super…

Alexandre redémarra.

— Bon, on va où ? Parce que Le Havre, c'est moche.

— Comme vous voulez, répondit Marco. Moi, je m'en fous.

— Moi, je ne m'en fous pas, répliqua Sophie. Vous m'avez fait sortir de Paris, ce n'est pas pour finir dans un endroit pourri !

Alexandre réfléchit tout en opérant des tours de pâtés de maisons. Il en était à son troisième passage devant la même pharmacie lorsqu'il eut une idée.

— Honfleur ? C'est joli, Honfleur, non ?

— Oh oui, Honfleur ! s'exclama Sophie avec une pose de midinette.

242

— Allez, c'est parti pour Honfleur !

Une demi-heure plus tard, ils se garaient près du port et leur escapade prenait un parfum de vacances. De nombreux restaurants avançaient leur terrasse sur le quai. Ils déambulèrent un peu parmi les bateaux puis passèrent devant une enseigne spécialisée dans les fruits de mer où un groupe de touristes s'apprêtait à déguster un énorme plateau d'huîtres et de coquillages. Les coques luisantes reposaient entre des quartiers de citron sur un lit de glace.

— Je tuerais pour des fruits de mer, fit Sophie avec envie.

Alexandre s'arrêta.

— Pourquoi on n'y va pas ?

Sophie alla consulter la carte exposée à l'entrée du restaurant.

— Parce qu'on n'a pas encore gagné au Loto, dit-elle en revenant sur ses pas.

— Ça te dit, toi, des fruits de mer ?

Marco acquiesça.

— Bon, ben voilà, c'est réglé, c'est moi qui invite !

Alexandre s'approcha du serveur et demanda une table sur la terrasse. Sophie le regarda faire, contente mais gênée.

— Laisse, glissa Marco en passant près d'elle, il se rachète une conduite.

Alexandre se retourna.

— J'ai entendu.

— C'était fait pour.

Ils s'assirent autour d'une table ronde, face à la mer, et commandèrent. Le plateau arriva peu de temps après, garni d'huîtres et de coquillages. Alexandre jouait les grands seigneurs. Après tout, il était le seul à gagner sa vie et,

243

désormais célibataire, il pouvait dépenser son argent comme il l'entendait. Aujourd'hui, il invitait ses amis. Il trouvait à Sophie depuis son arrivée un air triste qu'il fut content de voir disparaître sous l'effet de la gourmandise. Ils festoyèrent de bon cœur, mus par une bonne humeur qui n'était pas sans lien avec le soleil qui régnait au-dehors et la mer située à deux pas. Lorsqu'ils eurent apaisé leur faim et que, repus, ils ne mangèrent plus que du bout des doigts, affalés contre le dossier de leur fauteuil, la conversation reprit bon train. Alexandre avait commandé un excellent sancerre.

— Ah, qu'on est bien ! s'exclama Marco en croisant les mains derrière la tête.

Sophie avait le nez tourné vers le soleil, les yeux clos.

— J'ai l'impression d'être en vacances, dit-elle sans bouger.

— Ça fait trois mois que t'es en vacances, répliqua Marco.

Sophie ne répondit pas. Alexandre les regarda tour à tour, heureux. Depuis le début du repas, il brûlait de questionner Sophie au sujet de Marie.

— Vous voulez un dessert ?

— Je ne peux plus rien avaler, répondit Sophie en secouant la tête.

— Pareil, fit Marco en allumant une cigarette.

Alexandre estima que le moment était venu. Il ne pouvait de toute façon plus attendre.

— Soph' ?

— Hum ?

— Comment tu sais pour Marie et moi ?

Sophie ouvrit un œil.

— T'as tenu jusque-là ? Bravo.

— Allez, qu'est-ce qu'elle t'a dit ?

244

— Elle m'a dit qu'elle t'avait quitté.

— C'est tout ?

— Oui, désolée. Elle m'a juste appelée pour me prévenir.

— Mais… je croyais que vous étiez super copines ?!

— Oui, on était super copines. Mais ça fait un bout de temps que nous ne sommes plus sur la même longueur d'onde. On se voyait surtout parce que vous étiez ensemble.

Alexandre ne répondit pas. Au fond, il savait cela. Il avait simplement espéré. Sophie posa une main sur son bras.

— Tu le prends comment ?

— Comment tu veux que je le prenne ? C'est comme ça, c'est tout. Je n'ai pas le choix.

— Peut-être que c'est réparable ?

Dans un coin de sa vision, Alexandre vit que Marco grimaçait.

— Non, il y aurait trop de choses à réparer. Ce serait reculer pour mieux sauter. Je sais très bien que Marie et moi, ça ne colle pas. J'ai juste du mal à m'y faire.

— C'est normal.

— Ouais, j'imagine. Cette fille ne me rend pas heureux, mais je l'ai dans la peau.

Sophie hocha la tête d'un air compatissant.

— Elle a bien fait de me quitter, conclut Alexandre. Moi, je n'aurais jamais eu le courage.

Sophie échangea un bref regard avec Marco puis se troubla. Ses sourcils se froncèrent.

— C'est fini avec Greg, annonça-t-elle brutalement.

Alexandre lança à Marco un regard stupéfait. Ce type de comportement était typique de Sophie. Elle pouvait tout garder pour elle, pendant une durée infinie, puis tout d'un coup l'expulser avec la violence d'une catapulte. À charge

245

pour les autres de réagir à temps. C'était ce qu'elle venait de faire et elle les observait désormais tous les deux, les larmes au bord des yeux, attendant qu'ils réceptionnent le pavé qu'elle venait de lancer.

— Qu'est-ce qu'il s'est passé ? murmura Alexandre.

— Je ne sais pas, répondit Sophie sous tension.

Elle respira profondément pour se calmer.

— Apparemment, je ne suis pas assez fun.

— Pas assez fun ?

— Oui, c'est ce qu'il m'a balancé avant que je parte.

Marco fit une moue grotesque, contrairement à Alexandre qui ne cilla pas. Des années en arrière, il se rappelait avoir quitté Sophie pour ce même genre de raison. D'aussi loin que remontaient ses souvenirs, elle avait toujours été ainsi. Raisonnable et responsable, intelligente et gentille mais décidément trop sérieuse. Incapable de se laisser aller, de ne pas réfléchir, de ne pas planifier. Angoissée et préoccupée par des problèmes qui n'étaient pas de son âge. Alexandre devinait bien d'où lui venait cette manie mais le sachant, cela ne rendait pas cette dernière moins étouffante.

— Que s'est-il passé ? répéta-t-il.

Sophie passa une main dans ses cheveux.

— Je ne sais pas. Je n'ai pas tout compris. Quand je suis arrivée au Niger, au début ça s'est très bien passé. Mais dès qu'on a commencé à vivre ensemble, on n'a plus été sur le même rythme. Moi, je voulais choisir une maison, faire des projets, mais lui voulait tout le temps sortir. Sa colocation lui allait très bien et j'ai senti qu'il n'avait pas vraiment envie d'en partir. Et puis il y avait tout le temps des soirées entre expats, entre gens de l'association. Moi j'avais surtout envie d'être avec lui. Je ne suis quand même pas allée jusqu'au Niger pour me retrouver tous les soirs avec ses potes !

Intérieurement, Alexandre se dit qu'il avait vu juste.

— En même temps, c'est sa vie. Tu ne peux pas lui demander d'en changer juste parce que tu viens d'arriver.

— Je sais, répondit Sophie comme si elle le savait effectivement mais que cela ne l'arrangeait pas. C'est sa vie. Mais je croyais qu'on voulait la même. Qu'on avait les mêmes projets.

Elle jeta à Alexandre un regard dur.

— Je lui en veux de m'avoir fait venir. Ça me faisait peur au début et, maintenant, j'en chie.

— Peut-être qu'il pensait que tu t'adapterais, intervint Marco.

— Bof. Mais de toute façon, il n'y a pas que ça. Il y a aussi cette fille…

Elle s'interrompit. Marco et Alexandre échangèrent un regard.

— Si ça se trouve, c'est rien, mais je suis sûre qu'elle rêve de sortir avec lui.

— C'est une fille de l'association ?

— Oui, une logisticienne. Ça fait déjà un an qu'elle est au Niger. Avant, elle était au Soudan, à Haïti. Bref. Maintenant que je ne suis plus là, ils vont pouvoir sortir ensemble.

— Tu délires, là.

Sophie eut un sourire triste.

— C'est ce que Greg m'a répondu. Mais, moi, je sais que je n'invente pas. Et même si ça me fait chier, je reconnais que ce serait plus logique. Ils font le même métier, ils ont la même vie. Je ne peux pas lutter.

— C'est avec toi que Greg sort. Pas avec cette fille.

— « Sortait ».

Alexandre et Marco étaient tristes pour elle. Gregory était un garçon bien et Sophie avait été heureuse avec lui. Ils n'étaient simplement pas sur le même fuseau horaire.

— Il n'y a pas moyen de rattraper le coup ? osa Marco timidement. Il rentre bientôt, non ?

— Non. Il va re-signer pour un an.

Marco baissa le regard.

— De toute façon, dit Sophie en se ressaisissant, il faut voir les choses en face. Ce n'est pas ma vie.

— Elle soupira.

C'est l'homme de ma vie, mais ce n'est pas ma vie.

Le silence s'invita à la table. Sophie reporta son attention sur les promeneurs qui longeaient le quai. Alexandre et Marco suivirent.

— Qu'est-ce que tu vas faire, alors ? reprit Marco au bout d'un moment, les yeux toujours fixés sur les passants.

— Aucune idée, répondit Sophie en prenant son verre de vin.

Elle but jusqu'à la lie.

— Je vais essayer d'être plus fun… C'est bien ça, comme objectif, non ?

Alexandre opina. Oui, c'était bien. Il se demanda dans le même temps quel serait son propre objectif.

Pourtant, même lorsqu'il l'eut défini, celui-ci s'annonça plus difficile à atteindre que prévu. Avec Marco, ils décidèrent en premier lieu de trouver du travail. Pour Alexandre, un nouveau et pour Marco un qui soit rémunérateur, intéressant et en lien avec sa formation. Le défi était de taille et sa réussite fut malheureusement ralentie par le train de vie des deux amis. Dès lors qu'ils furent réconciliés, ils passèrent tout leur temps libre ensemble. Marie avait laissé un grand vide dans l'existence d'Alexandre qu'il combla par la présence de ses amis et celle de Marco particulièrement. Dans la mesure où ce dernier était également seul, ils ne furent pas longs à accorder leurs violons. Ils se voyaient le plus souvent chez Marco ou dans un bar de la Butte-aux-Cailles qu'ils avaient investi aussi sûrement que des piliers de comptoir. Leur assiduité les avait conduits à se lier d'amitié avec Alain, le gérant de l'enseigne, un homme au crâne dégarni dont le front était barré de profonds sillons, désabusé mais gentil, qui attendait que passent les trois années qui le séparaient de la retraite pour fermer boutique et partir s'installer dans le Sud. Alexandre venait prendre chez lui son premier café du matin, contrairement à Marco qui dormait plus tard. Puis les deux compères revenaient ensemble le soir pour regarder un match ou jouer aux échecs. Lorsqu'il en avait le temps, Alain leur dispensait ses conseils sur la vie. Il appréciait ces petits gars qu'il considérait comme des jeunes gens bien, quoiqu'un peu perdus. Quand Alexandre et Marco étaient fatigués d'aller dans son café, ils se repliaient chez Marco (jamais chez Alexandre pour qui son studio était encore trop imprégné du souvenir de Marie) ; parfois, ils allaient au cinéma de la place d'Italie ou changeaient de bar. Pour cela, la Butte-aux-Cailles était un vrai vivier. Il en existait de tous côtés et ils n'avaient pas long à parcourir pour trouver de l'animation. Par tous les temps et toutes les saisons, à toute heure du jour et surtout de la nuit, les Parisiens étaient là, debout sur les trottoirs, occupés à discuter, à fumer et à boire. Pour Alexandre et Marco, qui combattaient côte à côte la solitude, c'était rassurant. Malgré tout, ils se perdirent un peu dans cette agitation comme dans des sables mouvants. Privé de la présence de Marie et sans cesse accompagné de Marco, Alexandre se trouva sans garde-fou et consomma à l'excès des cigarettes, de l'alcool, du cannabis et des filles. La première fois qu'il embrassa une bouche autre que celle de Marie, ce fut par un soir de la fin novembre où il faisait très froid. Ils étaient dehors avec Marco devant un bar lorsque la fille, ivre, était venue lui demander de la réchauffer. Après quelques échanges animés où elle s'était collée à lui, Alexandre s'était exécuté et l'avait embrassée. Sur le moment l'alcool l'avait aidé, il s'était laissé emporter par l'instantanéité du geste, puis une chose l'avait frappé. La fille avait des lèvres trop fines. Par rapport à qui, à quoi ? Tout ce qu'il savait était que ces lèvres-là ne lui convenaient pas. Il

250

s'était donc écarté en abandonnant la fille sur le pavé. Le lendemain, une vague triste s'était emparée de lui. Il était fier d'avoir franchi le pas, d'avoir osé s'aventurer dans d'autres bras, mais il comprenait aussi qu'il allait falloir attendre longtemps avant de retomber amoureux. Avant de trouver à nouveau une bouche qui répondrait à la sienne, à laquelle il aurait envie de rester collé. Jusque-là, ce ne serait que du temps passé. Il en avait touché deux mots à Marco pour qui embrasser des inconnues était devenu la routine. À défaut de s'engager dans une relation stable, ce dont il se pensait incapable, Marco enchaînait les liaisons selon des durées qui allaient de la simple nuit à deux semaines. Jamais plus. Face aux doutes d'Alexandre, Marco avait conseillé de voir les choses différemment. Selon lui, cette vie de célibataire était l'occasion ou jamais de s'amuser, de multiplier les expériences, de découvrir autre chose et même de progresser en sexe. Après six années passées auprès de la même fille, Alexandre s'était refait une virginité : il était grand temps d'explorer de nouveaux horizons !

Alexandre avait souri. Progresser en sexe, pourquoi pas, il y avait pire comme projet. À partir de ce moment-là, il n'hésita pas à sortir avec d'autres filles. Beaucoup. Parfois il se contentait de les embrasser, parfois il couchait avec elles, cela variait. Marco faisait la même chose de son côté. Ce fut d'ailleurs la seule raison pour laquelle Alexandre conserva son studio. Lui et Marco envisagèrent un instant de le rendre et de vivre ensemble (Alexandre ne payait plus un loyer que pour conserver ses affaires. Cinq cents euros le garde-meuble, cela faisait un peu cher), mais renoncèrent finalement devant la nécessité de conserver chacun leur espace privé, ne fût-ce que pour abriter leurs ébats. Et puis, tapi au fond de sa conscience, Alexandre savait que, s'il s'installait pour de bon avec Marco, cela ne ferait qu'accélérer leur décadence. Or, une partie de lui pressentait que la période qu'ils étaient en train de traverser n'était pas la vraie vie et ne pourrait s'éterniser. Pour l'heure ils profitaient de leur jeunesse et s'offraient le luxe désinvolte de faire quelques détours, mais un jour prochain, ils reprendraient tous deux le droit chemin. Cela ne faisait aucun doute. D'ailleurs, entre deux distractions, ils continuaient de chercher du travail.

Quand vint décembre, Alexandre avait envoyé beaucoup de CV et confié son ambition de changer d'employeur à quelques personnes de sa connaissance. Au cas où. Dans son métier, cela fonctionnait beaucoup par recommandation. Sous la bonne influence de Marco et de Sophie, il se réconcilia également avec sa sœur. Sophie avait fait valoir que, en entretenant une relation avec un homme beaucoup plus âgé qu'elle, Anouk cherchait son père. Une théorie que Marco, autoproclamé spécialiste en psychologie depuis qu'il suivait une thérapie, avait validée. Alexandre avait fini par se faire une raison. Si Claude était un père exemplaire à bien des égards, on pouvait toutefois lui reprocher son manque de présence auprès de sa fille, surtout depuis le divorce. Cela se tenait. Un jour, il appela donc sa sœur pour s'excuser de sa réaction impulsive. En retour, Anouk s'excusa de ne pas l'avoir tenu au courant de sa relation avec le galeriste et avoua que son frère lui manquait. Ils se retrouvèrent le soir même dans un café et ne mirent pas longtemps à se parler comme s'ils ne s'étaient jamais disputés.

252

2007

254

Sophie tint ses engagements. Au 1er janvier, elle s'installa à Barcelone pour y effectuer une mission de volontariat international au sein du consulat français d'une durée de vingt-quatre mois. Elle avait postulé en octobre 2006 suite à des recherches infructueuses auprès de cabinets d'avocats parisiens et était finalement heureuse d'avoir été sélectionnée pour partir en Espagne. L'éloignement, le changement de cadre et la pratique d'un métier différent (elle avait été recrutée en tant que responsable juridique, ce qui couvrait un domaine plus large que le simple profil d'avocat) la grisaient et la confortaient dans l'intuition que, loin de tout, immergée au sein d'une autre culture, elle parviendrait à faire sortir Grégory de son esprit. Depuis leur rupture en effet, ce dernier l'avait contactée à plusieurs reprises, non pas pour renouer des liens amoureux mais pour prendre de ses nouvelles, expliquant que, pour lui, elle comptait toujours. Au début, Sophie avait décroché son téléphone, car elle éprouvait un manque terrible, puis avait peu à peu cessé de le faire. Entendre l'amour de sa vie lui était vital comme l'air qu'elle respirait, mais se rendre compte qu'il s'était résigné à ce qu'ils ne soient pas faits pour vivre ensemble lui était une

255

torture indicible. Chaque fois qu'ils se parlaient, Grégory racontait d'un ton enjoué les aventures trépidantes qu'il vivait, comme il se serait adressé à une cousine ou, pire, à une sœur. Sophie répondait alors avec un enthousiasme factice, avant de fondre en larmes sitôt le téléphone raccroché. Lorsque, à la mi-novembre, le consulat lui fit savoir qu'elle avait été retenue parmi une dizaine d'autres candidats pour venir travailler à Barcelone, elle accueillit la nouvelle comme une bouée de sauvetage. Loin des yeux, loin du cœur, avec un emploi du temps surchargé, juste ce qu'il fallait de soleil et de fête, soit exactement ce dont elle avait besoin pour remonter à la surface. Sa famille et ses amis, Alexandre et Marco les premiers, la félicitèrent pour cette initiative et promirent de venir la voir. À part Laurent, son petit frère, qui vint lui rendre visite au printemps suivant, personne ne le fit. Mais Sophie n'en eut cure. Lorsqu'elle posa ses valises sur le sol espagnol, elle sut qu'elle avait pris la bonne décision. Le personnel du consulat l'accueillit chaleureusement et la guida dans ses tâches avec patience. Conformément à l'objectif qu'elle s'était fixé, qui consistait principalement à lâcher prise ou du moins à essayer, elle intégra une grande colocation. Elle partagea ainsi son toit avec Léo, une Française comme elle, étudiante à la faculté de Barcelone avec qui elle s'entendit bien dès le départ (Léo était douce et discrète, ce qui plut immédiatement à Sophie), Raul et Gloria, Espagnols, frère et sœur et musiciens de leur état, Luis, professeur de dessin, Monica, qui tenait un petit restaurant non loin de la Sagrada Familia et, enfin, May, une Anglaise excentrique qui parlait fort, buvait comme un homme et passait une année sabbatique à Barcelone afin d'apprendre la langue – elle ne travaillait que quelques heures par jour en tant que nanny dans une riche famille espagnole. Si, au début, la colocation se réduisit pour Sophie à surtout bien s'entendre avec Léo, très vite elle fut acceptée par le reste du groupe et il n'était pas rare qu'ils sortent ensemble le soir, notamment pour aller écouter le groupe de jazz dans lequel Gloria chantait et Raul jouait. Si l'on rajoutait à cela des journées bien remplies (le consulat ne la ménageait pas) et des week-ends occupés à visiter Barcelone, Sophie n'avait pas le temps de s'ennuyer ni celui de penser à Grégory. En cela, elle était satisfaite de sa décision et commença à reprendre espoir.

À la mi-février, les démarches d'Alexandre pour trouver un nouveau travail commencèrent à porter leurs fruits. Il reçut un coup de téléphone d'une productrice avec qui il avait travaillé chez *Focus* et qui était ensuite partie dans une entreprise concurrente. La fille s'appelait Karine et il en gardait un bon souvenir. Un peu plus âgée que lui, Karine était une grande blonde toute en angles, très ambitieuse, travailleuse et vive. Avec elle, les choses fusaient. Aujourd'hui, elle le contactait car l'émission pour laquelle elle travaillait se séparait de l'un de ses journalistes. Karine cherchait quelqu'un pour le remplacer au pied levé. Alexandre tendit l'oreille. Depuis plusieurs mois qu'il cherchait un nouveau travail, il n'avait pas réussi à rencontrer le moindre producteur. Il fallait croire néanmoins que ses démarches s'étaient ébruitées, car Karine avait cru comprendre qu'il ne serait pas contre un peu de changement. Alexandre la conforta dans son impression et Karine lui proposa un contrat pour le lundi suivant. Alexandre rentra chez Marco en brandissant le document d'un air triomphant.

257

Pour la première fois de sa vie, on lui proposait d'être le responsable d'un sujet de cinquante-deux minutes, soit un baptême du feu, mais qui témoignait d'une marque de confiance et d'une certaine forme d'aboutissement. Certes, le sujet manquait encore à ses yeux d'intérêt, c'était toujours de la télé-réalité, mais il constituait une grande avancée. S'il réussissait, nul doute qu'il pourrait ensuite s'orienter vers du journalisme plus haut de gamme. Sans attendre davantage, il mit donc fin au CDD qui le liait à *Focus* et en signa un nouveau avec les Films du Marais. Il était désormais chargé de réaliser un reportage sur les arnaques du tourisme et s'investit à fond sur son nouveau projet.

Quinze jours après, alors qu'il était en train d'interviewer en caméra cachée le responsable d'une agence de voyages low cost, il reçut un coup de fil éploré de sa sœur qui lui demandait de la retrouver séance tenante. Ne pouvant s'éclipser alors qu'il était sur le point d'obtenir de croustillantes confidences de la part du voyagiste, il envoya Anouk chez Marco en lui assurant qu'il la rejoindrait dès que possible. Il put se libérer à dix-sept heures et se rendit ventre à terre à la Butte-aux-Cailles. Lorsqu'il arriva, il trouva Marco en tête à tête avec Anouk dans un silence à couper au couteau. Sa sœur était prostrée sur la banquette, contre le mur, les manches trempées de morve et Marco, immobile sur sa chaise, embarrassé à l'extrême. Ce dernier l'accueillit comme le Messie et attrapa son manteau dans la foulée.

— Je vous laisse, dit-il en s'échappant de l'appartement. Je vais prendre l'air.

Alexandre jeta un coup d'œil à sa sœur, puis accompagna Marco jusqu'à l'ascenseur.

— Qu'est-ce qu'elle a ?

— Un problème avec son mec.

— C'est tout ? Elle t'a rien dit d'autre ?

Marco soupira.

— Si, mais tu sais, moi, les trucs de filles...

— C'est grave ?

— C'est pas à moi de juger. Vu ma vie privée en ce moment, je préfère me taire. Je ne suis pas sûr d'être de bon conseil.

— Ok. Tu vas où ?

— Je ne sais pas. Chez une copine peut-être justement.

Alexandre hocha la tête.

— T'as bien fait de te taire en effet.

Marco haussa les épaules et l'ascenseur s'ébranla. Alexandre retourna dans l'appartement en se promettant de rester le plus calme possible. Il ferma la porte derrière lui et alla se servir un verre d'eau. Il en apporta un à Anouk qui le refusa. Elle avait une mine épouvantable. Les yeux hagards, le teint livide à l'exception des joues et du menton qui étaient très rouges, la lèvre tremblante, le nez comme une patate. Il se demanda si elle avait pleuré toute la journée. Les filles savaient faire cela. Il s'assit à ses côtés et passa un bras autour de ses épaules.

— Ok, Anouk. Qu'est-ce qu'il s'est passé ?

— J'ai peur de te raconter, murmura sa sœur, le regard baissé.

— Pourquoi ?

Il s'était exprimé doucement pour la mettre en confiance. Anouk le regarda une seconde et fondit en larmes. Alexandre laissa passer le temps nécessaire afin qu'elle se ressaisisse.

— Michel m'a trompée, parvint-elle enfin à articuler.

Alexandre eut l'impression qu'un courant électrique lui traversait le corps.

— Quoi ?! Avec qui ?!

— Avec une pute.

— Une vraie pute ?

Entre deux larmes, Anouk laissa échapper un rire.

— Mais non !

Elle était sur le fil du rasoir, mais Alexandre commençait à s'y connaître en mode d'emploi féminin. Particulièrement en période de crise. Il avait vu sa mère à l'œuvre puis Marie. Et maintenant sa sœur. Tout ceci était somme toute assez normal.

— C'est qui cette fille ?

— Je ne la connais pas. J'ai juste vu les textos qu'elle lui a envoyés. Il dit qu'il l'a rencontrée dans un vernissage.

— Il a avoué ?

— Ouais. Ça ne l'a pas gêné d'ailleurs.

— Hein ? Comment ça ?

Anouk soupira.

— D'après lui, ce n'est pas grave.

— Comment ça pas grave !? Ils ont couché ensemble ?

— Oui.

— Et c'est pas grave ?!

Il était en train de perdre son sang-froid et son attitude déteignit sur Anouk. Elle bascula dans la colère. Dans un sens, il préférait.

— Quand je lui ai mis les messages sous les yeux, il m'a répondu que, oui, il avait couché avec cette fille, que c'était pendant une fête et que ce n'était pas un drame. Que c'était à moi de prendre du recul !

Alexandre n'en croyait pas ses oreilles. Ce type ne manquait pas de culot.

— Qu'est-ce que tu lui as répondu ?

— Rien. J'étais trop choquée. Mais quand il est parti, j'ai balancé tous les livres de la bibliothèque. J'ai cassé une sculpture et deux lampes.

— Bien. C'était quand ça ?

— Hier. Je te dis pas sa tête quand il est rentré.

Sur ces mots, elle eut un nouveau spasme et ses yeux se voilèrent.

— Il m'a dit que j'étais folle, que je n'étais qu'une gamine... Que je devais grandir.

— Ben tiens. Ça coûte rien.

— Ensuite il est allé s'enfermer dans la chambre en disant qu'il voulait être seul.

Alexandre lui renvoya un regard stupéfait.

— Quoi ? C'est lui en plus qui t'a tourné le dos ?!

Anouk ne put répondre. Ses épaules tremblaient. Elle était à deux doigts de craquer de nouveau. Alexandre était déchiré de la voir ainsi. Déchiré et furieux. Il alla chercher un rouleau de papier toilette et le lui tendit.

— Mais quel connard, ce mec !

— J'ai passé la nuit sur le canapé, poursuivit Anouk en reniflant. Je n'ai pas fermé l'œil. Quand il a commencé à faire jour, je suis partie. Ensuite, je t'ai appelé.

Elle lui lança un regard éperdu.

— Qu'est-ce que je vais faire ?

Pour toute réponse, Alexandre la prit dans ses bras. Anouk se laissa faire et se calma progressivement.

261

Alexandre proposa à sa sœur d'habiter son studio. Lui vivrait à cheval entre le 18ème arrondissement et la Butte-aux-Cailles, à moitié chez lui, à moitié chez Marco, de sorte que chacun ait un semblant d'intimité. Chacun sauf lui. Marco promit qu'il irait souvent dormir chez ses copines, mais Alexandre n'était pas pressé de le pousser dehors. La situation serait provisoire, jusqu'à ce qu'Anouk trouve une solution pour se retourner, une colocation peut-être. D'ailleurs, elle comptait chercher rapidement.

Restait l'épineux problème de ses affaires qu'elle avait laissées chez Michel. Ses habits, ses livres, ses photos mais aussi son matériel d'artiste, toute sa vie. Anouk refusait de remettre ne fût-ce qu'un pied dans le quartier de la Bastille, de peur d'y croiser son ex-amant et de ne pas avoir le courage de l'insulter ou de lui résister. Depuis son départ, ce dernier avait essayé de la joindre quelques fois en lui laissant des messages tantôt menaçants, tantôt larmoyants, lui demandant de cesser de faire l'enfant et de revenir vivre avec lui. Deux semaines après, les appels avaient cessé et toutes les affaires d'Anouk étaient encore chez lui. Marco et Alexandre résolurent de se rendre à l'atelier et d'aller les chercher eux-mêmes. Leur plan ressemblait à un mauvais coup, comme s'ils se préparaient à effectuer le casse du siècle et Anouk hésita avant de leur confier les clefs. Elle céda cependant, faute d'autre solution.

Marco et Alexandre se présentèrent donc un dimanche matin à sept heures (un horaire savamment choisi) devant l'atelier du galeriste. Bien qu'ayant les clefs, ils sonnèrent. Ils ne voulaient pas manquer le croustillant spectacle du Michel cueilli au saut du lit. Ils ne furent pas déçus. Lorsque celui-ci, après cinq ou six sonneries, vint ouvrir la porte, il se figea et balbutia un « Ah, c'est toi », avec l'expression apeurée de quelqu'un sur le point de se faire tabasser. Bon prince, Alexandre choisit de le traiter par le mépris et annonça qu'il venait chercher les affaires de sa sœur. Le galeriste, un peu craintif, s'effaça pour les laisser passer. Marco et Alexandre n'eurent pas trop de mal à effectuer leur mission. Anouk était soignée, organisée et ils n'eurent aucune difficulté à tout rassembler. Ils mirent à peine quatre heures pour empaqueter ses affaires et les transporter dans leur véhicule. Au début, le galeriste, nu sous sa robe de chambre, les regarda faire d'un œil hagard puis, se dérobant au malaise ambiant, expliqua qu'il avait des courses à effectuer et qu'il se permettait de sortir et de les laisser seuls. Avant de partir, il demanda s'ils avaient besoin de quelque chose. Un café peut-être ? Alexandre ne répondit pas et le galeriste s'en alla, l'air piteux. Lorsque le dernier carton d'Anouk fut hors de l'atelier, Alexandre sortit les clefs pour fermer la porte puis, marquant une pause, il lança un regard interrogatif à Marco. Celui-ci hocha la tête et Alexandre donna un coup de pied dans la porte qui s'ouvrit en grand. Ils tournèrent aussitôt les talons. Pour des cambrioleurs, pourvu qu'ils soient un peu chineurs, il y avait des affaires à faire.

Anouk ne sut jamais rien de cette petite vengeance. Elle recueillit ses affaires avec soulagement et les rangea dans l'appartement de son frère. La vie reprit son cours. De manière un peu bancale, chacun évoluant sur un fil. Alexandre se plaisait dans son travail où il subissait une forte pression tout en bénéficiant d'une grande autonomie. Il s'investit beaucoup pour ne pas décevoir Karine et eut

263

soudainement moins de temps pour les filles. Marco se calma aussi. Il rencontra Anouk plusieurs fois pour le travail. À l'aise dans tout ce qui concernait le milieu artistique, celle-ci l'aida à composer un book et l'incita à aller le présenter à toutes les agences de graphisme de Paris. Entraîné par l'énergie communicative d'Alexandre et l'aide d'Anouk, Marco gagna en assurance. Il fit ce qu'on lui conseillait de faire et alla frapper aux portes jusqu'à ce que l'une d'elles finisse par s'ouvrir. C'était une agence de taille modeste qui employait à peine cinq personnes et recherchait un graphiste freelance pour terminer quelques petits travaux de packaging pour l'un de ses clients. Comme ils ne connaissaient pas Marco, ils lui proposèrent de ne le payer que si son travail répondait à leurs attentes. ce que Marco accepta, trop content qu'on lui fasse enfin confiance. Il travailla d'arrache-pied pour répondre à la demande et son travail fut accepté et rémunéré. D'autres suivirent.

En mai, Nicolas Sarkozy fut élu par les Français à la tête de l'État, reportant aux calendes le retour de la gauche au pouvoir. Quand il apprit la nouvelle, Alexandre pensa immédiatement à Marie. Quelle défaite ce devait être pour elle qui soutenait non seulement le Parti socialiste, mais aussi une candidature féminine. Sans doute s'était-elle déjà vue vivre dans un pays gouverné par une femme où l'égalité des sexes voire la supériorité du genre féminin serait enfin reconnue. Hélas pour elle, les électeurs en avaient décidé autrement et le rêve s'évanouissait brutalement. Alexandre lui envoya un message pour l'assurer de toute sa sympathie et, contre toute attente, Marie lui répondit dans la minute.

Elle proposait qu'ils aillent prendre un café et Alexandre en eut le ventre noué.

Ils se retrouvèrent un soir après le travail, sur les quais, le long d'une promenade qu'ils avaient parcourue des dizaines de fois dans les premiers mois de leur histoire, ce qui donna à Alexandre l'impression d'effectuer un pèlerinage. Pourtant, il dut se rendre à l'évidence : les marcheurs qu'ils étaient n'avaient plus rien de commun avec leurs fantômes passés. Ils n'étaient plus animés des mêmes envies ni des mêmes hésitations, certainement plus des mêmes passions. Peut-être parce que du temps s'était écoulé, il fut capable pour la première fois de voir Marie telle qu'elle était vraiment. Telle qu'elle était devenue en quelques années et qu'il n'avait pas voulu voir jusque-là. Sans doute à cause d'une trop grande proximité. Avec le recul, Marie était une très belle femme, dotée d'une forte personnalité, mais dont les accents ne lui correspondaient aucunement. Son esprit révolutionnaire s'était amplifié et il se fit la réflexion qu'elle était perpétuellement en guerre. Contre sa famille, ses amis, la société, les politiciens... Elle avait beau le défendre à cor et à cri, Marie s'acharnait contre le genre humain. Lui-même se dirigeait vers l'opposé et aspirait de plus en plus à la paix. Marie n'était pas une fille pour lui. Il l'avait pressenti dès le début, mais n'avait à l'époque pas voulu s'écouter. L'ivresse de vouloir tomber amoureux sans doute. Il ne regrettait rien. Lorsqu'ils se quittèrent, il évita cependant de l'embrasser sur la joue. Plus tard, il rapporta à Marco qu'il était satisfait de l'avoir revue. Cela lui permettait d'éviter les regrets et, enfin, il se résignait à la laisser partir.

265

Un soir, alors que l'agence pour laquelle il travaillait régulièrement depuis deux mois venait de lui proposer d'honorer seul les commandes qui se présenteraient durant l'été (cela afin de soulager la charge du directeur artistique et permettre à ce dernier de prendre des vacances), Marco descendit chez Alain pour fêter l'événement. Il commanda un premier verre qu'il partagea avec un autre habitué, puis deux, puis trois, et fit la connaissance d'une fille qui discutait avec ses amies à une table voisine. Après avoir échangé quelques regards engageants, Marco s'invita à leur table et offrit sa tournée. La fille s'appelait Fanny. Elle était jolie, amusante, avait un peu de répartie, suffisamment en tout cas pour lui renvoyer la balle, ce qu'il appréciait. Ce n'était pas si souvent. Pour ne rien gâcher à l'affaire, elle aimait le dessin et était pendue à ses lèvres sans aucune retenue. Ils quittèrent le café vers une heure du matin sous le regard complice d'Alain, qui leur recommanda de marcher droit et de ne pas faire de bêtises. Ils n'en firent à proprement parler aucune. Ils couchèrent ensemble, grisés par la magie du moment et par la nuit qui les masquait. La nuit, tous les chats sont gris. Lorsque cependant le petit matin arriva, Marco redevint le chat noir qu'il se pensait être avec toute personne du sexe opposé, si ce n'était avec le genre humain dans sa globalité, et se comporta avec sa conquête en étranger. La fille heureusement était intelligente. Sans en comprendre les raisons, elle saisit que l'ambiance avait changé et fut prompte à se rhabiller. Pour plaisanter, elle demanda à Marco s'il comptait aller chercher les croissants, mais devant l'air peu amène de ce dernier, son sourire s'effaça. Elle s'écarta avec la tête de quelqu'un qui vient de commettre une grossière erreur et qui le regrette déjà. Marco, bien sûr, ne vit rien de tout cela. Il raccompagna Fanny à la porte comme tant d'autres avant elle. Debout sur la première marche de l'escalier et alors qu'elle aurait dû fuir, elle se tourna vers lui.

— C'est dommage, dit-elle avec un soupçon de déception dans le regard.

— De quoi ?

— Que tu ne prennes pas le temps de connaître les gens.

Marco sentit la honte tomber sur lui.

— Parce que je suis une fille bien, tu sais. Si tu faisais l'effort de discuter avec moi, de m'emmener déjeuner, de partir en week-end, tu le verrais. Je suis drôle, gentille, pas trop conne, pas trop prise de tête non plus. Enfin, pas plus que n'importe quelle autre fille.

Marco la trouva touchante.

— Je suis sûr que tu es une fille bien, répondit-il. C'est moi qui ne suis pas à la hauteur.

— T'es sûr ?

— Certain.

— Ok.

Comme si elle venait d'avoir la confirmation d'un pressentiment, Fanny descendit les escaliers sans regret. Pour Marco, le sentiment était légèrement différent.

Trois semaines après, Anouk reçut une visite qui la paralysa. C'était au cours d'un après-midi et elle avait décidé de rester chez Alexandre pour finir une sculpture qu'elle avait commencée quelques jours plus tôt et sur laquelle elle peinait. La pièce appartenait à un projet plus vaste, une collection qu'elle voulait exposer plus tard dans la saison. Elle était très concentrée. Seule la voix cristalline du chanteur du groupe *Antony and the Johnsons* accompagnait sa respiration et couvrait les crissements du papier de verre. Du moins juste avant que cette calme atmosphère ne soit perturbée par le bruit sourd de coups que l'on frappait à la porte. Croyant que son frère avait oublié ses clefs, Anouk retroussa ses manches et alla ouvrir. Mais au lieu d'Alexandre, ce fut Michel qu'elle trouva sur le palier et cette vision la frappa à l'estomac. Pourtant le personnage qui lui faisait face n'avait plus rien de commun avec le galeriste qui l'avait fascinée et dont elle avait fait son amant. La mine grise, une mèche de cheveux lui tombant sur le front, le dos cassé, Michel correspondait davantage au portrait peu flatteur qu'Alexandre dressait de lui chaque fois que sa personne était évoquée. Anouk lui trouvait par ailleurs un air emprunté. Comme elle ne disait rien, il demanda s'il pouvait entrer. Anouk s'effaça. Michel fit quelques pas dans l'appartement. Sans doute se sentit-il obligé de la féliciter sur son nouveau logement, car le compliment qu'il fit sonna faux. Voyant qu'Anouk n'y faisait pas écho, il s'approcha de la sculpture en cours. Anouk l'arrêta.

— Qu'est-ce que tu veux ? demanda-t-elle d'un ton dur et sensible à la fois.

Michel se figea, chercha ses mots puis avoua qu'il la voulait elle. Anouk eut l'impression qu'on la frappait une nouvelle fois. Elle essaya de ne rien laisser paraître de son trouble tout en sachant qu'elle n'y parviendrait pas vraiment. Elle avait aimé cet homme passionnément et l'aimait encore. Tous deux le savaient pertinemment. Elle n'avait fui que pour se sauver de lui et il venait la rattraper. Elle se sentit chanceler. Il fallait qu'elle revienne à la réalité, qu'elle ne sombre pas une nouvelle fois. Elle songea à Alexandre, à ces nombreuses fois où le doute l'avait étreinte et où son frère

268

s'était chargé de lui rappeler quel genre de personne Michel était. Sentant ses forces revenir, elle jeta un regard sévère au galeriste et demanda ce qu'il advenait de sa maîtresse. Michel se redressa comme s'il s'était préparé à cet interrogatoire. Il assura que l'histoire, pour peu qu'on veuille l'appeler ainsi, était finie. Que ce n'était rien vraiment et qu'Anouk devait lui pardonner. Sentant qu'elle faiblissait, il se rapprocha d'elle. Anouk ne pouvait plus bouger, était statufiée.

— S'il te plaît, Pumpkin. Rentre à la maison.

Il s'apprêtait à l'embrasser lorsqu'elle recula. Son instinct lui disait qu'elle ne pouvait pas céder maintenant. Elle avait besoin de réfléchir, d'analyser froidement la situation. Elle regarda sa sculpture au centre de la pièce et en voulut à Michel d'avoir ruiné son moment de création. Elle le lui dit.

— Dans ce cas, viens dîner avec moi, répliqua ce dernier avec une assurance recouvrée.

Anouk secoua la tête. Elle ne pouvait pas faire marche arrière aussi vite. La présence de Michel l'oppressait. Il avait pénétré sa tanière, son jardin secret, et sans y avoir été invité. Elle avait besoin qu'il sorte et le mit dehors. Un peu surpris par sa réaction quand, manifestement, il s'était attendu à une autre, Michel s'exécuta sans protester davantage. Avant de refermer la porte, il serra cependant la main d'Anouk en prononçant un « À bientôt » qui sonna comme une affirmation et non comme une question. Anouk ne répondit pas et, une fois la porte fermée, poussa le verrou. Chancelante, le cœur battant la chamade, elle chercha frénétiquement son téléphone portable au fond de son sac et composa le numéro de son frère.

269

270

Marco était en train de regarder une émission de télévision lorsque l'interphone sonna. Il se leva de mauvaise grâce et, à l'autre bout du combiné, entendit Anouk. Surpris, il ouvrit la porte et alla passer une chemise. Quelques minutes plus tard, elle était sur le palier, essoufflée et l'air égaré.

— Alex est là ?! demanda-t-elle vivement.

— Non. Il est en tournage.

— Putain ! Il rentre quand ?

— Pas tout de suite, il est en Allemagne. Il revient demain, je crois. Il ne t'a pas dit ?

Anouk ne répliqua pas et Marco la dévisagea.

— Tout va bien ?

Elle entra dans l'appartement comme une furie.

— Non, ça ne va pas.

Marco referma la porte tout en cherchant la bonne attitude à adopter. Il n'avait pas particulièrement envie d'entendre les déboires d'Anouk, ni en règle générale ceux de qui que ce soit, mais, en l'absence d'Alexandre, il se sentait dans l'obligation de jouer le grand frère par intérim. Même s'il se considérait avec Anouk sur un pied d'égalité.

— Je peux peut-être t'aider...

Il espérait qu'elle décline son offre, mais ce ne fut pas le cas. Anouk tournait sur elle-même, son sac à la main, à la recherche d'un endroit où le poser.

— Putain, c'est crade chez toi !

Marco prit un air offusqué.

— Venant de ta part, ça me blesse, dit-il une main sur le cœur.

— Désolée, je n'étais pas revenue depuis un moment. Vous pourriez ranger quand même !

— Très bien. J'en parlerai à ton frère.

Anouk hocha la tête et s'assit sur une chaise.

— Alors ? Qu'est-ce qu'il se passe ? Tu veux m'en parler ?

— Michel veut que l'on se remette ensemble.

Marco grimaça. Une conversation sur les relations amoureuses, c'était tout ce qu'il craignait.

— Et c'est une bonne ou une mauvaise nouvelle ?

— J'en sais rien, justement. C'est pour ça que je voulais voir Alex.

Marco fronça les sourcils. Pour une fois, il allait traiter le problème et le ferait bien.

— Ok, dit-il d'un air concentré. Je ne sais pas si je suis le mieux placé pour te donner des conseils, moi-même n'étant pas très doué dans ce domaine, mais il y a une chose que je sais faire dans ces cas-là et qui ne rate jamais !

Tandis qu'Anouk l'observait d'un air circonspect, il alla ouvrir une bouteille de vin. Il servit deux verres et se dirigea vers la porte-fenêtre qui menait au balcon. D'un signe de tête, il désigna l'extérieur.

— Allez, viens. On va discuter.

Lorsque Anouk se réveilla le lendemain matin, elle était seule dans l'appartement. En proie à un mal de tête terrible, elle quitta le lit et se rendit dans la cuisine pour se servir un grand verre d'eau. Elle en but un deuxième dans la foulée et regarda autour d'elle. Cet appartement était un véritable capharnaüm. Elle chercha du regard son sac et, l'ayant trouvé, en sortit son téléphone portable. Onze heures. Elle aurait dit plus. Revenant dans la chambre, elle ramassa ses vêtements et s'aperçut que sa blouse sentait affreusement le tabac froid. Elle opta alors pour une chemise propre qu'elle prit dans l'armoire de Marco. Ainsi vêtue, elle sortit sur le balcon respirer l'air frais du matin. À côté des chaises vides gisaient les cadavres des deux bouteilles qu'ils avaient bues dans la nuit. Dégoûtée, elle les écarta ainsi que le cendrier débordant de mégots et s'assit les genoux relevés contre la poitrine. Un frisson lui parcourut le corps tandis que, dans sa tête, la soirée lui revenait par bribes, par séquences interrompues. Ils avaient beaucoup bu.

Elle revit la discussion animée qu'ils avaient eue. Le cas de Michel qui s'était posé, puis Marco qui n'avait pas tardé à évoquer sa propre incapacité à aimer. L'alcool avait au moins cette vertu de faire parler les plus récalcitrants. De son côté, elle avait essayé de le persuader du contraire, verbalement dans un premier temps. À quel moment les choses avaient-elles dérapé ? Peut-être à cet instant. Marco ne regardait déjà plus très droit, elle non plus et, pourtant, elle l'avait trouvé beau. Soudainement aussi beau que lorsqu'elle avait quatorze ans et lui dix-sept et qu'elle ne rêvait alors que d'une chose, c'était de sortir avec lui. Si on lui avait dit qu'il lui faudrait attendre dix années pour voir son rêve se concrétiser... Elle l'avait embrassé, nul doute sur la question, elle s'en souvenait très nettement. C'était elle qui avait franchi le pas. À partir de là, les choses s'étaient accélérées. Marco avait eu l'air surpris puis, l'alcool aidant, il s'était laissé faire. Les images revenaient, floues et nombreuses.

Un couple de pigeons vint se poser sur la rambarde et commença à roucouler. Marco et elle n'avaient pas roucoulé. Pour tout dire, leur étreinte n'avait même pas été animale. Au-delà du fait que tous les deux étaient ivres, les gestes avaient été imprécis, fatigués, lassés. Une routine vidée de sa substance. Elle se remémora sa première fois avec Michel. Cela avait été très différent. Cela avait été maladroit, bien sûr, mais aussi intense, dévorant, passionné. Tandis que ce qui avait eu lieu dans la nuit, c'était de l'amour non attentionné, de l'amour désespéré. C'était elle, c'était lui, mais ç'aurait pu être n'importe qui.

Ses épaules se contractèrent sous l'effet du froid. Comment avaient-ils fait ? Comment les gestes s'étaient-ils enchaînés ? Elle en gardait un souvenir brouillon. Il lui semblait que Marco avait passé une main sous sa blouse, qu'elle avait demandé à rentrer puis qu'il l'avait soulevée jusqu'au lit. Elle se rappelait les regards fixes, les lèvres

274

sèches, les corps humides, la sueur. Marco à un moment avait hésité, tout prêt à renoncer, mais elle l'avait décidé en lui fermant la bouche d'un baiser. En ce qui la concernait, elle avait déjà basculé et ne voulait plus réfléchir, juste se laisser aller. Les entraîner tous deux dans une chute en apesanteur. Les choses s'étaient gâtées par la suite. Les mouvements s'étaient précipités, les corps s'étaient heurtés l'un à l'autre avec vitesse et maladresse. Les gestes avaient été malhabiles, semblables à ceux de deux débutants. Puis la jouissance rapide pour lui et, pour elle, la chaleur vite évanouie. Le corps qui retombe lourdement, le choc de la réalité juste après la brève sensation d'avoir été portée. Ensuite, ils avaient roulé sur le côté et s'étaient endormis sans se reparler.

À présent, elle se sentait barbouillée, sale et pas à sa place. Elle ne regrettait pas ce qu'il s'était passé mais cela l'avait distraite et non pas apaisée. Coucher avec Marco avait été un leurre. Rien de plus qu'un vieux fantasme dont la réalité contrastait avec le rêve et auquel elle ne devait pas accorder d'importance. Rien en tout cas qui ne devait s'apparenter au futur. Michel non plus n'était pas le futur, elle le ressentait dans sa chair. Elle ressentait aussi le besoin urgent de trouver une porte de sortie pour déterminer ce qu'elle allait faire de sa vie. Plus que d'une simple douche, elle avait besoin de changer de peau.

Elle fut tirée de ses pensées par Marco qui toquait à la fenêtre en brandissant un sachet de viennoiseries. Elle le trouva attendrissant et le rejoignit. Il avait l'air encore plus embarrassé qu'elle.

— Je t'ai pris un chausson aux pommes, dit Marco sans oser la regarder dans les yeux. Il n'y avait plus de croissants.

275

D'un geste, il débarrassa la banquette du salon et rapprocha la table basse. Anouk s'assit mais écarta le sachet.

— Merci ,mais je n'ai pas très faim. On a beaucoup trop bu hier soir.

Marco fit la moue. Il ne pouvait qu'agréer.

— Un café, alors ?

— Je veux bien.

Il revint bientôt avec deux tasses fumantes.

— Si tu veux te laver, je t'ai mis une serviette dans la salle de bains.

— Ça va, merci. Je le ferai chez moi.

— J'ai, euh, j'ai nettoyé la douche, bredouilla encore Marco, visiblement au plus mal.

Anouk lui renvoya un sourire timide.

— Merci, c'est gentil, mais je n'ai pas mes affaires. C'est plus pratique de me doucher chez moi. T'inquiète pas.

— Ok.

Il s'assit à côté d'elle et but son café à petites gorgées. Le silence lui pesait mais moins cependant que sa culpabilité. Ne sachant comment se comporter, il se releva et commença à faire les cent pas.

— Qu'est-ce que… commença-t-il sans terminer sa phrase. Tu veux faire quelque chose ? Tu veux sortir ?

Anouk comprenait la tourmente qui l'habitait. Elle décida de mettre les pieds dans le plat.

— Pas besoin de faire forcément quelque chose, tu sais. Ce n'est pas parce qu'on a couché ensemble qu'on doit passer la journée tous les deux.

Marco parut à la fois soulagé et contrarié.

— Si, objecta-t-il en prenant appui sur la fenêtre. Enfin, non. Je veux dire…

276

Il laissa passer un moment.

— Qu'est-ce que tu veux dire ?

Marco passa une main dans ses cheveux.

— Je veux dire que je ne veux pas te traiter comme un salaud. Je veux être… correct.

Anouk, cette fois-ci, lui renvoya un sourire franc.

— Mais tu es correct, Marco ! Tu es plus que correct ! Tu ne m'as pas forcée. J'étais volontaire !

— Ouais, mais tu étais triste à cause de ton mec.

— Mon ex.

— Ouais, mais quand même. C'est pas bien. En plus, je sais que quand tu étais petite tu étais amoureuse de moi.

Il avait vraiment l'air au plus mal. Anouk se planta face à lui.

— Oui, quand j'étais petite. Mais plus maintenant. Plus du tout, je t'assure.

— Merci, fit Marco avec une pointe d'ironie.

— Non, merci à toi, renchérit Anouk sérieusement. Parce que même si je ne suis plus amoureuse, ça m'a quand même guérie d'un vieux fantasme. Ça m'a libérée.

Marco ne savait plus quoi répondre. Anouk réfléchit.

— Qu'est-ce que tu voudrais maintenant ? C'est quoi pour toi la suite idéale ?

— Je ne sais pas trop. Peut-être qu'on devrait essayer…

Anouk haussa les sourcils.

— Quoi, d'être ensemble ?

— Ouais, peut-être…

Anouk considéra un instant l'éventualité avant de réaliser que quelque chose clochait dans l'équation. Marco et elle avaient passé un bon moment et, d'une certaine manière, c'était vrai, il l'avait libérée d'une envie vieille de

277

l'adolescence, mais ils n'avaient au fond rien à faire ensemble. Ils étaient tous deux des êtres bancals, peut-être lui encore plus qu'elle, et il était peu probable que l'un d'eux parvienne à tirer l'autre vers le haut. Si Marco ne le voyait pas pour lui, elle savait que la concernant il lui fallait quelqu'un de solide pour partager sa vie. Quelqu'un sur qui prendre exemple, sur qui s'appuyer. Marco avait besoin des mêmes soins et elle était bien incapable de les lui prodiguer.

— Mais, toi, t'en as envie ? demanda-t-elle d'un ton qui voulait dire qu'elle trouvait l'idée absurde.

Marco la regarda comme s'il jaugeait sa solidité, sa capacité à encaisser la vérité. Pouvait-il être franc ?

— Non, pas vraiment, répondit-il en optant pour la transparence. Mais je me dis qu'il serait temps que j'essaye de construire quelque chose avec quelqu'un.

— Je suis très flattée. Mais il vaut mieux faire ça avec quelqu'un dont tu es amoureux. Sinon ça a toutes les chances de foirer.

Marco hocha la tête.

— Je vais rentrer, ajouta Anouk.

— Ok.

— Tu me raccompagnes à la porte ?

Marco se détacha du mur.

— Ton frère va me tuer, dit-il quand ils furent sur le point de se quitter.

— Pas si personne ne lui dit. Tu vas lui dire ?

— Non…

— Moi non plus. Il n'a pas besoin de savoir. Ça ne le regarde pas.

— Ok. Merci.

— De rien. Allez, je file.

278

Elle l'embrassa sur la joue.

— Merci pour le café. Et pour le reste.

Marco la regarda partir sans rien ajouter. Quand elle eut disparu dans la cage d'escalier, il s'humecta les lèvres. Un arrière-goût amer lui envahit la bouche.

280

Ce même jour, à quelques heures d'écart et à plus de mille kilomètres de là, Sophie sortait avec ses colocataires pour assister au concert que donnaient Raul et Gloria dans le centre de Barcelone. Pour un soir, ces derniers avaient abandonné leur formation habituelle de jazz et interprétaient un répertoire plus dansant au sein d'un groupe de salsa. Le concert avait lieu en plein air dans une rue qui avait été fermée à la circulation. Des guirlandes lumineuses multicolores, type guinguette, tendaient leurs fils entre les bâtiments et les fenêtres étaient ouvertes sur la rue avec partout des gens aux balcons.

La fin de printemps à Barcelone avait quelque chose de magique. Les jours étaient longs, c'était l'été permanent et dans les ruelles chaudes ne déambulaient que les habitants de la ville que l'arrivée prochaine et massive des touristes n'avait pas encore fait fuir. Barcelone était aux Barcelonais et toute à la fête. Depuis que les beaux jours avaient pris leurs quartiers d'été, Sophie avait l'impression de revivre. Barcelone dans son ensemble était pour elle une bouffée d'oxygène. Son travail passionnant, les sorties incessantes, la vie culturelle trépidante et ses colocataires qui ne la laissaient jamais seule, jamais désœuvrée, tout cela réussissait le prodige de lui faire oublier Grégory. Elle y arrivait de mieux en mieux. Certains jours, elle n'y pensait tout simplement pas et s'en rendait compte le lendemain avec soulagement. Son cœur se faisait plus léger et sa tête aussi. Elle avait l'impression continue d'être en vacances et déjà tout oublié de sa vie à Paris.

Ce soir-là, donc, ils sortaient ensemble, tous ceux de sa colocation, pour aller danser la salsa jusqu'au petit matin. Sophie avait invité une fille du consulat avec qui elle s'entendait bien et May avait donné rendez-vous à quatre garçons qu'elle avait rencontrés dans un bar en début de semaine. En tout, ils étaient une dizaine à venir applaudir Raul et Gloria. Comme toujours, la soirée fut joyeuse, enfiévrée, heureuse. Des buvettes avaient été installées de part et d'autre de la rue, quand ce n'étaient pas les riverains eux-mêmes qui s'improvisaient cuisiniers et barmen d'un soir. L'odeur de la paella se mêlait à celle du bitume, de la crème solaire et de la peau échaudée. La sangria coulait à flots, des assiettes de tapas passaient de main en main, dans lesquelles chacun puisait au hasard des rondelles de chorizo, du fromage de brebis et des beignets de calamar. Tout le monde dansait avec tout le monde, les musiciens furent acclamés. À trois heures du matin, après avoir joué pendant plus de quatre heures, ces derniers quittèrent la scène et un disc-jockey prit le relais. L'ambiance était à son comble. Raul et Gloria rejoignirent le groupe et ils levèrent leurs verres au succès de la soirée. Tous avaient le sourire, tous étaient contents. La musique battait leurs oreilles, la rue était bondée, ça dansait de tous les côtés et ils se laissèrent porter par la vague. Ils formèrent un cercle puis une ronde. May se glissa entre deux des garçons qu'elle avait rencontrés, des duos se formèrent puis éclatèrent de nouveau. Au cœur de ce cycle étourdissant, Sophie se retrouva contre Raul. Quand la musique changea et qu'elle voulut s'éloigner, il la garda contre lui. Sophie aimait sa façon très particulière de prononcer son prénom. Chantant et dansant à la fois. Raul la faisait tournoyer en poussant des « Baila, baila ! » énergiques qui se fondaient dans la musique. La danse étourdissait Sophie. Puis ce fut un autre air et Raul ne lui lâcha pas davantage la main. Leurs hanches se rapprochèrent, ils s'exclurent du cercle qui derrière eux s'était reformé. Alors qu'il la faisait tourner une énième fois, Raul l'attira à lui et l'embrassa. Sophie se laissa faire.

284

Bientôt ce fut l'été. Lourd et étouffant comme il l'est dans les grandes villes. Guillaume et Pauline revenaient en France pour trois semaines et posèrent leurs valises aux confins des montagnes dans le petit chalet aux volets rouges. Ils attendaient leur premier enfant et bientôt Pauline ne pourrait plus voyager. Alexandre ouvrit les volets du chalet de l'amitié à peu près en même temps après avoir clôturé sa saison de travail. Il avait réussi à rendre des sujets de qualité et, en guise de félicitations, Karine l'avait embrassé la veille de son départ. Il ne s'était pas attendu à un tel dénouement entre eux, mais n'en était pas pour autant mécontent et refusait de se poser plus de questions. Il laissait passer les vacances et verrait ensuite. Karine était une chic fille. Peut-être un peu trop monomaniaque pour lui, mais une fille bien quand même. Anouk partit avec lui ainsi que Sophie qu'ils passèrent prendre à Orly avant de mettre le cap sur les Alpes. Alexandre lui trouva la mine magnifique. Dans un état bien plus serein que celui dans lequel il l'avait quittée en janvier. Sophie parla de Barcelone pendant tout le voyage. Elle était intarissable. À l'entendre, la vie y était moins chère, plus facile, les gens plus aimables, la culture plus abordable, le temps plus clément, bref, un paradis sur terre. Anouk qui n'était pas née de la dernière pluie demanda si elle avait rencontré quelqu'un, mais Sophie éluda la question. Anouk n'insista pas. Plus tard dans la semaine, ils furent rejoints par Virginie et son fiancé, un dénommé Clément, gentil garçon bien qu'un peu insignifiant et par Marco, qui ne vint que le temps d'un week-end prolongé. Ce dernier n'aurait manqué de voir son frère pour rien au monde, mais il avait pris des engagements professionnels pour tout l'été et ne pouvait s'y soustraire. D'ailleurs, il ne l'aurait pas voulu. Sa vie prenait enfin un tour nouveau, le même essor dont les autres avaient joui jusqu'à présent et il était devenu inenvisageable de s'éloigner d'un rêve devenu réalité.

Un soir, après un barbecue organisé sur la terrasse du chalet, ils prirent des matelas, des coussins et allèrent s'allonger dans l'herbe au point culminant du jardin. Au-dessus d'eux, pas un nuage et une clarté parfaite qu'aucune lumière artificielle ne venait gâter. Les étoiles brillaient par milliers. On approchait de la nuit des étoiles filantes. Ils étaient couchés en cercle, la tête renversée en arrière, les yeux perdus dans l'immensité, dans un climat de paix. Ils n'entendaient que les bruits de la nuit qui succédaient au chant des grillons.

Marco et Guillaume se chargèrent assez rapidement de l'animation. D'un air savant, les deux frères détaillèrent les constellations qui s'étendaient au-dessus d'eux, allant de digression en digression, jusqu'à raconter n'importe quoi. Une fois la Grande Ourse localisée avec certitude, la seule qu'ils connaissaient, ils en inventèrent de nouvelles. Les rires ne tardèrent pas à fuser. Anouk fut la première à apercevoir

286

une étoile filante et Pauline indiqua qu'elle devait faire un vœu. Anouk prit le temps de réfléchir.

— Je souhaite… que mon déménagement se passe bien et ma nouvelle vie aussi !

— Ça fait deux vœux.

Alexandre releva la tête.

— Ton déménagement ? T'as trouvé un appart ?

— Oui, à Londres, je vais m'installer avec une copine.

Alexandre trouva la nouvelle un peu abrupte. Anouk ne lui avait pas du tout parlé de ce projet de retourner à Londres.

— Et c'est comme ça que tu me l'annonces ?! T'es gonflée, t'aurais pu me le dire !

— Bah, voilà, je te le dis, répliqua Anouk sans se laisser impressionner.

Alexandre se laissa retomber sur le dos, stupéfait.

— Je trouve ça super que tu retournes à Londres, intervint Sophie sans cesser de guetter les étoiles.

Alexandre poussa un soupir agacé. Depuis que Sophie avait quitté la France, elle encourageait tout le monde à partir.

— T'as des contacts là-bas ? demanda Guillaume.

— Plein ! Beaucoup plus qu'ici ! Et pour le boulot, artistiquement, il n'y a pas mieux.

— Ça c'est sûr, commenta Marco à mi-voix.

Anouk sourit. Depuis que Marco était arrivé au chalet, ils s'évitaient soigneusement, encore gênés qu'ils étaient de leur petite aventure. C'était la première fois depuis deux jours qu'il participait à une conversation la concernant.

— Là ! cria Sophie en pointant un doigt vers le ciel.

— Où, là ?

Ils scrutèrent l'endroit mais ne virent rien. Marco ricana.

287

— Il faut que t'arrêtes de fumer, c'est un satellite.

— Je sais faire la différence entre un satellite et une étoile filante, répliqua Sophie avec dédain.

— Tu parles, tout est bon pour faire des vœux. Du coup, Alex, tu vas pouvoir retourner chez toi ?

— Pourquoi, tu me mets dehors ?

— Non, mais j'ai des projets.

— Quels projets ?

— Je vais refaire mon appart.

— Tu refais ton appart ? interrogea Guillaume, étonné.

— Ouais, j'en peux plus de vivre là-dedans. La peinture craque de partout, le parquet est dégueulasse et je ne te parle même pas du carrelage de la salle de bains !

Amusée, Anouk se rappela la réflexion qu'elle avait faite à ce sujet lorsqu'elle avait passé la nuit à la Butte-aux-Cailles.

— Et tu vas faire quoi ?

— Je ne sais pas, mais je vais prendre le temps de faire un truc bien. Je termine mes commandes pour l'été et après je m'y mets. J'aurai le temps cet automne, ce sera plus calme.

— C'est cool, estima Guillaume simplement.

Alexandre eut la même appréciation. C'était cool. C'était même mieux que ça. Marco était en train de changer de vie. Il allait de mieux en mieux. Il grandissait par tous les côtés. Comme quoi, il ne fallait pas désespérer.

— Je viendrai t'aider, assura-t-il.

— Merci. Je ne sais pas encore par où je vais commencer, mais je te tiendrai au courant.

Peu après, Pauline se leva. Elle était fatiguée et commençait à avoir des crampes. Guillaume demanda si elle voulait qu'il vienne avec elle, mais Pauline l'encouragea à rester. Ce n'était pas si souvent qu'il était dans le pays de son

288

enfance en compagnie de ses vrais proches. Elle s'éloigna.

Quand elle fut partie, Sophie s'éclaircit la gorge :

— Bon, puisqu'on en est aux annonces, j'en ai une à faire… Voilà, je pense m'installer définitivement à Barcelone.

Anouk saisit la balle au bond.

— Comme ça ?

— Oui, comme ça.

— C'est bizarre, insista Anouk d'un ton moqueur.

Sophie ne put s'empêcher de laisser échapper un rire.

— Rien de bizarre là-dedans. Je t'ai dit que j'adorais Barcelone.

— T'as un mec ?

Sophie ne répondit pas et Virginie pouffa.

— Elle a un mec ! C'est qui ?!

— C'est personne, répondit Sophie d'un ton trop enjoué pour être honnête.

— Quoi ? T'as un mec ?! répéta Marco. Mais c'est quoi les filles cette nouvelle manie de faire des secrets ?

Alexandre songea à Karine, mais se garda bien d'en faire mention. Il n'avait pas du tout envie d'être jeté dans l'arène au milieu des lions et d'être harcelé de questions. Il laissait ce cadeau à Sophie.

— Je ne fais pas de secrets, riposta cette dernière. J'attends de voir.

— T'attends de voir quoi ?

— Je ne sais pas. Si c'est sérieux.

— Ah d'accord, fit Marco, inspiré. T'es pas amoureuse en fait.

— Mais je ne sais pas, c'est tout récent.

— Comment il s'appelle ?

— Raul.

— Raoul ?!

— En espagnol, ça sonne beaucoup mieux.

— Si tu le dis. Il fait quoi dans la vie ?

— Il est musicien.

— Cool, ça. Quand est-ce que tu nous le présentes ?

— Pas tout de suite.

— Pourquoi ? On ne va pas le manger.

— Ça, c'est pas sûr. On verra. Je n'ai pas envie de me précipiter.

— Il est moche ?

— Non.

— Il est con, alors ?

— C'est toi qui es con. T'as fini avec tes questions ?

— Ouais. Raoul… Tu parles d'un nom.

L'épisode fut clos et ils tentèrent de s'intéresser de nouveau aux étoiles. Mais l'envie leur avait passé. Il était tard. L'humidité commençait à imprégner leurs vêtements. Virginie proposa de rentrer et ils approuvèrent. Il restait encore à débarrasser la table qu'ils avaient laissée en désordre avant d'aller à l'extérieur. Ils s'y mirent à plusieurs. Quand ils eurent terminé, Alexandre saisit les bouteilles de vin vides qui trônaient sur la table afin que Sophie puisse secouer la nappe.

— Deux bouteilles ? s'étonna Marco en passant derrière lui. C'est tout ? La vache, on vieillit…

Alexandre opina et alla jeter les bouteilles.

290

Marco commença le chantier de son appartement en septembre. Il avait prévu de refaire en premier lieu la salle de douche puis la cuisine, la chambre et enfin le séjour. Un programme laborieux qu'il attaqua pourtant avec enthousiasme et une volonté de fer. Muni d'un burin et d'un marteau, il commença par faire sauter un à un les carreaux de la salle de bains. La personne qui les avait posés, son grand-père peut-être ou le propriétaire précédent, n'avait pas lésiné sur la quantité. Les murs en étaient couverts jusqu'au plafond et l'ouvrage s'avéra difficile. Il mit plus d'une semaine pour en venir à bout et faire sauter le dernier carreau. À la fin, la salle de bains était envahie de décombres. Il y avait de la poussière, des résidus de colle et des éclats de faïence éparpillés sur le sol que Marco ramassa jusqu'à la dernière miette. Puis il fit la même chose dans la cuisine, après avoir déposé les vieux placards en formica et être allé les porter à la déchetterie. Ces derniers laissèrent de vilaines traces marron sur les murs et des fissures invisibles auparavant. Marco décrocha également le luminaire en verre dépoli qui recouvrait l'ampoule du plafond, lequel manqua de lui glisser des doigts tant il était recouvert d'une pellicule de graisse

291

sale. Marco le jeta avec le reste et s'attaqua ensuite au parquet du séjour.

Pendant les six semaines que dura le gros œuvre, il vint dormir et se laver chez Alexandre. Il arrivait tard le soir puis repartait au matin vers la Butte-aux-Cailles. Un jour qu'il était occupé à poser le nouveau carrelage de sa douche à l'italienne (exit le vieux bac en plastique), il entendit quelqu'un qui chantait à proximité. Il mit un certain temps à comprendre d'où venait le bruit, car il travaillait lui-même au son de ses morceaux préférés que diffusait son *iPod* depuis la cuvette des toilettes où ce dernier était posé en équilibre. Quittant son poste de travail, Marco coupa la musique et écouta. Une fille chantait à côté, ou plutôt baragouinait des paroles en anglais sur un air qu'il ne reconnaissait pas. À première écoute, plutôt du sirupeux. Il pénétra à nouveau dans l'espace de sa future douche qui faisait caisse de résonance. La voix provenait de l'appartement voisin. De la salle de bains voisine, dont il déduisit qu'elle devait jouxter la sienne. Il percevait très bien le crépitement sourd de l'eau tombant dans le bac, puis le son plus métallique du liquide s'écoulant dans la tuyauterie. La voix était jeune. Qu'était-il advenu de la vieille chouette qu'il avait quittée avant l'été ? Il tendit l'oreille. La voix changea de mélodie et il crut reconnaître un air vaguement familier avant de s'apercevoir que la fille entonnait une sorte de medley de tous les films Disney. Des musiques de dessins animés ! Horrifié, il se fit plus attentif. En plus d'entonner des choses ridicules, la fille chantait fort et un peu faux. Heureusement, le bruit de l'eau brouillait sa voix et les paroles. Décidé à ne pas se laisser polluer, Marco saisit son *iPod* et poussa le son au maximum.

292

Dès la rentrée, Alexandre avait repris les tournages avec Karine. Tous deux avaient trouvé un accord. Lorsqu'ils étaient sur leur lieu de travail, ils travaillaient, mais une fois sortis ils pouvaient faire ce qu'ils voulaient de leur vie privée, en l'occurrence la passer ensemble. Karine était une femme indépendante et ne demandait pas à voir Alexandre tous les soirs, ce qui convenait parfaitement à ce dernier. Et, quand ils se voyaient, c'était surtout chez elle. Alexandre n'avait pas particulièrement envie de faire venir Karine chez lui pour une raison qu'il imputait à la présence fréquente de Marco et à son attachement à la liberté. Chat échaudé craint l'eau froide. Il n'était pas encore prêt à laisser quelqu'un du sexe opposé prendre ses marques dans son intimité. Et comme Karine ne le demandait pas, les choses se passaient à merveille. D'ailleurs il ne l'avait présentée à personne de son entourage. Il en parla simplement un jour à Marco, car il fallut bien trouver une justification au fait qu'il découchait régulièrement. Marco posa deux ou trois questions, mais pas davantage. Alexandre n'en dit pas plus. Peut-être parce qu'il n'y avait rien de plus à dire.

294

2008

296

L'appartement de la Butte-aux-Cailles fut inauguré peu après les fêtes, un samedi, lors d'une soirée à laquelle fut conviée une vingtaine de personnes. Craignant d'éventuels débordements, Marco avait fait exprès de recevoir tout ce petit monde non pas pour le Nouvel An, mais quelques jours après. Il venait de refaire son appartement et ne tenait pas à recommencer de sitôt. Tous les meubles étaient nouveaux et il avait passé un temps fou à les chiner dans des vide-greniers. Lui qui n'était pas matérialiste pour un sou, qui généralement se moquait de tout, se découvrait un intérêt soudain pour les choses matérielles. Peut-être parce que, pour la première fois de sa vie, il en possédait de belles. L'idée qu'on puisse les abîmer l'ennuyait. Le résultat était beau, moderne sans être froid et il en était fier. Depuis qu'il avait pris possession de son nouvel espace de vie, il le rangeait tous les jours, soucieux d'en conserver l'esthétique. Son côté de Beauch sans doute qui ressortait sur le tard et progressivement il abandonnait sa peau de vilain petit canard. Dans la même optique, il avait mis les petits plats dans les grands en remplaçant les assiettes et gobelets en carton par des plats en céramique et des verres à pied qui lui avaient coûté une fortune. Quand la nuit tomba sur les coups de dix-huit heures, il éteignit le plafonnier du séjour pour ne garder allumés qu'un lampadaire et deux lampes sur pied. Content, il contempla la pièce qui baignait dans une atmosphère tamisée et songea que l'année précédente, à la même époque, il vivait encore dans un appartement repoussant de saleté et n'avait pas d'emploi. Il s'interrogea sur ce qui avait bien pu le propulser dans une autre dimension en si peu de temps. De la chance, assurément. Mais une chance qu'il ne devait qu'à lui-même. Après avoir touché le fond, il avait commencé une thérapie qui, petit à petit l'avait aidé à prendre confiance en lui. De là, il s'était décidé à chercher du travail et à force de persévérance en avait trouvé. L'agence pour laquelle il avait travaillé ces derniers mois venait de lui proposer un poste fixe en tant que directeur de création junior. Pour le Marco d'avant, une telle chose aurait relevé de l'utopie mais pour lui, c'était désormais une réalité. Un grand sourire éclaira son visage. Peu à peu, il devenait heureux. Il avait hâte de recevoir ses amis.

L'invitation stipulait que les festivités débutaient à dix-neuf heures, chacun étant libre d'aller et venir comme il l'entendait. Virginie, Clément, Céline et Édouard vinrent ainsi que Sophie qui était revenue de Barcelone pour passer Noël en famille. Alexandre arriva au bras d'Anouk qui n'avait pas prévenu de sa venue. Marco fut réellement heureux de la voir et ne le cacha pas. Cela faisait plusieurs mois que l'incident entre eux s'était produit et la connivence qu'ils avaient précédemment entretenue lui manquait. Il embrassa Anouk et la serra contre lui en disant son bonheur de la voir. À moitié en plaisantant, Alexandre l'attrapa par

298

l'épaule en lui ordonnant de ne pas en profiter. Marco fut tenté de lui répondre que c'était trop tard, juste pour voir sa tête, mais se retint. Ce n'était pas le moment d'avoir un arrêt cardiaque sur les bras. Il se contenta d'échanger avec Anouk un clin d'œil discret.

Le reste des invités était composé de six ou sept anciennes relations d'école avec lesquelles Marco avait renoué, pour la plupart des artistes un peu décalés mais sympathiques, ainsi que plusieurs de ses nouveaux collègues. Quant à ses parents, qui ne s'étaient pas rendus une seule fois à la Butte-aux-Cailles depuis qu'il y avait emménagé, il s'agissait de leur montrer de quoi il était capable et de leur prouver qu'il pouvait être heureux sans eux. Il n'en eut pourtant pas l'occasion. Arnaud ne vint pas, retenu par une réunion de dernière minute et Anne-Marie ne fit que passer en coup de vent avant de sortir dîner. Marco n'en prit pas ombrage. Depuis quelque temps, il apprenait à faire le deuil de ses parents ou, en tout cas, d'une reconnaissance qui ne viendrait pas. En revanche il accueillit à bras ouverts le père d'Alexandre. Claude venait voir ce qu'il était advenu des deux fauteuils clubs dont il souhaitait se débarrasser et que Marco avait récupérés après avoir insisté pour les lui racheter. Claude avait offert les fauteuils contre la promesse de boire un bon verre de vin lors de la crémaillère. Honorant ses engagements, Marco lui servit un excellent bordeaux. Ils discutèrent une bonne heure tous les deux, puis Claude quitta la soirée au moment où le gros des invités arrivait. En croisant Sophie, il se garda bien de mentionner que, plus tôt dans la journée, il avait déjeuné en tête à tête avec sa mère, Évelyne, son amour de jeunesse, et qu'il avait annulé toutes ses consultations pour passer l'après-midi avec elle. Sans se douter de rien, Sophie le salua et pénétra dans l'appartement.

La soirée se termina à deux heures du matin après que Marco eut mis les derniers fêtards dehors. Devant ceux qui l'accusèrent de vieillir, il fit valoir que le dernier semestre l'avait épuisé. En quelques mois, il avait refait son appartement et cumulé beaucoup de missions à l'agence. Il n'avait pas arrêté une seconde. Les protestataires quittèrent l'immeuble sans trop de problèmes en promettant que la revanche aurait lieu. Marco referma la porte sur eux en répondant avec humour aux quelques invectives qu'on lui lançait depuis l'escalier. En réalité, il était fatigué mais pas tant qu'il était rassasié. La soirée avait été excellente, il n'en demandait pas plus. Là où auparavant il aurait traîné jusqu'au bout de la nuit pour chasser l'ennui, il était dans le cas présent plutôt content d'aller se coucher. Il avait vingt-sept ans, il était deux heures du matin et il était serein.

Quand l'appartement fut à nouveau calme, il baissa la musique, ouvrit les fenêtres en grand malgré le froid glacial et sortit sur le balcon pour y déposer les cadavres des bouteilles bues dans la soirée. Il en était à son deuxième aller-retour lorsqu'il entendit la porte-fenêtre de l'appartement voisin qui s'ouvrait et quelqu'un qui entrait sur le balcon. *Shine on you Crazy Diamond* des Pink Floyd lui parvint à l'oreille depuis la porte restée entrouverte. Il s'arrêta de bouger. De l'autre côté du cache-voisin, une chaise grinça et il entendit le cliquetis d'un briquet. Un jet de fumée, fin et direct, s'échappa vers la rue. Pris au piège, Marco réfléchit. S'il rentrait chez lui maintenant, sans manifester sa présence ni la saluer, la voisine l'entendrait et le prendrait pour un malotru. Pire, elle pourrait prendre peur et crier. D'un autre côté, s'il restait sans bouger jusqu'à ce qu'elle quitte le balcon, il courait le risque d'attraper la mort. Sans compter sur le fait que si elle s'apercevait ensuite de sa présence, ce serait encore plus bizarre. Il était contraint de faire connaissance. Après tout, cela faisait près de six mois qu'ils vivaient côte à côte sans s'être jamais croisés. Il prit son courage à deux mains.

— Eh bah voilà, lança-t-il en l'air. Enfin de la bonne musique !

De l'autre côté du cache-voisin, la chaise grinça de nouveau et une silhouette se pencha au-dessus de la rambarde. Sourcils froncés.

— Pardon ?

Malgré l'obscurité ambiante, Marco fut séduit par les yeux qui l'observaient. Canon aurait été exagéré mais très jolie, oui, c'était approprié. Cheveux mi-longs, châtains, yeux en amande, longs cils. Vingt-quatre, vingt-cinq ans peut-être.

— C'est vous, le voisin ? demanda la jeune femme sans se départir de sa moue contrariée.

— Oui.

— J'ai entendu votre musique toute la soirée.

Marco songea que lui aussi avait entendu sa musique. Et plus d'une fois !

— Il fallait venir, répondit-il. J'avais mis un mot en bas à ce sujet.

— J'ai vu. Mais je n'étais pas d'humeur à sortir. C'était bien ?

Elle s'interrompit pour regarder le cache-voisin.

— Ça m'énerve ce truc, je ne vous vois pas !

301

Marco s'approcha et retira d'un coup sec le panneau de bois.

— C'est mieux comme ça ?

Son interlocutrice eut un sourire timide. Elle ne s'était pas attendue à une solution si radicale.

— Oui, merci.

Elle tira sur sa cigarette. Marco la regarda faire.

— Vous en voulez une ? proposa-t-elle quand elle remarqua son regard insistant.

Il n'osa pas dire que, plus que sa cigarette, c'était sa bouche qui retenait son attention.

— Non, merci. J'essaye d'arrêter. C'est ma nouvelle résolution.

— C'est bien comme résolution.

— Oui. Je me suis dit qu'il fallait profiter du fait que, maintenant, c'était interdit dans les bars.

— Je comprends. Désolée.

Elle allait s'éloigner, mais Marco l'interpella :

— Non, mais ça va là, vous pouvez rester. Je ne suis pas allergique non plus.

— Ok.

— Et puis, je compense…

— Avec quoi ?

— Vin, bière, vodka…

— Pas mal.

— Merci. Et toi ?

Il la dévisagea.

— On va se tutoyer, non ? C'est la première fois que je te vois fumer sur le balcon…

— Je ne fume que quand je suis énervée.

— Ah.

Marco se sentit obligé de demander pourquoi. Les conventions sociales l'exigeaient. Il prononça la première phrase qui lui vint à l'esprit et qu'il avait entendue de nombreuses fois dans la bouche des filles.

— Tu veux en parler ?

Son interlocutrice lui lança un regard stupéfait qui selon les mêmes conventions signifiait qu'ils ne se connaissaient pas et qu'il n'y avait aucune raison pour qu'elle lui raconte sa vie. Gêné, il enchaîna :

— Ou pas, hein. Rien d'obligé.

Il laissa passer un temps.

— Remarque, ne le prends pas mal, mais, quelque part, ça me rassure. Je commençais à croire que ça ne t'arrivait jamais.

— De quoi ?

— D'être énervée.

— Comment peux-tu le savoir ? On ne se connaît pas.

— On ne se connaît pas, mais j'en ai bouffé du Chantal Goya !

— Quoi ?

Marco décida de se jeter à l'eau. Foutu pour foutu, il préférait être honnête.

— Ouais, pardon, mais tes musiques à la con, là… J'entends tout quand t'es là.

Sa jolie voisine perdit toute son assurance et se prit le visage entre les mains.

— T'entends ça ?!

Marco éclata de rire.

— Ouais !

— Mais les mecs ne sont pas censés savoir ça !

— Et Le *rêve bleu* sous la douche ?

— Oh, non !

Elle se laissa tomber sur la chaise.

— C'est tout ?

— J'en garde pour plus tard.

Elle était rouge de honte. Marco la trouvait très mignonne dans son embarras.

— Tu vois, en fin de compte, je te connais bien, dit-il pour la sauver de cette situation. Tu peux me dire ce qui ne va pas. Mais, par contre, si ça ne te dérange pas, on va rentrer. Parce que je commence à avoir super froid.

La voisine posa sur lui un regard dubitatif. Ses yeux suspicieux étudièrent son visage, descendirent le long de son cou, de sa chemise, s'attardèrent sur ses avant-bras, ses mains. S'agissait-il d'une nouvelle technique de drague, d'une conversation malsaine entre deux inconnus ou d'une réelle empathie de la part d'un voisin ?

— Ça me rappelle un film, dit-elle en relevant le menton.

— Lequel ?

— *La Vie des autres.*

— Le truc sur la Stasi ?!

Il trouvait la comparaison un peu rude.

— Oui, mais pas que, corrigea la voisine qui avait noté son changement de ton. C'est aussi l'histoire d'un mec qui espionne ses voisins et en tombe amoureux.

Marco ne put s'empêcher de baisser le regard. La fille était directe et le fixait intensément. Elle devait se demander qui était ce drôle d'oiseau qui l'espionnait en cachette. Quand il releva la tête, elle souriait et il l'imita.

— Il te reste quelque chose à boire ? demanda-t-elle d'un ton léger.

— Bien sûr !

304

Il ouvrit la porte qui menait à son appartement et l'invita à entrer. Elle passa devant lui en le frôlant.

— Au fait, je m'appelle Pénélope.

— Moi, c'est Marc-Antoine, dit Marco. Mais tout le monde m'appelle Marco. Et je tiens à dire que, contrairement aux apparences, je ne suis pas un fêlé qui passe sa vie à écouter aux portes.

— Dommage. Tu sais ce qu'on dit des fêlés ?

— Non.

— Qu'ils laissent passer la lumière…

Elle soutint son regard et Marco eut soudain chaud dans la poitrine, au visage et jusque dans le creux des mains. Il referma la porte sur eux avec un grand sourire aux lèvres. Il n'était après tout que deux heures du matin.

306

Deux mois plus tard, le téléphone d'Alexandre sonna à six heures et demie et le fit sursauter. Le cœur battant, il chercha l'appareil à tâtons et, le trouvant, fut surpris de constater que l'appel provenait de Sophie. Discrètement, il quitta le lit et passa dans le salon.

— Allo ?

Il s'approcha de la fenêtre et souleva le rideau. Il faisait nuit noire.

— Alex ?

— Ouais.

Il trouva sa voix un peu trop rauque et se racla la gorge.

— Excuse-moi, je te réveille...

— Il y a un problème ?

La voix de Sophie avait quelque chose d'anormal. Ou peut-être était-ce seulement l'heure matinale de son appel.

— Tu vas travailler aujourd'hui ?

— Oui, pourquoi ?

— Parce que je sais que parfois tu as des jours off, quand tu ne tournes pas.

— Je suis en montage aujourd'hui.

— Ah.

Sophie s'interrompit. Il se rapprocha de la chambre et entrouvrit la porte. Karine était assise sur le lit en train de se frotter les yeux. Il lui fit un signe de la main.

— S'il y a quelque chose de particulier, reprit-il en regardant toujours Karine, je peux éventuellement me libérer.

À l'autre bout du téléphone, Sophie poussa un soupir de soulagement.

— Je veux bien. On pourrait se retrouver en fin de matinée au Luxembourg ?

— T'es pas à Barcelone ?

On était en plein mois de février.

— Non, je fais un aller-retour à Paris. Ça te va si on dit onze heures ?

Alexandre opéra un rapide calcul mental.

— Ça me va.

— Ok, parfait. Onze heures devant le Sénat. À tout à l'heure.

Alexandre garda le téléphone en main quelques secondes après que Sophie eut raccroché. C'était sans doute l'appel le plus étrange qu'il eût jamais reçu de sa part. Pourtant, il savait Sophie capable de cela. Peut-être même n'avait-elle rien de spécial à lui dire. Juste l'envie de le voir sans réaliser qu'il avait de son côté des choses plus urgentes à faire. Bah, dans le doute, il irait quand même. Karine sortit de la chambre à ce moment-là et se dirigea vers la salle de bains. Il la suivit et prit appui sur le lavabo pendant qu'elle entrait dans la douche. Il la regarda à travers la vitre. Karine ne s'en formalisa pas. La nudité ne l'avait jamais dérangée. Le voyeurisme de son amant non plus. Elle ouvrit le robinet et la buée s'éleva contre les parois.

308

— C'était une copine, lança Alexandre d'une voix forte pour couvrir le bruit de la douche. Je vais aller la voir aujourd'hui.

Karine fit coulisser la vitre de la douche.

— Je terminerai le montage ce soir, ajouta-t-il. Cette nuit s'il le faut.

Sans un mot, Karine referma la vitre et recommença à se laver.

— Sauf si ça te pose un problème... ?

— C'est toi qui gères ton temps, répondit Karine la tête sous le jet. Moi du moment que le montage est fait...

Alexandre acquiesça. L'affaire était réglée. Il regrettait seulement que Karine ne pose pas plus de questions au sujet de ladite copine qui l'appelait à sept heures du matin. Un peu de jalousie n'aurait tué personne. Mais Karine et lui n'entretenaient pas ce type de relation. Karine était une fille indépendante. Peut-être un peu trop. Même si, nue sous la douche, elle était un joli spectacle à regarder.

Lorsqu'il retrouva Sophie devant le Sénat, il faisait encore froid mais le ciel s'était découvert. Il n'y avait pas un nuage à l'horizon, seulement l'azur d'un bleu profond. Sophie l'attendait en sautillant d'une jambe sur l'autre. Elle tenait dans ses mains un cornet de marrons chauds et lui en proposa lorsqu'il arriva. Il déclina.

— Je m'étais dit qu'on pourrait aller voir cette expo, reprit Sophie en désignant les panneaux d'affichage du Palais du Luxembourg. Mais, finalement, je crois que je préfère marcher.

Alexandre songea que la température n'allait pas tarder à monter et qu'il n'avait pas non plus envie de s'enfermer dans un musée.

— Ça me va. Si jamais on a trop froid, on entrera dans un café.

— Parfait.

Ils pénétrèrent dans les jardins du Luxembourg et trouvèrent qu'il y avait peu de visiteurs, même pour un jour de semaine. Ils passèrent devant les courts de tennis et les tables de jeu d'échecs désertés. Sophie s'extasia sur les premiers bourgeons naissants, puis ils se dirigèrent vers les bassins et s'assirent sur des fauteuils en plein soleil. Sous l'effort combiné des rayons et des marrons, ils se réchauffèrent.

— Désolée de t'avoir appelé si tôt, débuta Sophie au terme d'un court silence. Je ne voulais pas te rater.

— Pas grave. C'est surtout ma copine que tu as réveillée.

— Ah, désolée. Je ne savais pas qu'elle était chez toi.

— En l'occurrence c'est moi qui étais chez elle.

— Tu m'excuseras auprès d'elle.

— Oui.

Sophie plongea la main dans le cornet et en sortit un marron. Elle en croqua un morceau du bout des dents.

— Merde, c'est chaud !

Elle écarta le marron et souffla dessus. Alexandre gardait les poings enfoncés dans les poches.

— Comment ça se fait que tu ne sois pas à Barcelone ?

— Je t'ai dit que j'avais des trucs à faire à Paris, répondit Sophie sans donner plus de détails.

— Ah, ok.

Il fronça les sourcils.

310

— Ça va avec ton mec ?

— Oui, répondit Sophie en goûtant à nouveau le marron refroidi.

— Comment il s'appelle déjà ?

— Raul.

— Ah oui, c'est vrai. Difficile pourtant à oublier.

Sophie ne répondit pas et il laissa passer un moment. Quelque chose le tracassait. Il insista.

— T'es sûre que ça se passe bien entre vous ?

Sophie braqua sur lui un regard étonné.

— Mais oui, ça se passe bien. Il est gentil.

— Quand on dit ça, généralement...

Sophie eut à cet instant une réaction épidermique.

— Quoi, quand on dit ça ?! s'énerva-t-elle brutalement. C'est quoi le problème d'être gentil ?!

Alexandre leva les mains en signe de reddition.

— Qu'est-ce que j'ai dit...?

Sophie le toisa puis son expression passa de la colère à l'hésitation et enfin à la tristesse. Son regard se voila.

— Rien. C'est juste que tu n'es pas le premier à me dire ça.

Alexandre l'observa. Il savait que à l'instar de son cousin Marco, Sophie était difficile à faire parler. Mais il n'allait pas la laisser se défiler. Il commençait à pressentir que si elle l'avait appelé à sept heures du matin, ce n'était pas seulement pour manger des marrons chauds avec lui.

— Qu'est-ce qu'il y a, Soph ?

Le regard toujours ailleurs, Sophie haussa les épaules. Il lui donna un coup de coude amical.

— Hé... Je croyais qu'on pouvait tout se dire.

Quand Sophie le regarda enfin, il s'aperçut qu'elle pleurait. Pas beaucoup, mais un peu. Juste une larme perdue sur sa joue. Elle l'essuya d'un geste brusque.

— T'étais au courant que ton père avait vu ma mère ? lâcha-t-elle de but en blanc.

Alexandre fit la moue. Il ne voyait pas le rapport entre Sophie, son père, et encore moins Raul.

— Non...

— Eh bien je te le dis. Ils se sont vus plusieurs fois.

— Pourquoi ?

— Parce que maman est malade.

Alexandre accueillit la nouvelle avec une tristesse sincère même s'il avait souvent craint que Sophie ne vienne la lui annoncer. Évelyne était malade ou plutôt devait-on dire, de nouveau malade. Cela ne l'étonnait qu'à moitié dans la mesure où la dépression était un mal terrible qui jetait son ombre gluante sur ses proies pour ne les lâcher que rarement. Cette maladie indéfinissable, dont on taisait le nom, était un vrai fléau. Si Évelyne était retombée dedans, ce n'était pas de bon augure. Il étreignit l'épaule de Sophie et demanda si son père était le médecin le plus qualifié pour soigner Évelyne. À son sens, un psychiatre était plus indiqué.

Sophie eut alors un rire désabusé.

— Putain, Alex... Elle n'est pas dépressive, elle a un cancer !

Sophie le défiait du regard, guettant sa réaction.

— Je... je ne sais pas quoi dire.

— C'est parce qu'il n'y a rien à dire.

— Un cancer de quoi ?

— Du sein.

Ce fut une petite consolation. Du peu qu'il connaissait de cette maladie, il avait entendu que le cancer du sein figurait parmi ceux qui se soignaient le mieux. Il le dit à Sophie.

— Peut-être. J'espère que tu as raison.

Il espérait aussi.

— Le problème c'est que je crois que ça fait déjà plusieurs mois que ça traîne.

— C'est ce que ta mère t'a dit ?

— C'est ce que j'ai cru comprendre en discutant avec mon père. Elle, elle minimise. Mais j'aurais dû me douter que quelque chose n'allait pas. À Noël elle a insisté pour que je reste deux semaines en France. Elle ne demande jamais ça.

— Tu n'es plus une gamine, elle aurait dû te dire la vérité.

— Je crois qu'elle culpabilise.

Alexandre songea que le genre humain était décidément étrange. Culpabiliser parce qu'on était malade était un concept qui lui échappait.

— C'est pour ça que je suis là, poursuivit Sophie. J'ai besoin de savoir. Tu crois que ton père accepterait de me voir pour en parler ?

Alexandre plissa le front. Claude accepterait de voir Sophie, le doute n'était pas de mise, mais quant à lui parler de la maladie de sa mère, c'était autre chose. Claude était très à cheval sur le secret professionnel.

— Je peux toujours essayer...

— Je veux bien.

— Et ton frère ? Il prend ça comment ?

— Pas bien justement. Il a pété les plombs.

Alexandre hocha la tête. Cela ne l'étonnait pas non plus. À ses yeux, Laurent avait toujours été une cocotte-minute sur le point d'imploser.

— Qu'est-ce qu'il a fait ?

— Quand il a su, il s'est enfermé dans sa chambre pendant deux jours et il a démonté son piano.

— Hein ?!

— Ouais, démonté. Il a profité que papa ne soit pas là pour le démolir. Il l'a bien esquinté.

— Mais... pourquoi ?

— Ça, si je le savais... Il a décrété qu'il ne voulait plus jamais toucher un piano de sa vie. Ça va faire trois semaines qu'il n'a pas remis les pieds au conservatoire.

— Mais c'est délirant ! Il adore le piano ! Qu'est-ce qu'il va faire s'il abandonne ?

— Je ne sais pas, répondit Sophie la mine fermée.

Alexandre sentit qu'elle n'était pas loin de craquer. Il laissa passer une seconde.

— Qu'est-ce qu'il fait de ses journées du coup ?

— Rien. Il traîne.

— Et ton père ne lui dit rien ?

Sophie eut un sourire plein d'ironie.

— Tu sais, il fait ce qu'il peut. Il a déjà maman à gérer. Comme s'il avait besoin de ça...

— Il a quel âge déjà, Laurent ?

— Dix-sept.

Alexandre eut une pensée pour François, le père de Sophie, et le plaignit. Porter à bout de bras une épouse malade et un adolescent mal dans sa peau, c'était beaucoup pour un seul homme.

— Heureusement, je suis là, dit Sophie en lisant dans ses pensées. Je vais essayer de m'occuper de Laurent.

Alexandre acquiesça. Il hésitait à dire à Sophie que pour elle aussi, le bagage était lourd à porter et que ce n'était pas son rôle mais il savait que, en tout état de cause, elle ne pouvait faire autrement. Sa mère, son père et son frère avaient besoin d'elle. Ils étaient à la fois son fardeau et son oxygène. Il connaissait bien ce sentiment pour l'avoir éprouvé, à moindre mesure, au moment où Anouk n'allait pas bien. Cette sensation d'être pieds et mains liés au destin des siens. Il prit le temps de réfléchir à ce qu'il allait dire.

— Est-ce que tu as besoin d'aide ?

C'était la chose la plus simple et en même temps la plus sensée qui lui venait à l'esprit. Sophie lui renvoya un regard plein de sollicitude.

— Oui, merci. Dans un premier temps, il faut que je parle à ton père.

— Tu rentres quand à Barcelone ?

— Aucune idée. Dès que je pourrai.

Alexandre se promit d'user de toute sa force de persuasion pour accéder à son vœu le plus tôt possible.

Claude accepta immédiatement de recevoir Sophie. En accord avec elle, il lui expliquerait le protocole de soins qu'Évelyne allait suivre et répondrait à toutes les questions qu'elle poserait sur la maladie en général. En revanche, il refusait d'aborder le cas particulier de sa mère. Malgré toute l'affection qu'il avait pour Sophie, ces données restaient confidentielles et il ne pouvait trahir Évelyne qui, en plus d'être son amie, était devenue sa patiente. Sophie accepta le contrat. Elle rencontra Claude dans son service d'oncologie le surlendemain de son entrevue avec Alexandre. De tout leur entretien, Sophie ne retint que trois mots : chirurgie, chimiothérapie et radiothérapie. Des mots à la fois effrayants et banals, dépouillés de leur sens initial, de leur moelle, tant ils faisaient partie du vocabulaire usuel, tant ils appartenaient à un mal populaire : le cancer.

Bien qu'attentive à ce qui lui était raconté, Sophie perçut les mots comme s'ils étaient prononcés à travers une épaisse couche de coton. Comme Claude refusait par ailleurs d'évoquer le cas d'Évelyne, elle eut l'impression qu'on ne parlait pas de sa mère, voire que le sujet ne la concernait pas, tout en sachant pourtant que c'était le cas. Une chose la taraudait : en quelques mois, sa mère avait perdu beaucoup de poids. Claude la rassura, c'était normal. Sa mère avait mauvaise mine. C'était normal. Elle dormait mal la nuit, normal aussi. Finalement tout était normal. La douleur, l'attente, l'inconnu et même la peur. Et la mort ?

Claude s'employa à rester le plus factuel possible sur les éléments qu'il lui confia. Sa grande crainte était que l'une ou l'autre de ses paroles ne soit mal interprétée. Aussi, quand Sophie lui demanda à quel stade en était le cancer de sa mère et si ce dernier était grave, il l'invita à en parler directement avec Évelyne. Sophie se souvint des conditions qu'il avait posées et n'insista pas. D'ailleurs, à cet instant, elle ne le souhaitait plus. Car même s'il avait fait tout son possible pour demeurer impassible, un sentiment avait filtré du regard de Claude lorsqu'elle avait posé la question. Quelque chose qui l'avait frappée directement au cœur et qui dévoilait derrière son rôle d'éminent docteur ce que Claude avait de plus humain. C'était de la tristesse, la vraie, sans consolation autour.

316

Durant les mois qui suivirent, Sophie se partagea en deux, laissant tour à tour son corps et son cœur à Barcelone ou à Paris. Elle fit de nombreux allers-retours. Au début, elle ne revint que deux week-ends par mois puis, lorsque l'on trouva des métastases dans les poumons de sa mère, elle allongea la durée de ses séjours en France. Les gens du consulat furent très compréhensifs et s'arrangèrent pour lui trouver un poste équivalent au ministère de l'Intérieur à Paris lorsqu'elle en formula le souhait. C'était avant l'été. Évelyne ne quittait alors plus sa chambre d'hôpital. Sophie ne se voyait pas repartir à Barcelone. Son père, François, était un fantôme, son frère Laurent, un absent. Le temps de sa mère était compté et Paris la rappelait. Elle quitta donc Barcelone à la mi-juillet sous le regard embué de ses colocataires qui, chacun leur tour, la serrèrent dans leurs bras. May ne put s'empêcher de pleurer à chaudes larmes. Sophie la consola. C'était le monde à l'envers.

Restaient Raul et leur liaison. À Alexandre qui l'interrogeait un jour sur l'intérêt de poursuivre une relation avec quelqu'un dont elle n'était pas follement amoureuse,

Sophie répondit qu'elle n'éprouvait tout simplement pas l'envie de rompre. Que Raul se débrouillait pour venir en France au moins deux week-ends par mois, quand ce n'était pas trois, et que sa présence lui faisait du bien. Dans les heures sombres qu'elle traversait, il était un soutien précieux. Raul était quelqu'un de gentil, elle l'avait déjà dit et s'occupait bien d'elle. Il était une béquille dont elle ne pouvait se passer. Elle n'avait pas la force de le faire. Amère, elle ajouta qu'Alexandre était mal placé pour lui faire la leçon sur ce qu'il convenait de faire ou non en matière de relations amoureuses. C'était sans équivoque une allusion à Karine et il encaissa le coup sans riposter. Il rompit néanmoins avec Karine peu de temps après, sans drame, sans effusion, à l'image de ce qu'avait été leur simulacre de relation durant quelques mois. Il ne fit plus aucun commentaire sur Raul et se montra même très accueillant avec ce dernier lorsqu'il fit sa connaissance. Que Raul fût ou non l'homme de la vie de Sophie ne regardait personne sauf elle et constituait, à vrai dire, une question secondaire. Une seule priorité comptait : être présent pour elle. C'était l'objectif que Marco, Virginie, lui et même Anouk, bien qu'elle fût de l'autre côté de la Manche, s'étaient fixé. Sophie avait peu d'amis en dehors d'eux et ils savaient leur présence cruciale. C'était le moins qu'ils pouvaient faire, car, de son côté, elle s'épuisait à soulager ses parents de toutes les manières qu'elle pouvait. Le jour, elle travaillait au ministère, le soir, elle faisait des courses et préparait un dîner rapide pour François, Laurent et elle. Le week-end, elle allait voir sa mère et parfois aussi après en soirée lorsque, avec son père, ils en trouvaient le courage. Laurent ne venait que rarement. Depuis janvier, il n'avait pas remis les pieds au conservatoire et s'était inscrit à des cours par correspondance pour passer un bac ES. Parcours classique et sans anicroche, mais à dix mille lieues de ses capacités. François le laissait faire, n'ayant pas le courage de lutter et Sophie, qui était convaincue que son frère commettait l'erreur de sa vie, ne trouvait pas le moyen de le lui faire comprendre. L'âge, la situation difficile ou peut-être simplement son expatriation temporaire à Barcelone les avaient éloignés l'un de l'autre et ils n'arrivaient plus à communiquer. Elle avait bien demandé à Alexandre et Marco de le faire parler, mais eux aussi s'étaient heurtés à un mur. Lorsque l'on évoquait la maladie de sa mère ou le piano, Laurent se fermait comme une huître. Soit il ne disait rien, soit il répondait par des onomatopées et des poncifs tels que « C'est comme ça ». Alexandre et Marco étaient revenus bredouilles, ce qui avait attristé Sophie sans pourtant qu'elle puisse y remédier, du moins dans l'immédiat. Sa priorité demeurait sa mère à qui elle rendait visite autant que possible.

Depuis quelle se savait atteinte d'un cancer, Évelyne avait changé. Pour ceux qui la connaissaient peu, ce changement serait passé inaperçu mais, pour Sophie, c'était flagrant. Se sachant condamnée, Évelyne s'ouvrait à sa fille et celle-ci, touchée, se montrait à l'écoute. Elle voulait profiter de chaque minute auprès de sa mère tout en regrettant qu'il ait fallu entrer dans une impasse pour qu'enfin les langues se délient. Évelyne était très affaiblie et dormait souvent, parfois elle s'absentait, mais même lorsqu'elle était dans cet état, la communication passait. Sophie et François lui serraient la main et cela suffisait. Faisant alors abstraction de la chambre d'hôpital, des cathéters et des perfusions, Sophie chérissait ces instants qui s'étaient faits rares au cours des dernières années, notamment depuis la dépression. Elle ne souhaitait qu'une chose : que sa mère parte en paix.

Un jour qu'elle était éveillée, Évelyne appela sa fille à son chevet. Elle désirait lui parler seule à seule. Sophie s'assit sur le lit avec le ventre lourd d'émotions contenues. Elle devinait au regard posé sur elle que ce qui allait se dire serait essentiel. De fait, quelques secondes après, sa mère s'excusa. Elle lui demandait pardon pour toutes ces années où Sophie avait dû la remplacer. Elle savait que le rôle d'une petite fille n'était pas celui-là. Mais elle n'avait pas su faire autrement et avait à cœur désormais d'expliquer ce que, à l'époque, ni elle ni personne n'avait compris.

Depuis toute petite, elle s'était toujours sentie plus faible que les autres. La faute à son tempérament sans doute, elle n'accusait personne. Elle n'avait jamais aimé prendre de responsabilités et toujours laissé les autres s'en charger. Elle n'avait jamais rien accompli de son propre chef et, dans cette même idée, n'avait pas terminé ses études. En se mariant, elle était passée de la protection de ses parents à celle de son mari. A posteriori, elle regrettait ce refus de grandir dû à une extrême couardise. C'était cette même peur qui l'avait empêchée d'être mère. La naissance de Sophie lui était apparue comme un jeu. Un jeu de petite fille à qui l'on aurait confié une poupée. François avait pris sur lui de s'occuper de toutes les choses sérieuses et avait géré pêle-mêle l'éducation, les projets et les finances. Elle, elle s'était contentée de suivre avec son enfant. Un seul était d'ailleurs bien assez. Lorsque, neuf ans plus tard, elle était tombée enceinte de Laurent, elle avait vécu cela comme une trahison. Elle n'avait pas eu envie de renoncer à sa liberté. Avoir une

320

fille lui allait très bien. Sophie avait neuf ans, elles étaient complices, c'était une petite femme, une future amie. Mais un garçon qui arrivait sans prévenir, c'était une punition. Pauvre Laurent. Elle regrettait à présent ses manquements et savait qu'elle n'était pas étrangère aux errements de son fils. Sophie ne répondit pas. De toute façon, elle en aurait été incapable. Elle respirait en apnée. Sa mère continua pourtant de lui parler. Elle pensait souffrir de ce que les psychologues nomment le complexe de Peter Pan. Peut-être était-ce d'ailleurs ce complexe qui avait donné naissance au crabe qui lui mordait le sein. Ce n'était pas impossible. Depuis que la maladie s'était déclarée, elle avait beaucoup réfléchi à ce sujet. Elle avait lu des ouvrages, s'était entretenue avec des médecins, des aumôniers, des psychologues. Peu à peu, elle acquérait la certitude que le mal ne survenait pas par hasard. Elle était arrivée à la limite de son complexe. Le cancer la rattrapait et elle ne vieillirait pas. Très paradoxalement, c'était aussi la maladie qui la faisait grandir et lui donnait subitement le courage dont elle avait toujours manqué. Parce que soudain elle ne risquait plus rien. Elle connaissait la fin. Le temps lui manquait et n'admettait plus les faux-semblants. En outre, la peur avait disparu. Et, à part certaines choses qu'elle souhaitait régler absolument, elle partait sereinement.

Sophie pleurait. Sa mère l'attira à elle. Elle guida sa tête qu'elle posa sur son épaule et caressa les longs cheveux. Sophie ne pouvait plus s'arrêter. Les vannes s'ouvraient et tout ce qu'elle avait accumulé de peine pendant des années se déversait sur les épaules de sa mère. Évelyne ne disait rien et continuait de caresser. Sophie se retira cependant car elle sentait que sa mère faiblissait. Quand elle la regarda, cette dernière lui souriait.

— Je voudrais que tu me pardonnes, répéta Évelyne.

Sophie était incapable de parler, mais elle hocha la tête franchement. Évelyne poussa un soupir de soulagement. Elle était contente. Sophie aussi. Puis sa mère se redressa et, l'air très sérieux, lui demanda de lui amener Laurent. De force, s'il le fallait. Sophie acquiesça avant de s'essuyer le visage. Elle était trempée de larmes.

Ce qu'il se dit dans la chambre d'Évelyne le jour où Sophie y conduisit son frère, ni elle ni son père ne le surent. Mais quand elle vit sortir Laurent deux heures plus tard, Sophie lui trouva l'œil moins noir.

Une semaine après, Évelyne fut transférée en unité de soins palliatifs. Elle n'était plus que l'ombre d'elle-même. Inconsciente la plupart du temps, droguée à la morphine, elle n'entrouvrait que rarement les paupières. Sophie et son père passèrent de longues heures à ses côtés. Laurent vint souvent également. Dans la cour de l'hôpital, il y avait un piano en libre service que Sophie avait repéré. Pas un grand instrument, mais, plusieurs fois, elle avait vu des gens s'y asseoir et jouer. Y voyant un signe, elle l'avait montré à son frère. « Si tu veux jouer pour maman. Ce serait bien. » Mais Laurent n'avait pas répondu et, après avoir quand même regardé le piano, s'était éloigné dans la direction opposée.

Un matin, Claude appela tôt chez François pour lui demander de venir d'urgence à l'hôpital. Évelyne n'allait pas tarder à partir, c'était le genre de choses que l'on apprenait avec le métier. François accourut avec ses enfants. Claude les accueillit, les accompagna jusqu'à la chambre puis demeura dans le couloir à faire les cent pas, pour être présent sans être là, juste au cas où. Laurent sortit au bout de deux minutes à peine. Le visage parcouru de tics nerveux et le regard fuyant, il semblait au plus mal. Il demanda à Claude si sa mère souffrait. Claude le prit par l'épaule et le rassura. Non, Évelyne ne souffrait pas. Elle s'en allait doucement, sur la pointe des pieds. Laurent demanda si elle était encore consciente et si elle ressentait leur présence. Claude hocha à nouveau la tête. Oui, très certainement. C'était la raison pour laquelle il était selon lui crucial que Laurent retourne dans la chambre pour l'accompagner. En restant simplement à ses côtés ou en lui parlant. Même si c'était dur. L'adolescent secoua la tête vigoureusement. Il marmonna qu'il ne savait pas parler et s'enfuit dans les escaliers. Claude le regarda partir d'un air désespéré. Cependant, lorsqu'un peu plus tard Évelyne expira son dernier souffle, lorsqu'elle lâcha les mains de Sophie et de François, cela faisait déjà deux heures que plus bas dans la cour, un clavier sous les doigts, son fils l'accompagnait.

324

L'enterrement d'Évelyne eut lieu un après-midi de septembre et, bien que ce fût encore l'été, il faisait froid et il tombait des trombes d'eau. Une ambiance digne d'une scène cinématographique, la fiction en moins. Peu de monde hormis la famille se rendit à la cérémonie. Évelyne n'avait jamais eu beaucoup d'amis, encore moins de relations, et le peu qu'elle avait eu s'était éloigné en même temps qu'était arrivée la dépression. Claude vint, bien sûr, mais aussi Anouk, qui prit l'Eurostar, et Alexandre. Virginie également, avec sa mère. Ce furent les seuls représentants du clan Fresnais. Côté Lefèvre, toute la famille vint sauf Guillaume qui n'avait pu faire le voyage. La veille de l'enterrement, Marco demanda à Alexandre sur le ton de la plaisanterie si cela se faisait d'amener une « date » à des funérailles. Alexandre fut surpris plus qu'il ne rit. En vérité, aucun d'eux n'avait le cœur à plaisanter, mais Marco n'avait trouvé que ce moyen détourné pour annoncer qu'il sortait avec Pénélope depuis plusieurs semaines déjà. Alexandre lui reprocha ses cachotteries et Marco argua qu'il n'avait jusque-là pas osé en parler de peur que les choses ne s'arrêtent. Il commençait tout juste à s'habituer au bonheur et craignait que cela ne le quitte. Alexandre ne put le contredire sur ce point. L'enterrement d'Évelyne en était le parfait exemple. Néanmoins, des funérailles ne constituaient selon lui pas la meilleure occasion pour présenter sa dulcinée aux Lefèvre, sans compter le fait que ces derniers seraient déjà bien assez occupés à rencontrer Raul et à l'étudier sous toutes ses coutures. Marco plaignait l'Espagnol. Sans doute ce dernier avait-il rêvé meilleure occasion pour rencontrer la famille de Sophie.

Ils se retrouvèrent donc le lendemain devant l'église, en célibataires. Quand ils entrèrent, Sophie, François et Laurent étaient en train de s'entretenir avec le prêtre devant l'autel. Ils allèrent les embrasser juste avant que la cérémonie ne commence. Entre-temps, Anouk et Virginie les avaient rejoints. Une chose frappa les quatre amis. Si François était déboussolé et si Laurent était muré dans le silence, ce qui leur paraissait normal en pareille circonstance, Sophie avait l'air étonnamment détachée. Elle les accueillit avec le sourire, comme si elle s'apprêtait à les recevoir pour un événement des plus anodins. Quand Anouk lui demanda comment elle allait, elle répondit « Très bien, et toi ? » d'un ton presque enjoué. Anouk masqua sa peine comme elle le put et lui rendit son sourire. Puis le prêtre attira Sophie à l'écart pour annoncer que le corbillard était arrivé et la cérémonie débuta. Marco, Alexandre, Virginie et Anouk se tinrent la main lorsque le cercueil passa devant eux. Ce n'était pas leur mère qu'ils enterraient, mais c'était celle de deux d'entre eux et une femme qui faisait partie de leur histoire à tous. Ils avaient toujours connu Évelyne. Comme eux, elle participait aux montagnes, à la terre des vacances, au lac en contrebas, aux étés interminables, aux liens

326

d'amour et d'amitié qui les unissaient. Elle était de tout cela un morceau d'âme et leur cœur était triste de voir le puzzle se morceler à cause d'elle qui s'en allait. Anouk pleura, Marco aussi. Sophie garda les yeux secs.

Après la cérémonie religieuse, le convoi se dirigea vers le Père-Lachaise où Évelyne fut inhumée auprès de ses parents. Avant de quitter la tombe, les personnes présentes versèrent tour à tour une rose blanche dans le caveau. La pluie tombait toujours et noyait leurs larmes. Sous les parapluies noirs et les manteaux, la peine mordait incognito.

Alexandre, Virginie et Anouk ne se rendirent pas à la collation qu'Anne-Marie organisait chez elle à l'issue des funérailles de sa sœur. Ils préféraient laisser la famille Lefèvre à son recueillement. Par ailleurs, Anouk devait reprendre un train pour Londres et Alexandre la raccompagna à la gare du Nord. Il la prit dans ses bras avant qu'elle ne parte et lui dit qu'il l'aimait. Anouk rougit. Eux, le frère et la sœur, n'étaient pas habitués à se parler ainsi. Une conséquence sans doute du décès d'Évelyne qui d'une certaine manière sonnait le glas.

Après avoir regardé l'*Eurostar* s'éloigner, Alexandre regagna le cœur de la gare et consulta les panneaux d'affichage. Le prochain train pour Amiens partait un quart d'heure après. Il y en avait pour une heure de trajet. Il passa un coup de téléphone à son oncle et se dirigea vers une borne pour acheter un billet.

Lorsque Alexandre descendit en gare d'Amiens, la pluie tombait toujours et il dut se faire violence pour ne pas se laisser gagner par le chagrin. Il se raccrocha à la pensée qu'il allait voir sa grand-mère et son oncle, qu'il n'avait pas vus depuis une éternité. Il était dix-neuf heures quand il arriva chez Jean, qui l'accueillit avec une joie non feinte. Alexandre se fit la réflexion que celui-ci ne devait pas recevoir du monde souvent et fut d'autant plus content d'être venu. Il prévint cependant que le dernier train pour Paris était à vingt-deux heures et Jean assura qu'il le raccompagnerait à temps. En attendant, ils allaient prendre l'apéritif. Avant d'entrer dans le salon, Jean retint son neveu un instant. Il avait à cœur de le prévenir. Sa grand-mère avait beaucoup changé depuis la dernière fois qu'il l'avait vue. La maladie d'Alzheimer l'avait prise et beaucoup diminuée. Il était indispensable qu'Alexandre en prenne conscience et se prépare. Ce dernier hocha la tête sans pourtant se préparer vraiment. Il aurait dû. Lorsqu'il entra dans la chambre de Micheline, le choc fut colossal. Un seul regard suffit pour lui faire comprendre que la personne qui était assise dans le fauteuil, cette petite chose ramassée sur elle-même, n'avait plus rien de commun avec sa grand-mère, du moins celle qu'il avait connue. Les yeux hagards, fixés à la télévision en ne cillant pas, les mains serrées l'une dans l'autre sur le ventre, les épaules affaissées, les traits tirés…

Micheline ne bougeait pas. Elle donnait le sentiment de n'être pas là, d'être déjà partie. Une lampe de chevet posée sur un petit guéridon éclairait son visage. C'était la seule lumière de la pièce avec celle émanant de la télévision et Alexandre trouva que sa grand-mère ressemblait aux statues de cire du musée Grévin. La peau avait ce même aspect tanné un peu brillant. Blanc. Il s'approcha doucement, craignant tout autant d'avoir peur que d'effrayer sa grand-mère mais celle-ci ne remua pas, même lorsqu'il fut près d'elle. Il dut se placer devant l'écran pour signaler sa présence et qu'elle le regarde enfin. Qu'elle le voie tout du moins.

— Salut mamie, dit-il à voix basse.

Sa grand-mère ne réagit pas.

— C'est moi. C'est Alexandre. Tu me reconnais ?

Sa grand-mère le regardait comme si elle était face à un étranger. Son regard n'exprimait aucune frayeur, mais plutôt une absence. Elle était semblable à une enveloppe vide. Avec précaution, il détacha ses mains et en serra une dans les siennes.

— Ma petite mamie, murmura-t-il. Tu m'as manqué. Ça fait longtemps que je ne suis pas venu te voir. Tu es bien ici ?

Micheline conserva le silence. Il baissa la tête en signe de découragement.

— Il ne faut pas le prendre pour toi, intervint son oncle depuis le seuil de la chambre. Elle ne parle presque plus. Surtout le soir. Là, elle est fatiguée.

Alexandre se redressa et lança à son oncle un regard empli de désarroi.

— Je ne m'étais pas attendu à ça…

— Je t'avais prévenu.

— Oui, mais quand même.

Il se pencha de nouveau vers sa grand-mère. Il ne voulait pas admettre qu'elle ne le reconnût pas.

— Mamie, c'est moi, insista-t-il. Alexandre. Tu sais, le fils de Claude. Je suis venu de Paris pour te voir. Anouk aurait bien voulu aussi mais elle devait rentrer en Angleterre. Tu te souviens d'Anouk ?

Sa grand-mère esquissa un sourire qu'il choisit de prendre pour lui. Il s'assit en équilibre sur l'accoudoir du fauteuil.

— Qu'est-ce que tu regardes ? demanda-t-il en jetant un œil à l'écran de télévision.

Sa grand-mère était devant la retransmission d'un concert.

— C'est une chaîne du câble qui diffuse beaucoup de musique, expliqua Jean. Elle aime bien. Je lui mets ça souvent. C'est mieux que les séries policières débiles.

Alexandre sourit.

— C'est sûr. Ça te plaît, mamie, la musique ?

Micheline ne bougea pas. Jean entra dans la pièce.

— Tu veux boire quelque chose, Alex ? Je te sers un verre dans le salon ?

— Pas tout de suite. Je vais rester un peu si ça ne t'ennuie pas.

— Pas du tout. Tu n'auras qu'à me rejoindre quand l'infirmière arrivera. Elle devrait être là d'ici une demi-heure. Ça ira ?

— C'est parfait.

— Très bien. Je t'attends dans le salon.

Jean sortit et Alexandre demeura seul avec sa grand-mère. Quand il fut certain que son oncle était hors de vue, il se pencha vers elle et l'embrassa sur la joue. Longuement, en appuyant un peu. Micheline le regarda et il eut l'impression, mais peut-être n'était-ce qu'un mirage, de retrouver dans ses yeux ce qui de mémoire avait toujours habité sa grand-mère. De la bonté. Après tout, c'était logique. S'il ne devait lui rester qu'une seule qualité, ce serait certainement celle-ci. Content de n'avoir pas tout perdu, il embrassa la joue une nouvelle fois et serra la main.

— Je vais rester un peu pour regarder le concert avec toi, d'accord ?

Il ne rencontra pas davantage de réaction et ramena la main contre lui.

L'amertume et la tristesse le rattrapèrent quand il fut dans le train en direction de Paris. Il faisait nuit noire, il était presque seul dans le wagon et la climatisation le refroidissait. La journée avait été dure du début jusqu'à la fin. Horrible, triste. Il était désemparé. Tout évoluait autour de lui, tout vieillissait et il se rendait compte, non sans frayeur, que cela le renvoyait à sa propre condition d'être mortel. C'était la première fois vraiment qu'il réalisait cela. Qu'il prenait conscience de sa propre finitude. Un jour, sa vie s'achèverait. Où donc était passé le sentiment d'invincibilité qu'il avait pendant longtemps éprouvé ? Envolé, en même temps que l'enfance. Que l'adolescence aussi. Il était désormais un adulte. Sa jeunesse était derrière lui. Il avait l'impression que le temps lui filait entre les doigts. Dans sa tête, les pensées affluèrent. Il avait vingt-huit ans. Déjà !

Le vertige le prit. Il avait si peu vécu. Il avait oublié les trois quarts des choses qu'il avait faites et le reste lui semblait insipide. Qu'avait-il fait de tout ce temps ? Il n'en avait aucune idée. Il avait profité, c'était certain, mais en même temps, de ce profit, rien ne restait. Il n'avait rien construit. Une évidence le frappa comme la foudre : il devait vivre, donner une direction à sa vie. Cela lui parut subitement aussi indispensable que l'oxygène qu'il respirait. Il avait suffisamment traîné. À son âge, beaucoup étaient mariés avec des enfants, d'autres triomphaient dans le métier de leur rêve, quand dans le pire des cas ce n'était pas ces mêmes qui

331

réussissaient tout à la fois. Jusqu'à ce jour, il n'avait pas envié ces gens. Lui avait le temps. Il était jeune encore. Mais ce n'était pas vrai. Il n'était plus si jeune que cela. Vingt-huit ans...

Il regarda par la fenêtre les ombres qui filaient dans la nuit à toute vitesse. Il s'était laissé assoupir par le quotidien et le retard commençait à s'accumuler. Mais c'était fini. Il allait reprendre le train de sa vie. Un peu inquiet, il résolut de se calmer en écoutant de la musique. Il mit ses écouteurs et chercha dans sa playlist quelque chose de gai. Le groupe Coldplay avait sorti quelques mois plus tôt son nouveau single et le morceau passait en boucle sur toutes les radios. Un air entraînant, *Viva la vida*. Après avoir enterré sa jeunesse et deux personnes dans la journée, il avait bien besoin de ça.

Sophie resta en famille après l'enterrement de sa mère, le temps de s'occuper des affaires familiales, de régler certaines priorités avec les services funéraires et le notaire. Mais lorsque Raul dut la quitter pour retourner en Espagne, elle appela sa seconde famille à la rescousse. Elle fit savoir à Marco, Alexandre et Virginie qu'elle avait plus que jamais besoin de se changer les idées. Elle avait envie de sortir et de profiter de Paris. Surtout en semaine. Les week-ends étaient supportables car Raul revenait, mais il restait après son départ cinq soirées à occuper. Sophie avait envie de combattre la morosité et le trio s'organisa pour l'entourer le plus possible. Anouk revint de Londres deux fois dans le mois pour les épauler. Avec le temps, elle s'était rapprochée de Sophie avec qui elle entretenait désormais une forte complicité. Marco fut le premier à organiser un dîner chez lui pour présenter Pénélope à ses amis. La soirée fut très réussie. Pénélope s'entendit avec chacun, aussi bien avec les filles qu'avec Alexandre et Clément. Marco était séduit, mais de voir cette même appréciation dans le regard de ses amis le conforta dans son sentiment amoureux. Le groupe d'ailleurs ne se priva pas de le taquiner à ce sujet, à coups d'allusions

333

plus ou moins fines. Pénélope fut ainsi félicitée pour l'exploit qu'elle avait accompli d'avoir dompté le célibataire le plus endurci de Paris et Virginie proposa qu'ils rassemblent leurs deux appartements pour n'en faire qu'un le jour où ils auraient des enfants. Le jeune couple riposta avec humour, sans pour autant montrer de réticence à cette idée. Lorsque leurs amis quittèrent la Butte-aux-Cailles, il était clair pour eux que Pénélope resterait un certain temps dans la vie de Marco.

Ce dîner fut le premier d'une longue série où Alexandre, Marco, Pénélope, Virginie, Clément et Anouk prirent soin de distraire Sophie. Alexandre fut peut-être celui qui s'investit le plus dans cette entreprise. D'une part parce qu'il aimait Sophie, d'autre part, parce qu'il mettait un point d'honneur à ne pas la laisser tomber au moment où elle avait le plus besoin de lui. Il l'emmena ainsi régulièrement au cinéma, voir essentiellement des films gais, mais aussi au théâtre, dans des expositions, quand ils n'allaient pas simplement prendre un verre ou dîner dans une brasserie. Ils étaient souvent animés des mêmes envies et partaient parfois avec l'idée d'aller voir un film avant de changer leurs plans pour aller discuter au chaud dans un café ou paresser chez Alexandre devant un DVD. Ils étaient tout à fait à l'aise l'un avec l'autre et il ne régnait entre eux aucune ambiguïté. Il arriva même quelquefois que Sophie reste dormir chez Alexandre lorsqu'il était trop tard pour rentrer chez elle. Alexandre lui cédait alors la moitié du lit et ils s'endormaient en refaisant le film ou en se lançant dans des jeux d'esprit absurdes. À aucun moment cependant durant ces quelques semaines où ils se virent régulièrement, Sophie n'aborda la question du décès de sa mère. Il y avait autour du sujet une barrière invisible qu'Alexandre ne se risquait pas à franchir. Il espérait simplement être présent le jour où Sophie se déciderait à parler. Pour le reste, il maintenait son objectif de la divertir, ce qui en soi lui faisait autant plaisir qu'à elle. Il était reconnaissant de cette parenthèse dans leur vie qui renforçait leur amitié et leur permettait de partager de jolis moments, à l'image de ceux qu'ils avaient vécus lorsqu'ils étaient enfants. Il savait que bientôt la vie reprendrait son cours normal, que Sophie retournerait en Espagne ou que Raul viendrait en France, que lui-même partagerait son quotidien avec quelqu'un et que ces moments, fatalement, s'espaceraient. Il n'en éprouvait aucune peine, plutôt une raison supplémentaire de profiter. Ses prédictions se révélèrent cependant bientôt fausses.

Un week-end, alors que le groupe se trouvait chez Marco et qu'elle était venue seule, Sophie annonça qu'elle avait rompu avec Raul après que ce dernier eut émis le vœu de venir s'installer en France avec elle. Était-ce le fait d'avoir fixé une date butoir ou simplement que leur relation prenait une tournure plus officielle, – toujours était-il que Sophie avait réalisé qu'elle n'aimait pas suffisamment Raul pour lui faire quitter sa vie en Espagne et faire la sienne avec lui. Elle raconta cela d'un air détaché et les autres reçurent la nouvelle sans trop savoir comment réagir.

Sophie ne les aida pas. Depuis le décès de sa mère, elle se savait inattaquable et n'ignorait pas que ses amis éviteraient de lui poser des questions susceptibles de l'attrister. Ce fut le cas. Ils attendirent qu'elle soit partie pour en parler entre eux. Après quelques échanges animés, le verdict fut unanime :

335

malgré tous les efforts qu'elle fournissait pour en donner l'illusion, Sophie n'allait pas bien. Elle avait annoncé sa rupture avec Raul sans s'émouvoir, de la même manière qu'elle paraissait avoir vécu le décès de sa mère. Or, son apparente indifférence n'était qu'une carapace et ils étaient certains que, en réalité, elle souffrait terriblement. Pourtant pas un d'entre eux n'avait les clefs pour la faire s'exprimer. Marco proposa de lui en parler directement, pour la faire craquer, mais les autres l'en dissuadèrent. Ce n'était pas une bonne idée. Si Sophie se cadenassait ainsi, il y avait une raison. Peut-être s'estimait-elle trop faible pour affronter la réalité. Peut-être était-ce le moyen de ne pas basculer dans le désarroi le plus total. C'était même probable. Anouk valida cette hypothèse et recommanda de ne surtout rien forcer. Selon elle, leur rôle devait se limiter à rester présents sans lâcher prise. Sophie s'ouvrirait d'elle-même lorsqu'elle se sentirait suffisamment en confiance pour le faire. Le temps était un facteur déterminant. Démuni, Alexandre demanda ce qu'ils pouvaient faire et ils résolurent de continuer à se montrer patients. Puis Anouk eut une idée et leur proposa de venir à Londres pour la Toussaint. La date approchait et sa portée symbolique ne manquerait pas d'atteindre Sophie si on ne l'en distrayait pas. Ce serait par ailleurs une excellente occasion de les recevoir chez elle et de leur faire découvrir sa ville d'adoption. Ils trouvèrent l'idée bonne et promirent de réserver leurs billets de train.

336

Ils montèrent à bord de l'*Eurostar* la veille de la Toussaint, un vendredi en fin d'après-midi, et arrivèrent à Londres pour le dîner. Anouk partageait une colocation à Hackney Wick, un ancien quartier industriel repris par une communauté d'artistes. Elle les conduisit au dernier étage d'un bâtiment en briques dans un appartement qu'elle partageait avec une seule personne, une fille, que l'arrivée des Français avait fait fuir. Selon Anouk, Amy détestait être dérangée dans son petit monde. Et leur repère en était un. Directement placé sous la pente du toit, il se distribuait autour d'un grand plateau très haut de plafond. Les briques étaient apparentes et des fils électriques nus sertis de grosses ampoules se balançaient à deux mètres du sol. La pièce comptait par ailleurs plusieurs banquettes dont Anouk expliqua qu'elles pouvaient se transformer en lits ou canapés selon l'usage que l'on voulait en faire. C'était là que dormiraient la plupart d'entre eux. Le reste du logement ne comptait que deux autres pièces, sa chambre et celle d'Amy. Le groupe félicita Anouk pour son appartement. L'architecture et la décoration en étaient originales et l'on s'y sentait bien. Anouk les remercia, puis indiqua qu'ils n'avaient guère le temps de se reposer, car elle les emmenait dîner dans une cantine du quartier. À la fois heureuse de leur faire découvrir sa ville et soucieuse de faire oublier ses malheurs à Sophie, Anouk prévoyait d'enchaîner les activités à un rythme effréné. Ainsi, le samedi matin et après une courte nuit, surtout pour ceux à qui avait échu le privilège de dormir sur les banquettes du salon, ils partirent visiter le marché aux puces de Portobello Road avant de parcourir les grandes artères commerçantes du West End où ils s'arrêtèrent pour déjeuner. L'après-midi, ils visitèrent le British Museum et se rendirent dans Soho pour profiter de l'atmosphère nocturne si particulière de ce quartier. Lorsqu'ils rentrèrent vers minuit le samedi soir, ils étaient épuisés, excepté Sophie qui, depuis le début du séjour, se montrait très excitée et qui, s'il n'y avait eu les autres pour l'en dissuader, aurait volontiers poursuivi la soirée. Son comportement était suspect. Certes depuis le décès de sa mère elle faisait bonne figure, ne s'autorisant aucune faiblesse, mais Londres décuplait cet état. Sophie rendait sa tristesse indécelable en l'éclipsant par une attitude survoltée. Elle était trop extatique, trop enthousiaste, trop souriante. Elle surjouait. Ce rôle tout droit sorti de la commedia dell'arte mettait tout le monde mal à l'aise, à l'exception d'Anouk qui surveillait le phénomène avec indulgence.

La journée de dimanche fut aussi chargée que celle de la veille. Anouk les emmena bruncher en bordure de la Tamise, puis à la Tour de Londres afin d'admirer les joyaux de la Couronne. En fin de journée, ils assistèrent à un concert de rock que donnait un groupe qu'Anouk connaissait et qu'elle voulait absolument leur faire découvrir. Le concert avait lieu dans un ancien théâtre, le Koko Club, une salle qui rappelait celle de l'Olympia mais en plus grand, en plus baroque, avec des boiseries or et rouge, des balcons entourant le parterre et des loges tapissées de velours flamboyant. Ils investirent l'une d'elles qu'ils partagèrent avec un autre groupe de personnes. Le concert fut fabuleux. Il s'agissait d'un groupe encore peu connu, mais dont la musique oscillait entre rock et folk sur des airs très entraînants. Les musiciens reçurent une ovation générale, l'atmosphère était électrique. Puis, lorsque le concert s'acheva, l'espace se transforma en club où tout le monde fut invité à rester et à danser. Les Français ne se le firent pas dire deux fois. Virginie fit bien valoir le fait qu'elle était fatiguée mais ne parvint à rallier personne à sa cause, pas même Clément, qui avec Marco et Alexandre prétexta qu'ils repartaient le lendemain et auraient tout le loisir alors de dormir dans le train. Ils furent rapidement pris par l'atmosphère bon enfant du Koko. Les Londoniens savaient faire la fête. Dans le grand théâtre, tout le monde dansait avec tout le monde, faisait connaissance, le temps d'une bière ou davantage, et les sourires étaient sur toutes les lèvres. Les gens étaient là pour s'amuser. Marco, Pénélope, Alexandre et les autres étaient ravis. Ils dansaient ensemble puis s'écartaient vers d'autres groupes, revenaient, repartaient, circulaient librement dans la faune bigarrée. Virginie oublia rapidement sa fatigue. Vers minuit, ils rencontrèrent par hasard des amis d'Anouk, musiciens, qui vivaient dans le même quartier qu'elle. Ils étaient trois garçons et une fille et se joignirent au groupe. Paul, le bassiste, s'entendit très bien avec Marco et Alexandre avec qui il discuta musique pendant un long moment. Sophie se rapprocha de Darrin qui avait vécu deux ans en Espagne. Deux heures plus tard, l'alcool les avait enivrés et la fête battait son plein à l'intérieur du théâtre. La piste de danse était bondée, les corps se heurtaient les uns aux autres et les loges s'étaient transformées en alcôves où à chaque instant de nouveaux couples se formaient. Sophie discutait toujours avec Darrin. Ils avaient trouvé deux tabourets près du bar et n'en étaient pas descendus depuis un moment. Sophie, qui ne tenait pas l'alcool, parlait fort et riait beaucoup. Ses gestes envers le musicien devenaient de plus en plus familiers. Le reste du groupe l'observait de loin, par intermittence, particulièrement Alexandre. Le comportement de Sophie le dérangeait. Il ne la reconnaissait pas. Elle se montrait entreprenante et extravertie, presque vulgaire, à l'opposé de sa conduite habituellement mesurée. Il en fit part à Marco qui était plongé dans la musique. Celui-ci s'arrêta pour regarder sa cousine puis, jugeant qu'il n'y avait pas matière à s'affoler, cria à l'oreille d'Alexandre de cesser de s'inquiéter et de profiter. Résigné, ce dernier se tourna vers sa sœur qui s'agitait comme une folle à côté de lui. Il l'invita pour un rock. Ils dansèrent tous les deux, n'importe comment et en riant, le temps de quelques morceaux. Puis, l'exercice les ayant mis en nage, ils se dirigèrent vers le bar pour se désaltérer. Alexandre s'aperçut à ce moment-là que Sophie et Darrin avaient quitté leurs tabourets.

— Où sont-ils passés ? marmonna-t-il.

Dans son dos, Anouk était pliée sur le comptoir et passait commande auprès du barman. Elle se redressa.

— Qu'est-ce que tu dis ?

— Rien, je cherche Sophie. Elle a disparu.

Anouk promena son regard dans la salle.

— Là, regarde. Elle est en train de danser.

Alexandre suivit le regard de sa sœur et tomba sur Sophie et Darrin qui avaient gagné le bord de la piste. Ils dansaient l'un avec l'autre un mélange de rock et de salsa. Alexandre trouvait leurs gestes empreints de sensualité. Leurs mains glissaient entre elles, leurs doigts s'entremêlaient, leurs corps se frôlaient. Darrin avait un sourire fendu à l'extrême et Sophie avait l'air de beaucoup s'amuser.

— C'est n'importe quoi, jugea-t-il avec mépris.

Anouk le regarda sans comprendre.

— De quoi tu parles ?

340

— De ça ! renchérit-il en désignant Sophie du menton. Elle est complètement bourrée !

— Et alors ? Si elle s'amuse…

— Tu parles, elle est paumée, oui ! T'as pas remarqué que depuis qu'on est ici elle est survoltée ?

— Si, j'ai remarqué. Mais c'est mieux que l'inverse, non ? Peut-être que c'est son moyen à elle de surmonter ce qui lui tombe dessus.

— Ouais, peut-être.

Le serveur posa leurs consommations sur le comptoir. Anouk se retourna pour les prendre puis revint vers son frère qui observait toujours Sophie.

— Tiens, dit-elle en le dévisageant.

— Merci.

Il porta le verre à ses lèvres et Anouk le regarda faire d'un air hésitant. Elle faillit parler mais, finalement, ne le fit pas. Elle but à son tour.

— Regarde ça… reprit Alexandre. Tout ce qu'elle va réussir, c'est se faire serrer par ton pote !

À quelques mètres d'eux, Sophie et Darrin étaient de plus en plus proches. Leurs corps étaient collés et leurs regards fixes. Darrin avait ses mains sur les fesses de Sophie.

— Et alors ? Qu'est-ce que ça fait s'ils sortent ensemble ?

Alexandre était perplexe.

— Rien, se défendit-il. Mais elle va le regretter.

— Pas forcément. Ça lui fait peut-être du bien.

— Ça m'étonnerait. Je la connais. Ce n'est pas son genre de sortir avec des mecs comme ça.

— Bah peut-être qu'elle en a marre justement ! objecta Anouk d'un ton vif. Peut-être qu'elle a besoin de ça.

341

Alexandre secoua la tête, agacé. Cette conversation l'énervait. Sa sœur l'énervait. Sophie et Darrin l'énervaient.

— Elle n'en a rien à faire de ce mec !

Anouk regarda Sophie et Darrin. Ils ne se quittaient pas des yeux et Sophie n'avait pas l'air perdue ni malheureuse. Elle avait au contraire l'air de s'amuser et de s'oublier un peu. En ce qui la concernait, Anouk trouvait cette attitude plutôt saine et peu digne d'inquiétude. Elle posa le même regard attentif sur son frère dont les mâchoires étaient crispées.

— Et toi ? T'en as rien à faire ?

Alexandre lui renvoya un regard ahuri.

— Hein ?

Anouk marchait sur des œufs, mais décida de foncer malgré tout. De toute façon, elle était déjà allée trop loin.

— De Sophie. Tu n'en as rien à faire ?

Les sourcils d'Alexandre étaient froncés et ses yeux allaient de droite à gauche comme si elle venait de dire la plus grande des inepties.

— Mais ça n'a rien à voir ! s'emporta-t-il. Je dis ça pour elle ! Parce que je te signale que ça fait trois mois que je la vois tous les jours, que je la porte à bout de bras et je n'ai pas envie que tout se casse la gueule en une soirée à cause de ton pote !

— Ok, répondit Anouk sans fléchir. Je comprendrais que tu sois inquiet pour elle mais, là, t'es en colère. C'est bizarre.

— Je ne vois pas ce qu'il y a de bizarre. Je m'inquiète ! C'est tout !

— Pour elle ou pour toi ?

— Hein ?

Anouk se planta devant lui.

342

— Tu vois Sophie tous les jours depuis trois mois et tu ne trouves pas ça bizarre ?

Il poussa un soupir agacé.

— Moi j'ai l'impression que tu y trouves aussi ton compte.

Alexandre était de plus en plus énervé. Il but cul sec son verre qu'il fit claquer sur le comptoir. Au même moment, il vit Darrin coller langoureusement sa bouche à celle de Sophie.

— Putain ! lâcha-t-il en s'écartant du bar.

Ils rentrèrent chez Anouk à cinq heures du matin en faisant une grande partie du trajet à pied. Alexandre marchait devant sans dire un mot. Derrière lui suivaient main dans la main Pénélope et Marco, Clément et Virginie, les copains d'Anouk qui discutaient en anglais avec elle et, en tout dernier lieu, Sophie et Darrin, qui ne décollaient pas l'un de l'autre. Alexandre était excédé et ne désirait qu'une chose : retrouver son lit et rentrer à Paris. Il se coucha dans le salon d'une humeur noire sans dire bonsoir à personne. Ses amis mirent cela sur le compte du manque de sommeil et Anouk préféra se taire.

Le lendemain, ils retrouvaient Paris et Alexandre rentra chez lui avec bonheur. De tout le trajet, il n'avait pas adressé la parole à Sophie, qui ne l'avait même pas remarqué. Déprimée de quitter Londres, elle les avait abreuvés dans le train d'un long monologue vantant les nombreux mérites de cette ville. Elle trouvait que tout y était beau, que les gens y vivaient libres, sans préjugés et sans se soucier du regard des autres. Et cette richesse culturelle, ce métissage humain et artistique… C'était autre chose que Paris ! Plus que jamais,

Sophie était animée de cet enthousiasme artificiel qui l'avait tenue en alerte tout le week-end. Sa nouvelle lubie était de suivre l'exemple d'Anouk et de voyager. Elle avait adoré son expérience à Barcelone et toujours eu envie de parcourir le monde. En outre, son travail lui plaisait de moins en moins. C'était le moment idéal pour partir. Alexandre n'avait même pas tiqué. Cette nouvelle idée qui s'apparentait selon lui à une fuite mal déguisée collait bien avec le récent comportement de Sophie. C'était absurde, mais comme le reste, cela passerait. Las, il ne lui parla que pour lui dire au revoir et quitta la gare sans se retourner.

La semaine qui suivit, il n'appela pas Sophie. Il culpabilisait de s'être énervé, tout en ne pouvant s'empêcher de l'être encore. Il était furieux et voulait qu'elle s'en rende compte. Lorsqu'elle appela le cinquième jour pour prendre de ses nouvelles, il botta en touche. Il ne savait par où commencer ni comment exprimer ce qu'il lui reprochait. La solution idéale aurait été qu'elle réalise cela seule et s'excuse. Mais Sophie ne s'aperçut de rien, malgré sa froideur toute calculée, et lui annonça joyeusement qu'elle avait pris la décision de partir plusieurs mois en Asie pour visiter la Thaïlande, le Vietnam, le Cambodge... Là-bas, la vie ne coûtait rien et elle pourrait vivre de ses économies. Elle était très excitée par son projet et Alexandre raccrocha avec un dépit augmenté.

À son grand étonnement, sa dispute unilatérale avec Sophie ne lui laissait que peu de répit. Cela le poursuivait le soir mais aussi en journée. Jamais il n'avait été si ouvertement fâché contre l'un ou l'autre de ses amis et jamais aussi longtemps. Régulièrement, il dressait dans sa tête la liste de ses griefs. Il reprochait à Sophie son apparente insensibilité, notamment sur la question du décès de sa mère.

Elle souffrait, c'était forcé, pourquoi dans ce cas jouait-elle un rôle prétendant le contraire ? Pourquoi, s'ils étaient vraiment amis, ne s'ouvrait-elle pas à lui ? Il avait été présent depuis le début, n'avait jamais failli, presque trente ans d'amitié les unissaient... Elle lui devait la franchise. Elle ne pouvait pas aller bien, c'était impossible. Son idée de voyage en était la preuve. Soit elle n'allait faire qu'en rêver, auquel cas le rêve témoignait bien d'une envie de fuite, soit elle partirait vraiment et abandonnerait alors son frère et son père qui avaient besoin d'elle. Non seulement c'était naïf, car l'herbe ne serait pas plus verte ailleurs, mais, en plus, c'était égoïste. L'autre motif de son courroux lui revenait aussi tout le temps à l'esprit bien qu'il désirât ardemment s'en affranchir. C'était cependant plus fort que lui. L'image de Sophie dansant contre cet Anglais dans un club londonien le hantait. Le point d'impact se situait quelque part entre la tête et le ventre. C'était irrationnel, incompréhensible, complètement idiot... Pourtant, chaque fois qu'il y pensait, il était écœuré.

Le week-end passa et, comme il demeurait sans nouvelles de Sophie, il décida de se rendre directement à son appartement, le dimanche soir. Il se méfiait du téléphone et de l'interprétation que l'on pouvait faire d'une intonation. Rien ne valait le face-à-face, même s'il ignorait encore ce qu'il allait dire. Il n'avait qu'une certitude : celle qu'il ne pouvait pas demeurer dans cet état. La colère, le dépit ou quoi que ce fût le rongeait. Il devait parler à Sophie, essayer de lui expliquer du mieux possible son attitude, en espérant qu'elle comprendrait et que les choses s'arrangeraient.

Sophie fut surprise de le trouver sur le pas de sa porte. Les cheveux retenus par un chignon mal fait, elle portait ses lunettes et, dans la main, un livre. Une tasse de thé était posée sur la table du salon.

— Qu'est-ce que tu fais là ? s'étonna-t-elle en le voyant.

Il s'éclaircit la voix :

— Je viens faire la paix.

— Je ne savais pas qu'on était en guerre.

Alexandre regarda le sol.

— Je te dérange ?

— Non, pas du tout, je bouquinais. Entre.

Elle souriait et il en fut rassuré. Il entra dans le salon et s'assit sur le canapé. Sophie alla dans la cuisine.

— Je n'ai pas grand-chose à t'offrir…

Elle revint avec un paquet de biscuits, des chocolats et la théière.

— C'est une copine qui me les a offerts. Ils sont à tomber. Je te sers ?

— Oui, merci.

Sophie remplit une tasse qu'elle posa sur la table à côté de la sienne. Elle rapporta la théière à la cuisine en changeant au passage l'air de jazz qui passait en fond sonore. Alexandre promena son regard dans la pièce. Sophie avait pris cette petite location peu de temps auparavant et l'avait très bien aménagée. C'était chic sans être guindé. Il y avait une grande bibliothèque pleine de livres, quelques bougies posées sur les étagères, un grand cadre avec une vue de Henri Cartier-Bresson, une aquarelle suspendue au mur, un portrait de sa mère. Il se dégageait de l'ensemble une atmosphère chaleureuse. Il songea qu'il aurait bien aimé transformer son appartement en quelque chose de ce genre. Depuis son emménagement, rien n'avait bougé. Il vivait toujours dans un catalogue *Ikea*.

— Alors, pourquoi on est fâchés ? demanda Sophie en venant s'asseoir sur un coin de canapé. C'est pour ça que tu ne m'as pas appelée de la semaine ?

— Oui.

— Qu'est-ce que je t'ai fait ?

— C'est compliqué, répondit Alexandre en essayant d'organiser ses pensées.

Sophie était étonnée de le voir mal à l'aise.

— C'est grave ? s'inquiéta-t-elle.

— Non, mais je ne sais pas par où commencer.

— Bah vas-y, je t'écoute.

Alexandre évita de la regarder dans les yeux. Il avait un peu honte de lui.

— Je ne t'ai pas dit pourquoi j'avais réagi comme ça dans le train.

— Réagi comment ?

Il ne put s'empêcher de sourire.

— T'es pas croyable, toi ! Tu n'as pas remarqué que, pendant toute la durée du trajet, je ne t'avais pas adressé la parole ?

— Non, désolée.

— En même temps, t'étais tellement à fond dans ton trip de voyage…

— Pourquoi tu ne m'as pas adressé la parole ?

Il soupira.

— Écoute, ne le prends, pas mal, mais je trouve que depuis quelque temps tu as un comportement… bizarre. Tu es complètement survoltée, tu passes ton temps à faire la fête… À Londres, je ne t'ai pas reconnue !

348

Sophie le regardait d'un air de plus en plus stupéfait.

— C'est quoi, cette nouvelle manie de voir tout en rose ? On dirait que tu joues un jeu. Parfois, c'est à la limite du ridicule.

Sophie posa sa tasse.

— À la limite du ridicule ?

Il craignit d'être allé trop loin. Néanmoins, il ne pouvait plus reculer.

— Ouais, enfin, c'est bizarre, quoi. Je te connais bien, ce n'est pas dans tes habitudes de déconner comme ça. J'ai peur que ça cache quelque chose. Peut-être que tu devrais parler à quelqu'un de la mort de ta mère, peut-être que tu devrais aller voir un psy. Ça te ferait sûrement du bien.

Sophie soutenait son regard. Progressivement, son visage se ferma.

— Mais pour qui tu te prends ? lâcha-t-elle froidement.

— Pour ton meilleur ami, répondit Alexandre avec aplomb. Pardon de m'inquiéter.

— Et ça te donne le droit de me faire un procès d'intention ?

— Ce n'est pas un procès d'intention. Tu n'as pas l'impression de fuir un tout petit peu la réalité ?

Sophie se leva, furieuse.

— Et alors ?! Qu'est-ce que ça peut faire si je fuis ? Qu'est-ce que ça peut te foutre ?! Tu ne crois pas que j'en ai suffisamment bavé ? Que j'ai le droit de penser à autre chose ?

Alexandre se sentit soudain très penaud.

— Ce n'est pas ce que je voulais dire, Soph'. Je pense juste que la fuite n'est pas une solution.

349

— Je me passe de ton avis, figure-toi ! Surtout si c'est pour me ranger dans une case et ne pas déranger ta vision des choses. Tu préférerais que je pleure toute la journée ?

Il commençait à regretter d'avoir ouvert la boîte de Pandore.

— Ce n'est pas ce que j'ai dit.

— Ce n'est pas ce que tu as dit, mais ça te dérangerait moins. Manque de bol, j'ai choisi l'autre option ! Je n'ai pas envie de déprimer pendant des jours sur le décès de ma mère. Ça ne servirait à rien et pendant ce temps-là je ne vis pas. Et je vais te dire, s'il y a bien une chose que j'ai apprise avec sa mort, c'est que je devais vivre et profiter. Je n'ai pas envie de me réveiller à cinquante balais en ayant l'impression d'avoir raté ma vie ou de ne pas avoir fait ce que j'avais vraiment envie de faire !

— Ok, ok, répondit Alexandre en essayant de calmer le jeu.

(Il était venu pour se réconcilier avec Sophie, pas pour se brouiller davantage avec elle). Il la regarda avec attention.

— C'est quoi alors, tes envies ?

Sophie ne s'était pas attendue à cette question. Elle s'arrêta de parler, l'air interdit.

— Dis-moi. Je t'écoute.

Sophie réfléchit.

— J'ai envie de vivre, répondit-elle en pesant ses mots.

— Ce n'est pas ce que tu fais ?

— Non.

Alexandre lui renvoya un regard soucieux.

— Non, je ne vis pas, répéta Sophie. En tout cas, pas pour moi. Ça fait des années que je pense aux autres, que je porte

350

tout le monde sur mes épaules. Je n'ai jamais pensé à moi. J'ai toujours été soumise.

— Soumise ?!

— Ouais, à tout le monde. Toi, le premier. J'ai toujours été la bonne copine, la confidente...

Il baissa les yeux.

— Même quand j'étais avec Greg, j'étais soumise. Il m'a fallu du temps pour m'en rendre compte, mais ce mec m'aurait demandé de me jeter d'un pont, je crois que je l'aurais fait. Je vais te dire, ça ne m'étonne pas qu'il m'ait larguée. Quand j'étais avec lui, je n'avais aucune personnalité. Je fermais ma gueule et je disais amen à tout !

Elle était debout, tendue mais pas hystérique. Elle vidait simplement son sac, consciencieusement. Tout d'un coup, il vit les yeux qui n'étaient plus inquiets mais très déterminés, le visage qui s'animait avec vivacité, le sourire franc. Il l'attrapa par la main et la fit s'asseoir à côté de lui.

— Pour les parents, c'est pareil, poursuivit Sophie d'un ton décidé. Maman a toujours été incapable de faire quoi que ce soit à la maison et papa m'a laissée tout assumer. Je ne le regrette pas, ça les a aidés. Je ne sais pas ce qu'ils auraient fait avec Laurent si je n'avais pas été là. Mais maintenant, ça va. Laurent est grand et moi j'arrive à saturation. Qu'il arrête le piano ou qu'il s'y remette, je m'en fous ! Ce n'est plus mon problème. Maintenant que maman est partie, j'ai décidé de les laisser se démerder. Moi aussi, j'ai le droit de vivre ma vie ! Et sans culpabiliser !

Alexandre la regarda. Elle était résolue comme jamais. Il était ému qu'elle se confie à lui tout en éprouvant une tristesse inédite qui l'envahissait au fur et à mesure qu'elle parlait.

351

— Bref, j'en ai marre de vivre pour les autres, conclut Sophie en le défiant du regard. Et tant pis si ça te dérange.

Il avala sa salive.

— Ça ne me dérange pas. Mais je ne comprenais pas pourquoi tu étais subitement survoltée…

— Mais parce que c'est le seul moyen de m'en sortir, Alex ! Je n'ai jamais dit que la mort de maman ne m'avait pas touchée ! Bien sûr que ça m'a touchée ! Bien sûr que je suis triste et qu'elle me manque ! Mais j'ai décidé de ne pas me laisser avoir par la déprime. Tu comprends, ça ?

— Oui.

— Bah, voilà, c'est tout. Il n'y a pas à chercher plus loin.

Il la regarda par dessous.

— Excuse-moi, dit-il l'air coupable. Je ne sais pas pourquoi j'ai réagi comme ça. Je suis content pour toi.

Sophie fut étonnée de recueillir des excuses aussi facilement.

— C'est vrai ?

Il soupira.

— Oui, c'est vrai. Tu as raison de penser à toi.

— On aurait dû avoir cette conversation avant.

— Hum, oui.

Elle posa brièvement la tête sur son épaule et se redressa. Elle souriait.

— Bon, maintenant que ça, c'est réglé, qu'est-ce qu'on fait ?

Il lui rendit son sourire et haussa les épaules. Finalement, ils décidèrent de rester dans l'appartement. Dehors, il faisait froid et aucun d'eux n'avait envie de sortir. Il était près de vingt-deux heures et ils commandèrent des sushis. Ils dînèrent sur la petite table du salon en écoutant de vieux

352

tubes disco que Sophie venait de télécharger et qu'elle écoutait en boucle. Alexandre la trouvait lumineuse. Il était admiratif de sa force de caractère. De cette rage de vivre qui se renforçait à travers les épreuves. Sûre d'elle et bien dans sa peau, Sophie rayonnait.

Il se demanda à quel moment elle était devenue une femme sans qu'il s'en aperçoive. Lorsqu'elle évoqua à nouveau son futur voyage, sur lequel elle devenait intarissable, il se réjouit pour elle tout en ressentant au fond de lui un malaise. Il imputa cela au fait que lui aussi avait toujours rêvé de faire le tour du monde. Sophie allait le faire et sans lui. Il enviait ses projets. Néanmoins, il ne voulut rien montrer de son sentiment et mit un point d'honneur à être content pour elle. En tant qu'ami, c'était son seul devoir. Il se tut donc et écouta Sophie parler en finissant progressivement une bouteille de vin. Deux heures plus tard, alors qu'ils étaient passés depuis longtemps à un autre sujet de conversation, il ne put s'empêcher de revenir sur la question du voyage. Cela le perturbait plus que de raison.

— Excuse-moi, Soph, dit-il doucement, car il n'avait pas envie de se disputer avec elle une nouvelle fois, mais avec tout ce qu'on s'est dit, quand je t'entends parler, j'ai l'impression que si tu pars, tu es capable de ne pas revenir.

Sophie lui renvoya un regard lourd de sens.

— Oui, c'est vrai, peut-être…

Il eut l'impression de chuter d'une falaise.

— Oui, tu y as pensé ? Tu vas t'installer en Asie ?!

Sophie haussa les épaules.

— Je n'en sais rien. Il faut déjà que j'aille voir comment c'est.

— Mais qu'est-ce qui t'attire à la fin là-dedans ?!

— Je ne sais pas. L'exotisme, la différence de culture, la nouveauté. Et puis j'ai toujours eu envie de visiter Angkor !

— Moi aussi, j'ai toujours eu envie de visiter Angkor !

— Eh bien, tu viendras me voir !

Il répondit faiblement à son sourire. Il ne se sentait pas bien, comme si on lui prenait quelque chose d'indispensable. Il essaya de voir clair dans ses pensées.

— Je n'ai pas envie que tu partes, avoua-t-il au bout de quelques secondes en essayant de se dominer.

Sophie posa son verre et le regarda. Il était aux abois. Il hésitait et cherchait ses mots, tout en sachant très bien ce qu'il voulait dire. Le plus difficile n'était pas de parler, mais de le faire en toute transparence et, pour cela, de se mettre à nu. Il n'hésita cependant pas longtemps devant l'importance du moment. Il avait le sentiment de jouer sa vie.

— Je n'ai pas envie que tu partes, répéta-t-il d'une voix plus sûre. Ou alors seulement si tu reviens.

Il réfléchit un instant.

— Non, je n'ai pas envie que tu partes tout court.

Sophie le regardait sans comprendre.

— Mais de quoi tu parles ?

Il était au bord du malaise. Son visage était en feu.

— Rien, je ne sais pas. C'est compliqué.

— C'est compliqué ?

Il releva la tête. Elle était proche de lui. Peut-être trop. Il lui sembla que son souffle s'arrêtait, sa cage thoracique le comprimait. Ses pieds étaient au bord du vide. Il eut peur encore un peu, hésita, puis finalement se lança.

— Si je t'embrasse maintenant, est-ce que tu m'en voudras ?

Sophie ouvrit de grands yeux et, un instant, il redouta d'être allé trop loin. Mais sa voix intérieure criait fort et, suivant son instinct, il l'embrassa. Il la renversa un peu sous son poids. Il était si confus et si clairvoyant à la fois, si excité et en même temps si serein, sa tête bourdonnait si intensément, qu'il préféra garder les yeux fermés. Il craignait de chavirer tout en ayant plus que jamais envie de vivre le présent. Tout son être, toute son attention étaient concentrés sur sa bouche, dans la manière aussi dont Sophie accueillait son baiser. Dans ce qu'il ressentait.

Sophie ne bougea pas au début. Paralysée par la surprise, elle ne dit pas un mot lorsque la bouche d'Alexandre vint se coller à la sienne. Puis, doucement, elle se laissa gagner par le moment, par son énergie à lui et entrouvrit les lèvres. Alexandre s'y engouffra. Pendant un instant alors, qui fut l'éternité ou peut-être une fraction de seconde, ils se révélèrent l'un à l'autre. Ils quittèrent les rôles qu'ils avaient toujours incarnés vis-à-vis d'une famille, d'une histoire et d'un passé pour ne retenir que ce qu'ils étaient là, maintenant, ancrés dans le présent. Ils n'étaient alors plus des enfants ni ce couple d'adolescents qui étaient sortis ensemble à l'âge de seize ans. Ils devenaient autre chose que ce qu'ils avaient toujours été. Ils devenaient beaux et grands comme des adultes consentants.

À compter de cet instant, il n'y eut plus d'hésitation et ils eurent soif de concrétiser ce par quoi ils voulaient être liés. Leurs bouches se pressèrent, leurs langues s'entremêlèrent et ils respirèrent d'un même souffle. Lorsqu'ils s'allongèrent sur le divan, leurs corps s'attirèrent comme des aimants. Alexandre ressentait le besoin d'étreindre Sophie jusqu'à ne plus faire qu'un avec elle. Il voulait sa peau. Il voulait sa

355

chaleur. Il suivait ce que ses tripes lui dictaient. Jamais de sa vie il ne s'était senti autant dans le vrai. Il était parfaitement bien et savait que Sophie l'était aussi. Ils n'avaient pas besoin de se parler pour se le dire.

Tout ensuite coula de source. Les gestes, les mots, les caresses. Le sexe et la tendresse. Leurs corps se répondirent avec évidence. Ils furent l'un dans l'autre comme les deux pièces d'un puzzle. Serrés à ne plus vouloir se séparer, Alexandre dit à Sophie qu'ils étaient magnétisés. Il ne trouvait pas de mot plus juste pour exprimer ce qu'il ressentait. Il avait l'impression de tout connaître d'elle et de tout découvrir en même temps. Surtout ce désir, si nouveau et si brûlant, qu'il n'avait jamais envisagé auparavant et qui, désormais, le consumait. Sophie devenait tout. L'amante, la confidente, la meilleure amie. L'avenir aussi. Il n'y avait entre eux aucune gêne et pas de non-dit.

Plus tard, ils auraient probablement envie de parler et de rire, et même de dormir. Mais cela était plus tard, bien plus tard. Pour l'heure, ils s'occupaient de fusionner et de former un tout. Toute la nuit, ils firent l'amour comme des fous.

Épilogue

358

2009

Il était bientôt six heures et le soleil n'allait pas tarder à se lever. Assis côte à côte sur le mur ouest de la terrasse des éléphants, ils attendaient sagement le spectacle, contents de s'être écartés de la foule et d'avoir choisi cet endroit où ils étaient seuls. Sophie frissonna et Alexandre la fit asseoir entre ses jambes. Lorsqu'elle fut contre sa poitrine, il plaça sa tête dans son cou et lui frictionna les bras. Sophie saisit l'une de ses mains, qu'elle embrassa, ce qui le fit sourire, et ils conservèrent le silence en regardant tous deux en direction du levant. Alexandre ne regrettait pas qu'ils soient venus.

La veille au soir, pourtant, ils hésitaient encore. Cela faisait déjà un mois qu'ils voyageaient à travers l'Asie, qu'ils avaient remonté la Thaïlande du sud au nord, puis passé la frontière cambodgienne pour arriver à Siem Reap, ville d'où partaient les excursions pour Angkor. C'était leur quatrième jour sur place et ils se demandaient si, après avoir visité l'antique cité dans son intégralité, qui plus est en s'allouant les services d'un guide, il était vraiment nécessaire de se lever aux aurores comme le prescrivait le Lonely Planet pour assister au lever du soleil depuis l'un des temples. Les quatre journées passées à crapahuter entre les pierres les avaient fatigués et ils entrevoyaient plutôt, pour leur dernière journée à Siem Reap, de faire la grasse matinée et de profiter de la piscine de l'hôtel dans laquelle ils n'avaient pas encore trempé les pieds. Ils étaient donc sur le point de renoncer lorsqu'ils reçurent un e-mail à la fin du dîner qui les fit changer d'avis.

Anouk leur avait écrit en mots simples et jolis bien que ce qu'elle avait à leur dire ne fût pas aisé. Elle avait écrit que Micheline, la grand-mère chérie, s'était endormie dans son sommeil le jour d'avant, apparemment sans douleur et en douceur. Leur oncle Jean l'avait trouvée au matin les traits apaisés et avait dit aux autres membres de la famille qu'il n'avait rien entendu, malgré l'interphone qui reliait constamment sa chambre à celle de sa mère. Comme à son habitude, Micheline s'était éclipsée discrètement.

Anouk prévenait son frère et Sophie que l'enterrement aurait lieu deux jours après et que, bien qu'elle sût qu'ils ne pourraient pas revenir, elle jugeait bon tout de même de le leur dire. Elle ajoutait que, si Alexandre souhaitait participer à la cérémonie, c'était toutefois possible, qu'il n'avait qu'à lui envoyer quelque chose qu'elle lirait en son nom pendant la messe. Alexandre s'était déconnecté de sa boîte mail avec une sensation de creux dans la poitrine et Sophie, qui avait lu par-dessus son épaule, l'avait serré dans ses bras. Il avait eu les larmes aux yeux et certaines s'étaient échappées un peu. Sophie avait serré plus fort, elle aussi en proie au chagrin. Depuis que Georges et Madeleine, ses propres grands-parents, étaient partis, Micheline était la dernière personne qui les reliait à cette époque rêvée de l'enfance, à cet âge d'or

360

qui n'existait plus que dans leur souvenir. Alors, ils étaient restés un long moment enlacés puis étaient sortis dans la ville pour boire un verre, au cœur de l'animation, et avaient décidé finalement d'aller voir le lever du soleil.

Lorsque ce dernier perça à l'horizon, cela faisait déjà un moment que les oiseaux dans les arbres donnaient le plus merveilleux des concerts. Alexandre reçut le premier rayon au visage. Il pensa à sa grand-mère et la salua intérieurement. Il ne savait pas exactement ce à quoi il croyait mais il se figurait volontiers qu'elle était là, quelque part dans la lumière de ce rayon, flottant dans le beau, heureuse et bienveillante, veillant sur eux. Il la remercia pour tout ce qu'elle avait fait pour lui. En premier lieu pour cet amour inconditionnel qu'elle avait dispensé gratuitement, qui s'était traduit par des câlins, des chansons et des vacances passées à ses côtés, enfin par mille petites attentions qu'il était incapable d'énumérer mais qui constituaient en lui une base aussi solide que du ciment.

Puis il regarda Sophie, qui devait songer à peu près aux mêmes choses, et dit à sa grand-mère qu'il était heureux. Sophie était la femme de sa vie, ils allaient se marier, auraient des enfants, c'était désormais une évidence. Le chemin était tout tracé, clair comme jamais autre chose ne l'avait été et il s'estimait très chanceux de connaître cet amour-là.

Serrant alors Sophie contre lui tandis que le soleil montait dans le ciel, il sourit en pensant à Georges, Madeleine, Henri et Micheline, qui après tant d'années de séparation se retrouvaient enfin là-haut. Il se les imagina assis sur un coin de nuage, en train de boire l'apéritif, reprendre les paris d'antan, ressortir les plans du toboggan de Jean et se réjouir ensemble de réussir, enfin, à marier leurs enfants.

Puis, serein, il se résigna à quitter sa grand-mère, lui souhaita de faire bon voyage dans son éternité et se réjouit de rester quant à lui sur la terre, main dans la main avec Sophie, pour le leur qui commençait.

Note de l'auteur

Cher lecteur,

Merci d'avoir acheté et lu ce livre. Si l'histoire vous a plu, n'hésitez pas à en parler autour de vous. Vous pouvez également partager vos impressions en laissant un commentaire sur la page sur laquelle vous avez acheté ce livre. Votre avis compte et guide les futurs lecteurs dans leur choix.

Merci pour votre soutien.

NOUVEAU :
Hier encore, c'était l'été, paraîtra le 21 mars 2016 aux Éditions Mazarine, Eds Fayard. Disponible sur Amazon, dans toutes les librairies et points de vente habituels.

Du même auteur, sur Amazon :
Le fond de nos pensées.

Pour contacter l'auteur :
julie.delestrange@yahoo.com

Pour retrouver toute l'actualité de l'auteur, rendez-vous sur facebook : https://www.facebook.com/julie.de.lestrange

364

CPSIA information can be obtained at www.ICGtesting.com
Printed in the USA
LVOW08s0105200716

496930LV00004B/265/P